오직 표적을 제거하기 위해 존재하는 냉혈한 아이리스 소속 킬러 '빅' 역 T.O.P(최승현)

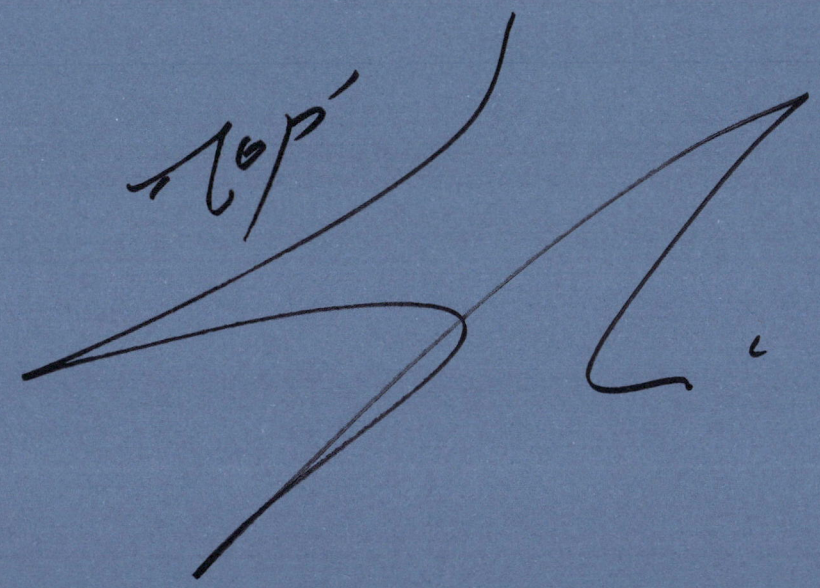

아이리스
IRIS
2

아이리스
IRIS 2
ⓒ 채우도 2009

초판 1쇄 발행일 2009년 11월 12일
초판 8쇄 발행일 2009년 12월 29일
지은이 채우도
펴낸이 이정원

책임편집 선우미정
디자인 이재희

펴낸곳 도서출판 들녘
등록일자 1987년 12월 12일
등록번호 10-156
주소 경기도 파주시 교하읍 문발리 파주출판도시 513-9
전화 (마케팅) 031-955-7374   (편집) 031-955-7382
팩시밀리 031-955-7393
홈페이지 www.ddd21.co.kr
블로그 (일루저니스트) http://blog.naver.com/ddd7381
       (야!시리즈) http://mysteryya.tistory.com

ISBN 978-89-7527-842-6 (03810)
     978-89-7527-840-2 (세트)
값은 뒤표지에 있습니다. 잘못된 책은 구입하신 곳에서 바꿔드립니다.

퍼플북스는 들녘의 디비전입니다.

첨단 첩보 스릴러 **아이리스 2**

채우도 장편 소설

IRIS 2

퍼플북스

추천의 글

괴물이 되고 싶지 않았던 그들, 아이리스

한반도는 지구상에 존재하는 마지막 분단국가다. 한국과 북한을 둘러싼 열강들이 늘 정치적·군사적 긴장을 늦추지 않는 이유가 여기에 있다. 특히 북한의 핵문제는 6자회담의 최대 사안이다. 핵이 자칫 한반도에서 벌어질지 모르는 2차 한국전쟁의 동인이 되는 탓이다. 『아이리스』는 핵문제를 둘러싼 남북의 관계, 주변 정세 등을 배경으로 한반도를 위기에 빠뜨리려는 거대한 음모에 맞서 싸우는 특수요원들의 이야기를 다룬 첩보 액션 소설이다.

정부조차 존재를 인정하지 않는 비밀 조직 NSS의 특수요원들. 그들은 고도의 훈련을 통해 죽음에 대한 본능적인 공포까지 없앤 사람들이다. 오직 명령에 의해 행동하고, 임무 완수를 위해서라면 수단과 방법을 가리지 않는다. 그리고 평범한 사람들의 눈에는 결코 보이지 않는 '그들만의 리그'를 펼쳐나간다. 그들은 고독하고 외로운 존재다. 정부조차 그들의 존재를 인정하지 않는다. '자신을 지킬 수 있는 것은 오직 자신뿐'이라는 생존 법칙에 충실하고, '살고 싶다면 사랑에 빠지지 마라'는 룰에 복종하면서.

그들은 선택과 운명의 갈림길 위에서 끊임없이 번뇌하고 갈등하지만 결코 삶을 멈추지 못한다. 남측의 김현준, 최승희, 진사우. 북측의 박철영과 김선화. 그리고 거대 조직 아이리스의 냉혈 킬러 빅. 이들을 주축으로 펼쳐지는 숨 가쁜 첩보전과 현란한 액션은 손에 땀을 쥐게 만든다. 살아남기 위해 운명을 배반하는 그들의 아픔은 가슴을 서늘하게 만든다. 그리고 그들이 받아들이거나 혹은 피해 가는 사랑은 눈시울을 뜨겁게 한다. 외피가 무엇이든 그들 또한 우리와 똑같은 인간이기 때문이다. 이런 그들이 과연 괴물일까? 소설『아이리스』가 우리에게 던지는 질문이다.

〈아이리스〉는 한국형 첩보액션을 지향해서 만든 드라마다. 사실 한국 드라마 장르에서 첩보물은 미개척 분야였다. 영상 소비자들의 '새로운 것'에 대한 열망이 그 어느 때보다 강렬한 현재의 TV시장 환경을 고려해볼 때 드라마 아이리스가 내민 도전장은 가히 고무적이다. 물론 이 모든 것은 채우도 작가의 소설『아이리스』가 있기에 가능했다.

소설『아이리스』는 독자들에게 드라마와 텍스트를 비교하면서 감상할 수 있는 기회를 제공한다. 드라마가 문자로 형상화할 수 없는 이미지에 집중했다면 소설은 역으로 드라마가 구현할 수 없는 인물의 내면과 깊이를 극대화하는 데 주력했다. 특히 등장인물들의 살아 있는 심리 묘사와 간결하고 정확한 문장은 독자들에게 읽는 재미를 선사한다. 독자를 이야기에 몰입하게 만들면서 자신만의 개성을 십분 살리는 데 성공했다. 이는 전적으로 채우도 작가의 능력이다.

2009년 11월
극작가 김현준

IRIS 2

추천의 글 4

코드 블랙 9
과거, 현실이 되다 52
보이지 않는 손 90
2014 공동경비구역 119
되게 하소서 146
강물을 건너는 법 172
괴물 vs 괴물 206
야비한 만남들 238
진실과 사실 270

에필로그 310

― 이 책에 등장하는 기관과 인물은 실재하는 기관, 인물과 아무런 관련이 없으며 픽션임을 알려둡니다.

코드 블랙

2014. 2. 2. 성남

"벌써 튀었나 봅니다!"

B팀장이 분한 듯 소리쳤다. 널찍한 창고는 텅 비어 있다. 구석구석 샅샅이 뒤져보았지만 아무 것도 발견하지 못했다. 그런데, 뭔가 석연찮은 데가 있다. 사람이 있었다면 희미하게라도 흔적이 남아 있어야 할 것 아닌가? 선원들 말에 따르면 놈들은 최소 1개 분대 이상일 것이다.

사우는 천장을 올려다보았다. 먼지가 잔뜩 낀 낡은 형광등에 거미줄이 쳐 있다. 분명 요 며칠 사이 이곳의 전력 소비량이 급증했다고 들었는데, 아무래도 수상하다.

"물샐 틈 없이 뒤져! 사소한 흔적이라도 놓치면 안 돼!"

사우는 그렇게 명령하면서도 표적을 잘못 짚었다는 생각에 입술을 지그시 깨물었다. 그때 A팀의 대원 하나가 소리쳤다.

"팀장님! 이쪽에 뭔가 있습니다!"

사우는 급히 그쪽으로 뛰어갔다.

파란색 필름으로 선팅 된 창문 아래 상자를 묶는 밴딩기가 놓여 있었다. 그 아래쪽에 종이 쓰레기 더미가 보였다. 대원이 그것들을 뒤지다가 뭔가 찾아낸 모양이다.

사우는 대원이 건네준 종이를 보고 눈이 휘둥그레졌다. 강남에 있는 코엑스 배치도였다! 인터넷으로 누구나 뽑아볼 수 있는 흔한 게 아니라 스태프들만 출입이 가능한 비상출입구며 전기배선도 등등이 표시된 상세 배치도다. 여기저기 빨간 화살표가 그어져 있다.

"대장님, 이것도!"

A4 용지에 디지털 카메라로 찍은 코엑스센터의 사진들과 경찰 배치도가 담겨 있었다. 미 국무장관을 비롯한 각국 외무상들의 사진도 있다. 바로 이거다! 사우는 곧바로 휴대폰을 열었다.

"팀장님, 한 발 늦은 것 같습니다. 하지만 놈들의 목표가 어딘지 알 것 같습니다."

정문을 닫고 들어오는 광수의 얼굴에 긴장한 기색이 역력했다.

"다 준비 됐습니다. 명령만 내리시면 바로 출발하겠습니다."

도철이 손을 위아래로 까딱했다. 잠자코 기다리라는 신호다. 도철은 현석에게로 시선을 돌렸다. 현석은 노트북 화면을 눈이 빠져라 들여다보고 있었다.

"왔네요!"

현석이 낮게 소리쳤다. 도철은 얼른 현석의 옆으로 달려가 화면을 보았다. 창고를 수색 중인 남조선 무장요원들의 모습이 CCTV로 생중계되고 있었다. 몸을 숙인 채 일사불란하게 움직이던 무장요원들이 갑자기 동작을 멈추었다. 아무것도 발견하지 못한 것이다.

"제발 찾아내라."

현석이 초조한 듯 발을 까닥거렸다. 놈들이 허탕을 치면 안 된다. 화면에 비친 창고 중앙에는 대장인 듯한 자가 망연자실한 모습으로 서 있다. 그때 갑자기 놈이 어딘가로 급히 달려갔다.

"빙고!"

도철이 주먹을 불끈 쥐었다.

화면 속 무장요원 하나가 뭔가를 손에 들고 흔들어대고 있었다.

2014. 2. 2. 서울

"알았다! 여기 전술팀은 내가 직접 인솔할 테니까 넌 곧장 그쪽으로 출발해!"

상현은 전화기를 내려놓고 상황실 요원들에게 말했다.

"다들 서둘러! 테러 목표가 파악됐다. 아시아태평양 외교장관 회담이 열리는 코엑스 회의장이야."

"어, 회의는 내일인데요?"

태성의 말에 상현이 버럭 소리를 질렀다.

"머리가 그렇게 안 돌아? 오늘 저녁 만찬에 VIP들이 모두 참석할 예정이란 거 몰라서 그래? 내일은 경비가 삼엄할 테니 오늘 미리 급습하려는 거지."

상황실 요원들 모두가 하얗게 질린 얼굴로 상현의 입만 쳐다보았다.

"자, 전술팀 완전무장하고 출동 대기해! 부국장님 명령이 떨어지면 바로 출발한다. 그리고 태성이, 미정이, 너희들은 현장 지원에 만전을 기하도록! 알았나?"

2014. 2. 2. 성남

"다들 모여!"

도철이 명령하자 대원들 모두가 그를 중심으로 빙 둘러섰다. 현준과 선화는 맨 가장자리에 섰다.

"자, 드디어 때가 왔다. 한 치의 실수 없이 움직여라! 하나라도 어긋나면 일을 그르칠 수 있다. 알겠나?"

"예!"

"좋아. 그럼 바로 출동 준비해!"

대원들이 우르르 흩어졌다. 현준과 선화가 움직이려 할 때 도철이 두 사람을 불렀다.

"이봐, 김현준!"

현준이 돌아섰다. 선화도 발걸음을 멈추고 고개를 돌렸다.

"우리가 어디로 갈 건지 알고 있나?"

"코엑스 아닌가?"

도철이 고개를 저었다.

"아니. 우리 목표는 코엑스가 아니다."

현준이 놀란 눈으로 도철의 입을 주시했다.

"남조선 국가안전국, NSS로 간다."

"뭐?"

현준이 외마디 비명을 질렀다.

"그게 가능합니까?"

한 발 앞으로 다가온 선화가 놀란 목소리로 물었다.

"우리 전력으론 터무니도 없습니다. 그들의 숫자가 얼만데 겨우 1개 분대로……."

도철이 씩 웃었다.

"놈들은 우리 목표를 코엑스로 알고 있어. 모든 전투인력을 그쪽으로 집중 배치할 거다."

"하지만……."

"게다가 오늘은 남북 정상회담을 위한 공화국 예비 실사단이 들어온다. NSS는 그쪽에도 인력을 배치해야 해. 당연히 NSS 본부는 공백 상태가 된다."

"아무리 그래도 NSS는 남측 최고의 정보기관입니다. 보안시스템이 장난이 아닐 텐데요. 그걸 뚫고 들어간다니 말도 안 됩니다."

"우리에겐 카드가 있어."

도철이 현준을 쳐다보며 희미하게 웃었다.

"NSS 요원이 네 옆에 있잖은가. 아니지, 이젠 전직 요원이지. 저 친구를 통해 NSS 보안시스템을 모조리 파악해놓았다. 침투 안내도 저 친구가 맡을 거야."

선화는 휘둥그레진 눈으로 현준의 얼굴을 쳐다보았다. 현준의 표정은 굳을 대로 굳어 있었다.

"어떤 방법으로 들어갈 거죠?"

선화가 묻자, 어느 새 뒤에 다가와 있던 현석이 대신 답했다.

"폐기물 수거 차량. 며칠 전 너희들이 수배해온 거 말야. NSS 같은 정보기관에선 쓰레기도 보안 대상이지. 먹다 버린 종이컵도 적들 손에 들어가면 정보로 이용되니까, 특정 업체를 지정해서 쓰레기를 수거해 가게 해. 그만큼 보안이 철저하다는 건데, 뒤집어보면 그게 구멍이 될 수 있어. 일단 그 차량만 확보하면 출입 허가증을 받은 거나 마찬가지니까."

잠자코 있던 현준이 입을 열었다.

"NSS로 들어가는 이유가 뭔가?"

도철은 대답 대신 현준을 물끄러미 쳐다보았다. 그러더니 휴대폰을 꺼내 들고 버튼을 눌렀다.

"접니다. 준비는 마쳤습니다. …… 예, 방금 우리의 목표지를 말해줬습니다. …… 알겠습니다."

도철은 현준에게 휴대폰을 건넸다.

"받아봐."

휴대폰을 귀에 댄 현준의 얼굴이 심하게 일그러졌다.

2014. 2. 2. 개성-임진각 도로

개성에서 남쪽 방향으로 난 한적한 도로 위를 네 대의 검은 세단이 시속 120킬로미터로 달리고 있었다. 10여 분만 더 가면 임진각이다.

뚜르르르.

조용한 차 안에서 벨 소리가 울리자 긴장한 얼굴로 조수석에 앉아 있던 중권이 뒤를 돌아보았다. 철영의 휴대폰에서 나는 소리다. 철영은 발신번호를 확인하고 천천히 통화 버튼을 눌렀다.

─접니다. 준비는 마쳤습니다.

"수고했다. 그 친구한테는 통보했나?"

―예, 방금 우리의 목표지를 말해줬습니다.

"알았다. 그 친구 바꿔."

―알겠습니다.

철영은 의자 깊숙이 몸을 파묻었다.

"나, 박철영이다."

―NSS에 간다고? 느닷없이 그게 무슨 소리지?

"너도 언젠간 갈 생각이었을 텐데? 복수하고 싶은 것 아니었나?"

―내 복수를 돕기 위해서라고?

"아니, 그럴 생각은 추호도 없어. 네 복수 따위엔 관심 없다."

―그렇다면, NSS를 장악하려는 진짜 이유가 뭐지?

"그건 말해줄 수 없다. 넌 강도철이 시키는 대로만 움직이면 돼. 복수를 하건 말건 그건 나중 일이고."

―이봐! 지금 당장 말해!

"……"

―박철영! 이봐!

철영은 무심한 얼굴로 전화를 끊었다.

2014. 2. 2. 자유로

여섯 대의 세단이 130킬로미터의 속도로 자유로를 내달렸다. 앞으로 10여 분만 달리면 목표지인 임진각이 나온다. 어성식이 운전하는 선두차량의 뒷좌석에 백산과 승희가 앉아 있었다. 서울에서 올 때부터 두 사람은 아무 말이 없었다. 차가 파주 통일동산을 지나 오른쪽으로 큰 곡선을 그린 뒤 임진강변으로 직진하자 백산이 입을 열었다.

"복귀한 지 얼마나 됐지?"

"열흘 넘었습니다."

"그래. 근 1년간 놓았던 일을 다시 하려니 힘들겠군."

"아닙니다."

"애로사항은 없나?"

"없습니다."

승희는 앞만 쳐다본 채 복창하듯이 대답했다. 그런 그녀를 힐끗 쳐다본 뒤 백산은 시선을 돌렸다.

"오늘 들어오는 북측 실사팀 관련 업무는 최 팀장이 맡도록."

"알겠습니다."

"그와 관련된 사항은 다른 사람 거치지 말고 나한테 직접 보고하고."

"그렇게 하겠습니다."

여전히 아무 감정이 실리지 않은 대답이다. 백산이 다시 한마디 하려는데 벨이 울렸다. 백산은 품속에서 휴대폰을 꺼내들었다.

"나야."

전화기 너머에서 다급한 목소리가 새어나왔다. 승희가 비로소 얼굴을 옆으로 돌렸다.

―테러 목표를 알아냈습니다. 성남으로 출동했던 진사우 팀이 찾아냈습니다.

"어디야, 그게?"

―코엑습니다.

"코엑스?"

―예. 아시아태평양 외교장관 회의가 내일 있습니다. 오늘 저녁 리셉션이 있는데, 거기에 각국 장관들이 참석할 예정입니다. 놈들이 오늘을 D데이로 잡은 것 같습니다.

백산의 얼굴이 딱딱하게 굳었다.

"모든 전투인력을 그쪽으로 출동시켜. 지금 당장!"

―예, 알겠습니다.

"진사우는 어디 있나?"

―바로 그쪽으로 가라고 지시했습니다.

"알았네."

전화를 끊은 백산은 잠시 생각에 빠져 있다가 어성식을 향해 말했다.

"차 세워."

어성식이 우측 깜빡이를 켜고 갓길에 차를 세우자 뒤따라오던 다섯 대의 차들도 일제히 그 뒤를 따라 정차했다. 백산이 승희를 보며 말했다.

"진사우가 테러리스트의 공격 목표를 알아냈다."

"그게 어딥니까?"

"코엑스에서 열리는 아태지역 외교장관 회담이야. 미 국무장관도 참석할 예정이다. 놈들의 목표는 미국 장관이야."

"예?"

승희가 되물었다.

"자넨 지금 곧 본부로 돌아가 현장을 지원하도록."

"예. 알겠습니다."

승희는 급히 차에서 내려 맨 마지막 차로 뛰어갔다. 그러고는 의아한 눈으로 쳐다보는 운전기사에게 말했다.

"비상사태예요. 다들 내려서 앞 차로 옮겨 타세요. 설명은 나중에 듣고. 서둘러요, 빨리!"

요원들이 우르르 내려 앞에 서 있는 차로 뛰어갔다. 운전대를 잡은 승희는 샛길로 빠져 서울 쪽으로 차를 돌렸다.

2014. 2. 2. 성남

'내가 알고 싶은 건 당신이 여기 온 목적이 아니에요. 그때 부다페스트에 있었던 남자, 그 사람의 생사를 확인하고 싶어서예요.'

선화는 NSS 취조실에서 만났던 승희의 얼굴을 떠올렸다. 현준의 안부를 묻던 그녀의 간절한 눈초리.

'살아 있나요?'

두 사람이 서로 어긋났다는 것을 선화는 잘 알고 있었다. 현준이 그 사실을 알게 되는 순간, 일이 어떤 식으로 꼬일는지 선화는 생각만 해도 두려웠다. 승희가 살아 있다는 사실을 절대 알려서는 안 된다.

현준이 다른 데로 가자 선화가 도철에게 말했다.

"NSS가 목표라면 김현준은 제외시켜야 합니다."

"왜?"

"NSS 사람들은 모두 김현준의 동료들이고, 개중에는 절친한 친구도 있습니다. 흔들릴 수 있습니다."

도철이 씩 웃었다.

"웃을 일이 아닙니다. 자칫하다간 우리 계획을 전부 망칠 수도 있습니다."

선화의 진지한 표정을 외면한 채 도철은 고개를 흔들었다.

"아니. 그래서 더 데려가야겠어. 저놈이 애초에 우리와 한 약속을 지키는지 안 지키는지 확인해볼 수 있는 기회니까. 아직도 저놈을 테스트 중이라는 거 잊지 마라."

도철이 경화가 있는 쪽으로 걸어갔다. 선화는 그 자리에 잠시 서 있다가 현준에게 갔다.

"NSS로 가려는 이유가 뭘까요?"

"나도 모르겠어."

현준이 고개를 저었다. 수수께끼를 풀지 못한 아이처럼 애매한 표정이었다. 잠시 후 현준은 마음을 다잡았는지 정색을 하고 말했다.

"차라리 잘됐어. 우리가 아직 풀지 못했던 거, 백산에 대한 파일을 열어볼 수 있는 절호의 기회일지도 몰라."

도철은 문자 메시지가 왔다는 진동음이 울리자 휴대폰을 열었다.

'남조선 진입함 작전 개시'

박 중좌로부터 온 메시지였다. 도철은 휴대폰을 집어넣고 뒤로 돌아서서 박수를 세 번 치면서 외쳤다.

"자, 자, 모두 출발이다!"

2014. 2. 2. 서울

전술팀을 태운 다섯 대의 검은색 소형 버스가 NSS 주차장을 빠르게 빠져나갔다. 창은 시커멓게 선팅이 되어 있어서 안이 보이지 않았다.

버스들이 NSS에서 500여 미터 떨어진 사거리를 직진해 나아가자, 그 좌측 도로변에 정차해 있던 승합차가 천천히 움직이기 시작했다.

"광수, 놈들이 떴다. 움직여!"

승합차 조수석에 타고 있던 도철이 무전기로 명령했다. 그러자 버스가 지나간 반대편 방향의 골목에서 폐기물 화물탑차가 모습을 드러냈다.

폐기물 탑차의 차벽에는 '신일서비스'라는 이름이 붙어 있었다. 운전대를 잡은 광수는 지하주차장 입구를 가로막은 차단기 앞에 차를 세웠다. 광수가 유리창을 내리고 인터폰의 콜 버튼을 눌렀다. 인터폰에서 보안요원의 목소리가 새어나왔다.

―네.

"폐기물 수거 나왔습니다."

광수는 주차장 입구를 정면으로 비추고 있는 CCTV를 향해 여유 있는 표정을 지으며 말했다. 탑차 안에는 현준과 선화, 현석을 비롯한 대원들이 타고 있었다. 그들은 긴장한 얼굴로 인터폰에서 터져 나올 소리를 기다렸다.

잠시 후 인터폰에서 굵직한 사내의 말소리가 들렸다.

―벌써? 오늘은 시간이 좀 이른데?

보안요원의 떨떠름한 말투와는 달리 이내 차단기가 매끄럽게 올라갔다.

지하주차장 안으로 들어선 탑차는 몇 차례 코너를 돌고나서 속도를 늦추었다. 차가 서서히 전진하는 동안 옆문이 열리고 현준이 밖으로 살짝 고개를 내밀었다. 현준은 CCTV에 운전석만 보일 뿐 꽁무니가 보이지 않는 사각지대에 이르자 현석에게 신호를 보냈다.

"됐어. 여기야."

배낭을 둘러맨 현석은 뒷문이 열리자마자 뛰어내렸다. 그러고는 몸을 숙인 채 차량 사이를 지나 주차장 한구석에 있는 철문을 열고 안으로 들어갔다.

현석은 한손에는 청사진, 다른 손에는 태블릿PC를 들고서 현재 위치를 확인했다. 철제 계단을 따라 내려가니 파이프라인과 기계장치들이 복잡하게 얽혀 있는 기계실이 나왔다. 기계들을 좌우로 비켜가며 30여 미터쯤 전진하자 마침내 목표 지점이 나왔다. 바닥에 철제문이 있었다. 현석은 배낭에서 레이저 커터를 꺼내 철제문을 단단히 붙들고 있는 잠금장치를 잘라냈다. 툭, 하는 소리와 함께 잠금장치가 끊어지자 방열장갑을 끼고 철제문을 위로 들어올렸다. 손전등을 비추니 사람 하나가 간신히 들어갈 수 있을 정도의 통로가 나왔다. 그 밑으로 바닥이 보인다. 오랫동안 사람의 손길이 닿지 않은 듯 뿌연 먼지를 뒤집어 쓴 케이블들이 복잡하게 얽혀 있었다.

'제기랄.'

현석은 진저리를 치며 안으로 뛰어들었다.

광수는 NSS로 통하는 입구 앞의 10여 미터 지점에 차를 정지시켰다. 그리고 시계를 들여다보았다.

보안 게이트를 지키던 두 명의 보안요원은 차가 멈춰 선 채 움직이지 않자 의아한 생각이 들었다. 한 명이 말했다.

"뭐 하는 거야? 안 들어오고."

그러자 다른 한 명이 몸을 일으켰다.

"내가 가볼게."

보안요원이 막 게이트 초소를 나오려는 순간 광수의 무전기에서 소리가 났다. 도철이다.

―현석이 작업 완료 신호를 보냈다. 들어가라!

광수와, 조수석에 타고 있던 영범은 차에서 내려 앞으로 나아갔다.

초소 밖으로 나오려던 보안요원이 걸어오는 두 사람을 보고 동작을 멈추었다.

"수고하십니다."

초소 앞에 다가온 광수가 인사했다.

"처음 보는데?"

낯선 두 사내를 보자 보안요원이 고개를 갸웃거렸다.

"이번에 새로 왔습니다."

"그런 말 없었는데? 잠깐만."

보안요원의 얼굴에 순간 긴장감이 흘렀다. 그가 사실을 확인하려고 컴퓨터 키보드를 두드리는 사이, 다른 보안요원이 반사적으로 허리춤에 있는 권총에 손을 갖다 댔다. 그리고 얼른 다른 한 손을 비상 버튼 위에 올려놓았다. 그는 동료가 작업하는 동안 그 자세를 유지한 채 두 사내를 노려보았다.

"어? 이거 왜 이러지?"

컴퓨터를 작동하던 보안요원이 소리쳤다. 모니터에 아무런 반응이 없었다. 동료의 말에 사내들을 노려보던 보안요원이 모니터로 시선을 돌렸다.

푸슝! 푸슝!

순간 두 대의 소음기 권총에서 소리가 났다. 두 명의 보안요원은 비명도 지르지 못한 채 앞으로 고꾸라졌다.

광수는 보안요원이 절명한 것을 확인하고 무전기 라인을 열었다.
"대장님, 입구 청소 완료했습니다. 진입하십시오."
―알았다. 엘리베이터 입구에서 합류한다.
광수와 영범이 두 보안요원의 시체를 끌어다 주차장의 후미진 곳에 눕혔다. 이와 때를 맞춰 맹렬히 달려온 도철의 승합차가 탑차 뒤에서 급정거했다.

엘리베이터 입구 앞에는 두 대의 승강기가 입을 벌린 채 멈춰 있었다.
"생체인식 프로그램으로 작동하는 엘리베이터예요. 아무나 탈 수 없는 겁니다."
현석의 말에 도철이 현준에게 물었다.
"어디로 가야 하나?"
현준이 엘리베이터 반대 방향으로 몸을 틀면서 대답했다.
"이쪽이야."
"너희 둘은 이거 마무리 짓고 따라 내려와."
도철은 경화와 현석에게 그렇게 지시하고 현준의 뒤를 따라 비상계단으로 내려갔다. 도철 일행이 자리를 뜨자, 경화는 엘리베이터 하나의 안벽에 폭발물을 청테이프로 고정시켰다. 그리고 현석은 다른 엘리베이터의 문 중간에 50센티미터 길이의 굵은 막대기를 놓았다. 문이 닫히지 않게 하려는 것이다.
"됐어?"
현석이 묻자 경화가 고개를 끄덕였다. 둘은 곧바로 도철이 내려간 비상계단으로 향했다.
도철 일행은 현준을 따라 비상계단 최하층까지 내려왔다. 앞에 육중한 철문이 버티고 서 있었다. 도철이 손잡이를 쥐고서 문을 열려고 시도해보았지만 꿈쩍도 하지 않았다.

잠시 후 엘리베이터 작업을 마친 현석과 경화가 합류했다. 도철이 현석을 쳐다보며 고개를 까딱했다.

"시작해."

명령이 떨어지자 현석은 손에 들고 있던 태블릿PC를 작동하기 시작했다. 그러고는 태블릿PC에 내장된 마이크에 대고 말했다.

"입구 보안대에 문제 발생. 지원 바람! 지원 바람!"

태블릿PC에 빨간 점 두 개가 깜빡였다. 십여 초 후 빨간 점 하나가 아래로 내려가기 시작했다. 현석이 만족스러운 표정으로 도철을 향해 눈짓했다.

도철이 일행에게 말했다.

"자, 다들 얼굴 가려."

대원들은 일제히 스키마스크를 착용했다.

지하 최하층 엘리베이터 앞에는 다섯 명의 NSS 보안요원들이 승강기가 내려오기를 기다리고 있었다. 마침내 승강기가 내려오고 문이 열렸다. 안으로 들어서려던 대원 하나가 승강기 안벽에 못 보던 물체가 하나 붙어 있는 것을 보고는 흠칫 놀라며 발걸음을 멈추었다.

밑으로 내려가던 빨간 점이 멈추었다. 그와 동시에 현석이 카운트를 시작했다.

"자, 그럼 주문을 걸어볼까? 셋, 둘, 하나, 파이어!"

현석이 버튼을 눌렀다. 그러자 철문 안쪽 복도에서 묵직한 폭발음이 울렸다. 철문 아래로 연기가 새어나오기 시작했다. 그와 동시에 비상벨이 요란하게 울리면서 철문에 부착된 LED가 반짝거렸다. 현석이 말했다.

"열렸어요."

철문은 비상상황일 때 자동으로 열리게끔 되어 있었다. 도철이 문을 열며 말했다.

"자, 들어간다."

현준이 앞장섰다. 대원들은 빠른 걸음으로 그 뒤를 따랐다.

"최 팀장님이 이리로 오신다고 하셨죠? 언제쯤 도착하나요?"

미정이 물었다.

"글쎄, 거의 도착할 때가 됐는데."

현석은 모니터에 시선을 붙박은 채 대꾸했다.

그때 미정의 책상 앞에 있는 무선장치에서 소리가 났다. 미정이 버튼을 누르자 사우의 목소리가 들렸다.

―오늘 리셉션에 참석하는 VIP 명단 보내줘.

"지금 어디세요?"

―30분 정도면 코엑스에 닿을 거야.

"네. 지금 바로 보낼게요."

미정은 '아시아태평양 외교장관 회의' 폴더를 열고 'VIP 명단'이라는 파일을 꺼내 사우의 PDA에 접속했다. 전송 아이콘을 막 클릭한 순간 화재를 알리는 비상벨이 울렸다. 상황실에서 작업에 몰두하고 있던 요원들이 깜짝 놀라 고개를 치켜들었다.

정인이 소리쳤다.

"무슨 일이야?"

모니터에 급히 NSS 배치도를 불러 올린 태성이 말했다.

"화재 경보예요! 엘리베이터 입구 쪽인데요?"

복도엔 연기가 자욱했고, 엘리베이터 앞에는 보안요원들의 몸뚱이가 널브러져 있다. 그중 하나가 신음소리를 내며 몸을 일으키려고 애쓰고 있었다. 정면으로 타격을 받지 않은 모양이다. 도철은 그자를 향해 지체 없이 총을 발사했다.

"경보 꺼!"

도철의 명령에 현석이 태블릿PC를 작동했다. 몇 초 후 요란하게 울리던 비상벨이 잠잠해졌다.

주변을 둘러보던 도철이 손가락으로 몇 군데를 가리켰다.

"여기, 저기, 그리고 저기도, 동작감지기 설치해."

명령이 떨어지기 무섭게 대원 두 명이 비상문 입구와 복도 벽에 동작감지기를 부착했다. 대원들이 설치를 다 마친 것을 보고 도철이 현석에게 말했다.

"됐다. 이제 전체 셧 다운!"

현석은 급히 태블릿PC를 찍어댔다. 그리고 다 끝났다는 듯 도철을 향해 고개를 끄덕였다. 도철이 일행을 돌아보며 말했다.

"가자!"

대원들은 다시 한 번 자동화기의 장전을 확인한 후 복도 안쪽으로 움직이기 시작했다.

요란하게 울리던 벨 소리가 멈췄다. 상황실 요원들은 일제히 태성의 얼굴을 쳐다보았다.

"어라, 경보가 해제됐네!"

태성이 의아한 얼굴로 정인에게 말했다.

그때 미정이 소리쳤다.

"뭔가 이상해요. 통신이 두절됐어요."

미정의 모니터에는 사우에게 전송 중이던 파일이 80퍼센트의 진행을 끝으로 멈춰 있었다. 태성도 급히 컴퓨터를 조작했지만 통신상태가 끊겼다는 표시만 떴다. 정인이 휴대폰을 열어보고 인상을 썼다.

"휴대폰도 안 돼. 통화권 이탈이래."

잠시 뭔가 골똘히 생각하던 정인이 미정에게 말했다.

"메인 화면에 전체 CCTV 비춰봐."

미정이 키보드를 두드리자 상황실의 중앙 스크린에 CCTV에서 보내온 화면들이 떴다. 상황실 요원들은 그 장면을 보고 경악했다. 입이 절로 떡 벌어졌다. 총격전이 벌어지고 있었다. 보안요원들이 속수무책으로 나가떨어지는 중이었다.

하지만 그것도 잠시, CCTV가 하나둘 꺼지더니 마지막 화면까지 아웃되고 말았다. 상황실 요원들의 얼굴은 금세 납빛이 되었다.

전술팀 차량에 앉아 손바닥 위의 PDA를 내려다보고 있던 사우가 혼잣말로 중얼거렸다.

"이거 왜 이래?"

전송을 받고 있던 파일의 그래프가 진행상황 80퍼센트에서 더 이상 움직이지 않았다. 사우는 얼른 무전기를 켰다.

"이봐, 미정. 전송이 중단됐어. 다시 보내줘."

그러나 답신이 없다. 그 순간 차량이 지하차도 안으로 진입했다.

사우는 고개를 갸웃하면서도 차가 지하차도를 빠져나갈 때까지 기다려보기로 했다.

지하주차장 입구에 도착한 승희는 주차장 리모컨을 눌렀다. 차단기가 열리고 몇 차례 코너를 돌자 NSS로 들어가는 게이트초소가 나왔다. 차에서 내려 초소 앞을 지나는데 늘 경례를 부치던 보안요원들의 모습이 보이지 않았다. 이런 적이 없었는데. 승희는 뭔가 석연찮은 낌새를 느꼈다. 하지만 일분일초라도 빨리 지하 상황실로 내려가야 한다. 지금은 그게 우선이다. 승희는 엘리베이터 쪽으로 잰걸음을 놀렸다.

지하로 연결된 두 대의 승강기 중 하나는 문이 닫혀 있고, 다른 하나는 굵은 각목을 사이에 둔 채 문 틈새가 벌어져 있다.

'수리 중인가?'

버튼을 눌렀다. 하지만 굳게 닫힌 승강기의 문은 열리지 않았다. 각목이 끼워진 쪽만 문이 열렸다. 승희는 고개를 갸우뚱하며 각목을 걷어내고 탔다. 엘리베이터가 하강하기 시작했다.

승강기가 마지막 층에 도착했다. 문이 열렸다. 승희는 눈앞에 펼쳐진 광경을 보고 경악하고 말았다. 매캐한 화약 연기가 코를 찌르는 가운데 보안요원들이 널브러져 있었다. 온몸이 전율에 휩싸였다. 승희는 권총을 뽑아들고 승강기를 빠져나왔다. 매서운 눈초리로 사주경계를 하며 복도 안으로 향했다.

다다다당.

자동화기에서 불꽃이 튀었다. 소음기를 장착하긴 했지만 여러 대의 자동화기가 연발로 발사되자 복도에 묵직한 총성이 울려 퍼졌다. 그 바람에 현석은 태블릿PC에서 울리는 동작감지기의 신호음을 미처 알아듣지 못했다.

상황실의 비전투 정보요원들은 거의 공황 상태에 빠져 있었다. 이러지도 저러지도 못하고 우왕좌왕했다. 정인이 소리쳤다.
"다들 밖으로 나가!"
정인의 명령이 떨어졌다. 그제야 요원들은 상황실 문을 향해 우르르 몰려갔다. 태성도 서랍에서 권총을 꺼내 들고 일어섰다. 그러나 미정은 여전히 자리에 앉아 키보드를 두드리고 있었다. 정인이 외쳤다.
"뭐해? 어서 나가지 않고!"
"서버를 이대로 두고 갈 순 없잖아요."
"그럴 시간 없어! 빨리 나와!"
정인이 미정을 흘낏 쳐다보고 막 돌아서려는데, 상황실로 나가던 요원들이 주춤주춤 뒷걸음질을 쳤다. 정인은 몸이 뻣뻣하게 굳는 걸 느꼈다. 태성도 손에 들었던 권총을 얼른 품속에 감추었다. 스키마스크를 쓴 일단의 테러리스트들이 자동화기를 겨누며 상황실 안에 들어서고 있었다.
"시키는 대로 하면 목숨은 살려준다."
도철이 턱짓으로 한쪽 구석을 가리켰다.
손을 위로 올린 요원들은 서로 눈치를 보며, 도철이 가리키는 구석 쪽으로 조금씩 뒷걸음질 쳤다. 도철의 눈이 정인에게로 향하자, 정인과 태성도 천천히 요원들이 있는 쪽으로 이동했다.
테러리스트들의 동작을 훔쳐보며 미정은 몰래 모니터를 살폈다.

'정말 실행하시겠습니까?'

원하던 박스가 떴다. 미정이 마지막으로 엔터키를 누르는 순간, 뺨에 차가운 감촉이 닿았다. 총이었다. 미정이 돌아보자 스키마스크 속에서 여자의 목소리가 터져 나왔다.

"이년이!"

미정은 맥없이 앞으로 고꾸라졌다.

'실행되었습니다.'

모니터 상에 메시지가 점멸했다.

사우는 자신의 소형 무전기가 터지지 않자 뒷자리에 앉은 분대 통신요원에게로 고개를 돌렸다. 통신요원이 알았다는 듯 눈짓을 하더니 통신장비 수화기를 들었다.

"여기는 독수리팀. 응답하라. …… 상황실! 상황실 응답하라!"

사우가 물었다.

"너도 안 돼?"

"네."

사우는 자신의 무전기를 들고 다시 통화를 시도했다.

"상황실! 상황실! 응답 바람!"

그러나 여전히 묵묵부답이다.

잠시 후, 사우가 통신요원에게 말했다.

"일시적인 통신장애일 수도 있다. 계속 시도해."

사우는 불길한 예감에 사로잡혔다.

2014. 2. 2. 문산

임진각을 지난 남측 출입국관리소. 그 앞에 다섯 대의 검은 세단이 주차해 있다. 저 멀리 북측 출입국관리소 정면에서 활짝 펴진 인공기가 바람에 휘날리는 게 보였다. 백산은 개성으로 향하는 도로의 관문을 바라보다가 시선을 돌려 나란히 서 있는 남측 사람들을 하나하나 쳐다보았다. 그의 바로 뒤에 어성식이 섰고, 옆에는 홍보기획관 홍수진, 또 그 뒤로 NSS 요원들과 청와대의 경호요원들이 서 있다.

진동이 울렸는지, 홍수진이 호주머니에서 휴대폰을 꺼내들었다. 액정에 찍힌 번호를 확인한 홍수진이 얼른 수화기를 귀에 갖다 댔다.

"예, 지금 기다리고 있는 중입니다. …… 알겠습니다."

홍수진이 백산에게 휴대폰을 건네며 말했다.

"대통령님이세요."

휴대폰을 받아든 백산의 얼굴에 긴장감이 돌았다.

"백산입니다."

—테러리스트들의 공격 목표가 코엑스라고 들었소. 지금이라도 리셉션을 취소하는 게 낫지 않을까요?

"너무 걱정하지 마십시오. NSS 대테러 전술팀이 풀 가동됐습니다. 만반의 준비를 하고 있습니다."

—아무리 그래도 조금이라도 불미스런 일이 생기면 뒷일이 시끄럽지 않겠어요?

"리셉션 장을 삼중 사중으로 커버할 예정입니다. 지금 행사를 취소시키면 오히려 대외적으로 혼란이 초래될 것이고, 그러면 북과의 정상회담도 악영향을 받게 됩니다."

―그렇지요? 그럼 부국장만 믿고 일을 진행하겠습니다.

"예, 알겠습니다."

―그건 그렇고, 북쪽 손님들은 어떻게 됐어요?

그때 막 북측 관문을 빠져나오는 세단들이 백산의 눈에 들어왔다.

"아, 지금 막 도착하는 것 같습니다."

―그래요? 잘 대접하도록 하고, 손님이 왔다니 이만 끊겠습니다. 수고하세요.

잠시 후 북측 차량들이 백산 일행 앞으로 와서 멈춰 섰다. 철영과 중권을 선두로, 일곱 명의 실사단이 차 밖으로 모습을 드러냈다.

홍수진이 먼저 앞으로 나가 고개를 살짝 숙였다.

"오시느라 고생 많으셨습니다. 대통령께서 불편함이 없도록 각별히 신경 쓰라 하셨습니다."

"고맙습니다."

철영은 고개를 까딱하고는, 홍수진의 뒤에 서 있는 백산을 물끄러미 쳐다보았다. 누구냐고 묻는 눈치였다. 홍수진이 말했다.

"이분은 실사팀의 업무를 함께 할 분입니다. 우리 측 기관에서 나오셨어요."

백산이 고개를 가볍게 숙이면서 손을 내밀었다.

"어서 오십시오."

철영은 백산의 손을 가볍게 쥐었다.

"반갑습니다."

그때 남측 요원들과 출입국관리소를 지키던 헌병들이 개 몇 마리를 끌고 와 북측 요원들의 짐을 수색하려고 했다. 철영이 양미간을 찌푸렸다. 그것을 본 백산이 요원과 헌병들을 향해 손을 가로저었다.

"됐어! 그냥 통과시켜 드려."

요원들이 제자리로 돌아가자 헌병들은 백산에게 거수경례를 부친 다음 개를 끌고 돌아서 갔다.

2014. 2. 2. 서울

승희는 복도를 따라 조심스럽게 이동했다. 복도 코너를 막 돌려는 찰나, 앞에서 스키마스크를 쓴 사내가 어정거리는 게 보였다. 얼른 뒷걸음질 친 승희는 복도 벽에 몸을 대고 쭈그려 앉은 상태로 휴대폰을 열었다. 통화불능지역이라는 표시가 떴다.

NSS 비전투 정보요원들은 회의실 한쪽 구석에 모여 손을 들고 서 있었다. 잠시 후 경화가 미정을 끌고 와 NSS 요원들이 있는 곳으로 거칠게 밀어냈다. 경화의 뒤로 현준과 선화가 들어왔다. 현준은 예전의 동료들을 하나씩 훑어보았다. 정인과 태성, 미정의 얼굴을 바라보는 그의 눈동자는 조금도 흔들리지 않았다.

현준이 확인을 마쳤다는 듯 고개를 끄덕이고 나가자, 광수와 영범도 그 뒤를 따라 나갔다. 선화는 그들이 나간 뒤, 요원들을 하나씩 살펴보았다. 승희는 없다. 선화도 곧 밖으로 나갔다.

"허튼 수작 했다가는 총알 밥이 될 줄 알아!"

대원 하나와 함께 남은 경화가 자동화기를 겨누며 윽박질렀.

밖으로 나온 광수는 대원 한 명에게 락카스프레이를 던졌다. 대원이 그것을 받아들자 턱짓으로 회의실 창문을 가리키며 말했다.

"칠해."

그러고는 자신도 함께 스프레이를 뿌리기 시작했다. 회의실 안이 곧 새까맣게 변했다.

현준은 잠시 그들의 모습을 지켜보다가 백산의 방으로 걸어갔다. 문을 열고 안을 들여다보았지만, 역시 텅 비어 있다.

"이봐, 뭐해?"

뒤에서 부르는 소리가 들렸다. 돌아보니 도철이 이쪽을 쳐다보고 있었다. 도철이 말했다.

"쓸데없는 짓 하지 말고, 자리나 잘 지켜."

현준은 백산의 방 문을 닫고 상황실로 발걸음을 옮겼다. 그가 상황실에 들어가는 것을 지켜보던 선화가 옆을 지나가던 영범에게 물었다. 영범은 예전에 선화의 직속 부하로 그녀를 매우 잘 따랐다.

"남조선 애들, 여기 있는 게 다야?"

"아직까지는요. 기팔이랑 해규, 수철이가 계속 수색 중입니다."

"더 발견하면 나한테 제일 먼저 연락해."

"왜요?"

"이유는 묻지 말고 시키는 대로 해."

선화가 눈살을 찌푸렸다. 영범은 알았다는 듯 고개를 끄덕였다.

승희는 어정거리던 사내의 모습이 사라지자 재빨리 복도를 가로질러 철문 앞에 섰다. 그리고 주변을 살핀 다음 철문을 열고 안으로 들어섰다.

상황실에 들어온 현준은 예전에 자신이 쓰던 자리를 쳐다보았다. 지금은 누가 쓰고 있는지 낯선 비품들이 놓여 있다. 시선을 옮겨 승희의 자리를 보았다. 누가 쓰고 있는지 몇 가지 서류가 책상 위에 놓여 있다. 현준이 그쪽으로 가려는 순간, 선화가 다가와 낮은 소리로 말했다.

"파일은 언제 열어볼 거예요?"

"지하 3층 기밀정보 보관실로 올라가 백산 스토리지에 접근하려면 지문 인식이 필요해. 상황 봐서 지문 채취부터 할 거야."

선화가 알았다는 듯 눈을 껌벅였다.

현준은 승희의 책상이 있는 쪽으로 가려던 생각을 바꿔 복도로 나갔다. 현준이 나가는 모습을 확인한 선화는 승희의 책상으로 갔다. 책상 위에는 몇 개의 결재서류가 있고, 거기엔 '제2팀장 최승희'라는 이름이 적혀 있었다. 선화는 서류를 모아 안 보이는 곳에 치워버렸다.

창문이 까맣게 변한 회의실 안으로 도철과 현석 그리고 현준이 들어섰다. 경화는 여전히 NSS 요원들을 향해 총을 겨누고 있다.

"무슨 일이야?"

경화의 물음에 현석이 대답했다.

"작업 중에 서버가 다운됐어. 누군가 트랩을 걸어놨어."

인상을 잔뜩 찌푸린 도철이 요원들을 노려보며 버럭 소리를 질렀다.

"누구 짓이야?"

도철의 얼굴은 금방이라도 폭발할 것처럼 험악했다. 요원들도 잔뜩 긴장한 채 그를 쳐다보았다. 경화가 문득 생각났다는 듯 말했다.

"이년이군. …… 너지? 아까 너 뭔 짓 하고 있었잖아?"

도철이 미정에게로 성큼 다가갔다. 권총을 미정의 머리에 대고 서늘한 목소리로 말했다.

"서버 열어."

대답이 없자 도철이 미정의 뺨을 세차게 후려갈겼다. 미정의 몸이 휘청하더니 옆으로 쓰러졌다. 미정의 입가에서 피가 흘렀다. 도철이 미정을 쏘아보았다. 미정 역시 지지 않고 도철의 눈을 노려보았다. 도철이 권총을 쥔 손에 힘을 주려는 찰나, 정인이 한 걸음 앞으로 나서며 말했다.

"서버 보안 프로토콜이 작동한 거예요. 승인 암호가 없으면 풀 수가 없어요."

도철은 총구의 방향을 정인에게로 돌렸다.

"그럼, 암호를 말해!"

"우린 몰라요. 여긴 그 정도 보안 레벨을 가진 사람이 없어요."

붉으락푸르락하던 도철의 얼굴이 무표정으로 바뀌었다. 아까 부상당한 보안요원을 쏘던 때의 얼굴이다. 도철의 총구가 정인의 이마를 정조준하는 순간, 현준이 도철의 어깨를 가볍게 두드렸다. 그러고는 말없이 회의실을 빠져나갔다. 도철은 감정을 추스르려는 듯 숨을 한 번 내쉬더니 현준을 따라 밖으로 나갔다. 현석도 그 뒤를 따랐다.

"뭐야?"

복도로 나온 도철이 물었다.

"거짓말 아니다. 저 중엔 승인 암호를 가진 사람이 없어."

현준이 대답하자 도철의 뒤에 서 있던 현석이 끼어들었다.

"서버를 살리지 않으면 R&D 룸 안에 있는 보관시설을 열 수가 없어."

"R&D 룸?"

현준이 되묻는 것을 무시한 채 도철은 현석을 보며 말했다.

"승인 암호 없이 서버 살려낼 수 있겠어?"

"해볼 순 있지만 시간이 좀 걸릴 텐데요."

"얼마나 걸리지?"

이번에는 현준이 물었다.

"한 30분 정도."

현석이 대답했다.

"안 돼. 너무 늦어."

도철이 고개를 가로저었다. 도철은 난감하다는 듯 생각에 잠겼다. 그런 모습을 지켜보던 현준이 상황실 앞으로 걸어가 벽에 붙은 비상용 박스를 열고 레버를 끌어내렸다. 그러자 삑삑 하며 경고음이 요란하게 울려 퍼졌다.

"지금 뭐하는 짓이야?"

도철이 소리 질렀다.

"NSS 전체를 폐쇄시켰어. 이제 한 시간 동안은 아무도 드나들지 못한다."

도철과 현석이 놀란 얼굴로 현준을 쳐다보았다.

"시간을 벌었으니 다시 시작해."

현석이 고개를 끄덕이더니 상황실로 뛰어 들어갔다. 굳은 표정으로 현석의 뒷모습을 쳐다보던 도철에게 현준이 말했다.

"이젠 말해줄 때도 됐잖아. NSS에 들어온 이유 말야."

"쓸데없는 호기심 버리고 네가 맡은 일이나 잘해."

도철은 상황실로 뚜벅뚜벅 걸어가 버렸다.

철문 안의 비좁은 방에는 여러 가지 통신장비와 케이블이 어지럽게 섞여 있었다. 승희는 방 안을 둘러보다가 벽에 붙은 군청색 케이블 박스를 발견했다. 겉판을 떼어내자 벽으로 통하는 케이블 뭉치가 보였다. 승희는 그중 가장 안쪽에 있는 낡은 전화선의 피복을 벗겼다.

"제발 돼라."

승희는 선반에 쌓여 있는 송수화기를 들고 와 전화선에 연결했다. 그리고 송수화기를 몇 차례 눌렀다.

뚜우.

신호음이 왔다. 승희는 번호 패드를 누르기 시작했다.

사우는 안절부절못하며 뒷좌석에 앉은 통신요원을 몇 번이고 뒤돌아보았다.

"어떻게 됐어? 아직 안 돼?"

"네. 아직 연결이 안 됩니다."

그때 사우의 휴대폰이 울렸다. 모르는 번호였다.

"진사읍니다."

―나 최승희예요. 지금 NSS가 공격받고 있어요.

입을 가리고 말하는 듯 작은 소리가 들려왔다.

"뭐요? 그게 무슨 소리예요?"

갑작스러운 사우의 큰 목소리에 전술차량에 탄 요원들의 시선이 일제히 사우 쪽으로 쏠렸다.

앞으로 55분 남았다. 현석은 서버를 살리기 위해 열심히 키보드를 두드렸다. 모니터의 검은 화면에 영문 알파벳과 숫자들이 어지럽게 스쳐 지나갔다. 그때 현석의 옆에 놓여 있던 태블릿PC에서 경고음이 났다.

"이건 뭐지?"

현석은 태블릿PC를 쳐다보았다. '통신연결'이라는 경고 메시지가 점멸하고 있었다.

"대장!"

현석이 부르자, 저만치 떨어져 서 있던 도철이 부리나케 다가왔다.

"뭐야? 다 됐어?"

"그게 아니라, 누군가 외부와 통신을 하고 있어요."

"뭐? 다 차단된 게 아니었어?"

"우리 것 빼곤 다 차단시켰죠."

"그럼 우리 중 누가 통화하고 있다는 거야?"

"아뇨. 이건 유선입니다. 누군가 사용하지 않던 유선 회선을 살려낸 것 같아요."

"어디야?"

현석은 태블릿PC의 화면을 손가락으로 짚었다.

"엘리베이터가 닿지 않는, 한 층 아래…… 서쪽 구역입니다."

도철은 즉시 뒤돌아보며 영범과 그 옆에 있는 대원을 손짓으로 불러들였다. 그리고 현석에게 지시했다.

"일단 차단부터 해."

현석이 태블릿PC의 터치스크린을 두드렸다.

사우가 다급한 목소리로 물었다.

"팀장님, 괜찮습니까?"

여전히 작은 소리가 들려왔다.

─난 아직 괜찮아요. 하지만 지금 상황이 너무 안 좋아요. 빨리…….

승희의 말이 채 끝나기도 전에 지지직 하는 소음이 귀를 때리더니 통화가 뚝 끊겼다.

"팀장님! 팀장님!"

휴대폰이 터져나가라 외쳐보았지만 이미 먹통이었다.

"무슨 일 있습니까?"

통신요원이 물었다. 사우는 아무 대답 없이 휴대폰 단축코드를 눌렀다.

"박 팀장님! 코드 블랙 상황입니다. 지금 본부가 적들에게 장악 당했습니다."

차 안에 타고 있던 모든 요원들이 경악한 눈으로 사우의 입을 쳐다보았다.

"회사엔 저희가 가겠습니다. 코엑스는 실장님이 맡아주십시오. 도착하는 대로 상황 보고하겠습니다."

사우는 전화를 끊고 대원들에게 소리쳤다.

"있을 수 없는 일이 벌어졌다! 코드 블랙이야. 우린 회사로 돌아간다! 빨리 차 돌려!"

사우의 전술팀 차량이 삐이익 소리를 내며 급히 유턴했다.

영범은 지하 5층 통신기계실의 철문 옆에 몸을 수그리고 맞은편에 있는 대원에게 신호를 보냈다. 대원이 손잡이를 잡고 문을 열어젖히자 총을 겨눈 영범이 안으로 뛰어들었다. 그러나 방 안은 텅 비어 있었다. 케이블에 매달린 송수화기만 대롱대롱 흔들리고 있을 뿐이었다.

남은 시간은 37분. 현석은 자신도 모르게 진땀이 나는 걸 느꼈다. 작업에 집중하느라 인기척도 못 느꼈는데 옆에서 선화의 낮은 목소리가 들렸다.

"서버가 다운됐어도 내부 CCTV는 살릴 수 있지?"

현석은 시선을 모니터에 붙박은 채 대답했다.

"응. 별도 시스템이니까 가능해. 그건 왜?"

"전화 건 놈 영범이가 놓쳤대. 찾아야지."

"대장이 그렇게 하래? 허락한 거야?"

"당연한 일을 무슨 허락까지 받아? 시간 없으니까 빨리 해줘."

선화는 건너편으로 자리를 옮겨 다른 책상의 컴퓨터 앞에 앉았다. 현석은 선화를 잠시 쳐다보다가 태블릿PC를 조작하기 시작했다.

선화는 현준이 상황실 밖에 있는 것을 확인하고 데스크톱 모니터에 뜬 CCTV 화면들을 빠르게 탐색해나갔다.

이제 30분이 넘어서려 하고 있다. 시계를 흘끗 쳐다본 현석은 모니터를 쳐다보다 말고 자신의 머리를 움켜쥐었다.

"으아! 미치겠다!"

현석은 자판을 미친 듯이 두드리다가 자리에서 벌떡 일어나 상황실을 빠져나갔다.

회의실 문을 거칠게 열어젖히고 현석이 들어왔다. 경화가 놀라 쳐다보았지만 현석은 아랑곳없이 곧장 미정에게 다가갔다.

"너, 하나만 묻자. 너네 보안 시스템 베이스가 도대체 뭐야? 듀얼 홈 게이트웨이는 아니었어. 그렇다고 스크린 서브넷도 아니고."

미정은 비웃음이 실린 얼굴로 현석을 쳐다보았다.

"그럼 베스천 호스트야? 그럴 리 없는데."

현석이 고개를 갸우뚱하며 말했다. 그제야 미정이 입을 열었다.

"우리 시스템이 그렇게 만만해 보여? 그 실력으론 어림 반 푼어치도 없을 거다."

"이게 쌍!"

현석은 금방이라도 미정을 후려칠 것처럼 손을 치켜 올렸다. 하지만 이내 손을 내리고 돌아섰다.

"됐다, 됐어. 네년 도움 따윈 필요 없어."

그러면서 휭 하니 밖으로 나가버렸다.

어리벙벙한 얼굴로 현석의 뒷모습을 쳐다보던 경화가 요원들에게 시선을 돌리고 소리쳤다.

"다들 고개 숙여!"

상황실로 돌아온 현석은 자리에 풀썩 앉아 여전히 숫자만 늘어놓고 있는 모니터를 노려보았다. 도철이 다가왔다.

"어떻게 됐어?"

"아직요."

"안 되는 거야?"

"아뇨. 할 수 있어요. 할 겁니다."

"얼마나 더 걸릴 것 같은데?"

"30분 정도요. 30분이면 할 수 있습니다."

도철이 고개를 저었다.

"안 돼. 그건 너무 늦어. 누군가 외부와 통화했다면 지원부대가 곧 들이닥칠 거야."

도철은 잠시 생각하다가 말했다.

"장비 챙겨서 따라 와."

CCTV를 쳐다보던 선화는 자기도 모르게 주먹을 쥐었다. 방금 지나온 화면에서 그림자 하나가 어른거렸다. 화면을 되돌린 선화는 화면을 뚫어져라 쳐다보았다. 마침내 올 것이 왔다. 승희였다.

상황실 복도로 나온 도철은 현준과 광수, 그리고 다른 대원 하나를 더 불렀다.

"서버를 작동시켜 금고 문을 여는 건 포기한다."

"그럼 어떻게 합니까?"

광수가 물었다.

"가서 직접 열어야지."

"보안장치가 장난이 아닐 건데요? 위험합니다."

장비 배낭을 메고 도철의 뒤를 따라 나온 현석이 의문을 제기했다.

"잔말 말고 따라와!"

현석은 자존심이 상했다는 듯 불퉁한 얼굴을 아래로 숙였다.

선화도 다가왔다. 도철은 선화와 현준을 한 번씩 훑어보면서 말했다.

"너희들은 따라올 필요 없어. 여기나 잘 지켜."

도철 일행이 사라진 것을 확인한 현준이 선화에게 말했다.

"지금이 기회야. 망 좀 봐줘."

현준은 잰걸음으로 백산의 방으로 갔다.

백산의 방은 왠지 모르게 썰렁했다. 책이 가득 꽂힌 서가와 서류장이 있고, 몇 가지 우아한 소품으로 내부를 장식해놓았는데도 여전히 휑한 느낌이었다. 현준은 처음 들어와 본 사람처럼 사방을 두리번거렸다. 그의 눈에 '부국장 백산'이라는 검은 명패가, 역시 검은 대형책상 위에 떡 버티고 있는 게 보였다. 울컥, 뜨거운 기운이 목을 타고 올라왔다. 현준은 잠시 심호흡을 하며 감정을 가라앉혔다. 그러고는 책상 위에 놓인 컴퓨터로 다가갔다. 만일 지문이 남아 있다면 아마도 키보드와 그 주변 유리판에 묻어 있을 것이다.

현준은 이 순간을 위해 미리 준비해두었던 지문채취용 분말과 브러시, 투명 비닐과 소형 스캐너를 꺼냈다. 제발 청소부가 걸레질하지 않았기를 빌면서 브러시로 분말을 뿌리고 비늘들을 붙였다가 뗐다. 그리고 스탠드를 켜서 그것들을 확인했다. 다행히 지문이 묻어 있다.

'됐다!'

현준은 비닐을 스캐너로 인식시킨 후 호주머니에 담았다.

도철의 명령에 따라 수색을 하던 사내 하나가 과학수사실이라는 명패가 붙은 방 문을 열고 조심스레 안으로 들어섰다. 하얀색 일색인 방은 알코올 냄새가 진동했다. 사내는 코를 실룩거리며 하얀 시트로 덮인 침대로 다가갔다. 시트를 들치자 왜소한 체구의 중늙은이 시체가 보였다. 사내는 이맛살을 찌푸리며 시트를 도로 내려놓았다. 과학수사실이라더니 시체검안실을 말한 거였군.

사내가 방을 나가려는데 재채기 소리와 함께 시체의 머리가 크게 들썩였다. 기겁한 사내가 뒤로 주춤 물러서는 순간, 방 문이 와락 열리며 누군가 비호처럼 달려들었다. 사내는 뒤돌아볼 겨를도 없이 앞으로 거꾸러져 침대 위에 머리를 파묻었다. 칼로 깊게 베인 그의 옆구리에서 피가 콸콸 쏟아졌다. 사내는 한동안 다리를 부들부들 떨다가 이내 움직임을 멈추었다.

"괜찮으세요?"

놀라서 눈을 크게 뜨고 있는 현규를 향해 승희가 다급하게 물었다. 현규는 정신을 추스르려는 듯 고개를 몇 번 휘휘 젓고는, 자신을 누르고 있는 사내의 머리를 옆으로 밀어내며 일어섰다.

"어, 어. 근데 대체 무슨 일이야?"

"밖에 난리가 났는데 모르셨단 말예요?"

"아니, 알고는 있었지. 밖으로 도망가려는데 이놈이 오잖아. 그래서 도로 드러누웠지."

"구조 요청을 했으니까 곧 지원팀이 올 거예요. 그때까지 여기 가만히 계세요."

"넌 어딜 가려고? 너도 여기 있는 게 낫지 않을까?"

"아뇨. 난 일단 움직여야겠어요. 암튼 사람들이 올 때까지 잘 숨어 계세요."

승희는 문을 열고 바깥을 살펴본 다음 방을 빠져나갔다.

선화는 회의실과 상황실, 그리고 현준이 들어간 백산의 방을 번갈아 보며 서 있었다. 이윽고 현준이 복도로 나와 그녀가 있는 쪽으로 걸어 왔다.

"됐어요?"

현준이 고개를 끄덕였다.

"지금 바로 그쪽으로 갈게."

"같이 가요."

"아니."

현준이 턱짓으로 회의실과 상황실을 가리켰다. 계속 망을 봐달라는 뜻이었다. 선화는 고개를 끄덕였다.

"무선 채널 5번으로 맞출게요. 무슨 일 있음 바로 연락해요."

"알았어."

현준은 지하 3층으로 올라가는 비상계단을 향해 성큼성큼 걸어갔다.

"여기가 R&D 룸이에요."

태블릿PC에 뜬 배치도를 보며 현석이 말했다. 도철은 호주머니에서 카드키를 꺼내 인식기에 댔다. 문이 열리자 광수가 총을 겨누며 먼저 안으로 들어섰다. 이어서 도철과 현석, 대원 하나도 따라 들어갔다.

방 안은 기자재와 컴퓨터로 가득 차 있었다. 한쪽 구석에는 대형금고처럼 생긴 것이 놓여 있다. 현석이 그곳을 가리켰다.

"바로 저기예요."

현석은 배낭 속에서 전선 뭉치를 꺼내 금고의 번호 패드에 연결했다. 그리고 태블릿PC를 작동시켜 잠금장치의 번호를 하나씩 풀어가기 시작했다.

잠시 후 태블릿PC에 '해제 완료'라는 메시지가 떴다.

"됐어요."

도철이 고갯짓으로 신호를 보내자 대원이 금고 손잡이를 잡아 열려고 했다. 그 순간 현석의 태블릿PC에서 경고 메시지가 떴다.

"잠깐만!"

그러나 이미 늦었다. 경고음이 울리더니 손잡이를 잡은 대원의 몸에 고압전류가 흘렀다. 순식간에 살이 타는 냄새가 온 방 안에 퍼지더니 대원은 개구리처럼 사지를 쭉 뻗으며 쓰러졌다.

현석이 입술을 깨물었다.

"으, 이래서 상황실 서버를 꼭 열었어야 하는 건데, 그 기집애 때문에……."

눈앞에서 졸지에 수하를 잃은 광수의 눈이 벌게졌다.

"도대체 저 안에 있는 게 뭡니까?"

그러나 도철은 광수의 질문을 묵살하고 현석에게 말했다.

"계속해."

현석은 다시 몸을 숙이고 태블릿PC 작동에 열중했다.

3분쯤 지나자 금고에서 삐삐 소리가 났다. 현석이 도철을 향해 고개를 끄덕였다. 그러자 광수는 도철의 얼굴을 한 번 쳐다보고 나서 현석을 향해 말했다.

"이번엔 확실해?"

"아마도……."

"아마도?"

광수는 험상궂은 인상으로 현석을 노려보고는 전선 가닥을 잡아 피복을 벗겼다. 그것을 금고 손잡이에 살짝 대보았다. 전류가 흐르는 기미는 없었다. 그제야 광수는 손잡이를 조심스럽게 잡고 문을 열었다.

금고 안에는 사과상자보다 조금 큰 전자장비가 들어 있었다. 유심히 살펴보던 도철이 휴대폰을 꺼내 사진을 찍었다. 그러고는 어딘가로 사진을 전송했다.

"됐다. 가지고 나가자."

도철이 한 걸음 뒤로 물러서자 광수와 현석이 그것을 꺼내기 시작했다.

북측 실사단을 태운 세단들은 앞쪽 세 대, 뒤쪽 두 대의 남측 승용차 사이에 끼어 신문로를 달렸다. 가운데 차 뒷좌석에 탄 철영은 바깥을 내다보았다. 전혀 낯설지 않은 풍경이다. 남조선에 온 것이 벌써 몇 번째인가. 한 달 전, 선화의 배신을 확인한 후에도 이곳에 왔었다. 아마 저들은 그 사실을 꿈에도 모를 것이다.

차가 광화문 대로에 막 접어들려 할 때 문자 메시지가 왔다는 신호음이 울렸다. 확인 버튼을 누르자 이미지가 떴다. 농축 우라늄 구를 작동시킬 기폭장치였다.
 철영은 회심의 미소를 지으며 광화문 광장 앞에 설치돼 있는 세종대왕 동상을 바라보았다.

 승희는 3층 비상계단을 올라가는 사내의 뒤를 조심스레 따라갔다.
 복도를 따라 기밀정보 보관소 앞에 선 현준은 백산의 방에서 채취한 지문을 손가락에 붙이고 스캐너에 갖다 댔다. 문이 열렸다. 현준은 무전기의 5번 채널을 틀었다.
 "지금 들어간다. 망 잘 봐."
 ―알았어요.
 선화의 대답을 확인한 현준은 지체 없이 안으로 들어갔다.

 선화가 든 무전기의 4번 채널에 신호음이 왔다. 버튼을 누르자 영범의 목소리가 나왔다.
 ―지원 바람!
 "무슨 일이야?"
 ―막내 수철이가 외부로 전화 건 놈 찾아낸 것 같습니다. 방금 지하 3층으로 올라가는 걸 봤답니다.
 "알았다."
 선화는 즉시 무전기를 끄고 상황실 컴퓨터로 갔다. 그리고 CCTV를 조작했다. 화면에 지하 3층의 복도 모습이 비쳤다. 그림자 하나가 몸을 굽히고 조심스레 복도 끝을 향해 다가가고 있었다. 역시 승희였다. 선화는 자리를 박차고 달려 나갔다.

NSS 전술대 독수리팀을 태운 네 대의 차량이 보안 게이트 앞에 멈춰 섰다. 알파 분대와 브라보 분대의 병력이 일제히 쏟아져 나왔다. 사우의 지시에 따라 대원 한 명이 초소로 달려갔다. 초소 안을 확인한 대원이 즉시 사우에게 달려와 보고했다.

"비상 보안시스템이 작동 중이라 엘리베이터가 폐쇄됐습니다."

"당장 시스템 해제해!"

"여기선 불가능합니다."

그렇다면 방법은 하나밖에 없다.

"비상출입문으로 간다. 빨리!"

사우의 명령이 떨어지자 전 대원이 비상출입문을 향해 전속력으로 달렸다.

계단을 쏜살같이 내려온 대원들은 비상출입문 앞에서 사주경계를 펼쳤다. 그러나 비상출입문은 이미 차폐벽으로 막혀 있었다.

"어떡하죠?"

브라보 팀장이 난감한 표정으로 물었다.

"뭘 어떡해? 뚫어야지."

"폭파하기 전엔 불가능합니다."

"그럼 폭파해!"

"후속부대가 올 때까지 기다려야 하지 않을까요?"

"그럴 시간 없다. 폭파해!"

그러나 브라보 팀장은 여전히 망설이는 눈치였다.

"안 들려? 폭파하라니까!"

"무모합니다. 안에 적들이 얼마나 있는지도 모르고, 또 어떤 상황이 벌어져 있는지도 모르는데 무턱대고 들어갔다간……."

그 말이 끝나기도 전에 사우가 브라보 팀장의 멱살을 잡고 벽에 몰아붙였다.

"다시 말하지 않는다. 폭파해!"

노기등등한 사우의 얼굴을 본 대원들이 부리나케 움직이기 시작했다. 사우는 브라보 팀장의 멱살을 놓고 거친 숨을 몰아쉬며 차폐벽을 노려보았다.

NSSB3003001-1.

현준은 마침내 목표물인 스토리지 앞에 섰다. 스토리지가 구동되자 모니터에 데이터 폴더가 떴다. 백산의 스토리지에는 수백 개의 관리 폴더가 있었다. 모든 걸 뒤져볼 시간은 없다. 현준은 외장하드에 백산의 파일을 담기 시작했다.

그때 뒤에서 인기척이 느껴졌다.

"꼼짝 마!"

날카로운 여자의 음성이다. 현준은 작업하던 손을 멈추었다.

"천천히 돌아서!"

현준은 여자가 시키는 대로 돌아섰다. 순간, 그는 심장이 멎는 것 같은 통증을 느꼈다. 눈앞에 권총을 겨누고 서 있는 여자는 다름 아닌 승희였다! 현준은 숨을 쉴 수가 없었다. 어떻게 이런 일이! 승희가 살아 있다니!

그러나 놀랄 여유조차 없었다. 승희의 뒤로 자동화기를 든 사내가 모습을 드러냈기 때문이다. 현준은 순식간에 허리춤에서 권총을 꺼내 그를 향해 발사했다.

승희는 상대의 총구에서 불꽃이 튀자 반사적으로 방아쇠를 당겼다.

상대가 뒤로 나가떨어졌다. 그때 뒤에서 뭔가 쿵 하고 넘어지는 소리가 났다. 뒤를 본 승희는 모골이 송연해졌다. 스키마스크를 쓴 또 다른 사내가 몸을 부르르 떨며 마지막 숨을 몰아쉬고 있었다.

승희의 총을 맞고 쓰러진 사내가 동료를 죽인 것이다. 무엇 때문에? 승희는 혼란스러웠다. 상황의 급박함보다도 궁금증이 앞섰다. 승희는 자신의 총에 맞은 사내 앞으로 다가갔다. 사내는 숨이 멈춘 듯 미동도 하지 않았다. 승희는 천천히 손을 뻗어 사내의 스키마스크를 아래에서 위로 벗기기 시작했다. 턱 모양이 드러났다.

"멈춰!"

여자의 앙칼진 외마디. 승희는 사내의 스키마스크를 올리던 손을 멈추고 조심스레 권총을 쥐었다. 그 순간, 뒤통수에 강한 충격이 왔다.

과거, 현실이 되다

2014. 2. 2. 서울

'이젠 됐다!'

도철은 전자박스를 알루미늄 캐리어박스에 담고 있는 광수와 현석을 보고 희미하게 웃었다. 이제 남조선에 도착한 박 중좌와 만나는 일만 남았다.

그때 현석이 들고 있던 태블릿PC에서 경고음이 나왔다. 비상출입문을 나타내는 곳에 붉은 빛이 깜박이고 있었다. 현석이 다급하게 소리쳤다.

"대장, 출입문이 뚫렸습니다!"

도철은 이미 예상한 일이었다는 듯 별 다른 반응은 보이지 않고 무전기에 입을 갖다 댔다.

"이제 나간다. 다들 철수 준비해. 그리고 경화, 상황실에 폭발물 설치하고, 이쪽으로 합류해라."

"알겠습니다."

NSS 요원들을 감시하고 있던 경화가 무전기에 대고 말했다. 경화는 무전기를 전투복 호주머니에 꽂은 다음, 옆에 놓여 있던 더블백을 걸머졌다.

"살고 싶으면 고개 처박고 얌전히 있어!"

경화는 인질들을 윽박지른 다음 회의실을 빠져나갔다.

문이 닫히자 고개를 슬쩍 든 미정이 정인에게 속삭였다.

"우리도 뭔가 해야 하는 거 아니에요?"

"기다려봐."

정인이 대답하자 태성이 품에 있던 권총을 꺼내들며 말했다.

"아무도 없을 때, 바로 지금이 기회예요."

"권총 하나로 뭘 어쩌자고?"

정인은 어이가 없다는 듯 태성을 쳐다보았다.

"괜한 짓하다간 여기 있는 사람 다 위험해질 수도 있어."

"도대체 어떻게 돼가는 거야?"

미정은 잔뜩 찌푸린 얼굴로 까맣게 칠해진 회의실 창문을 바라보았다.

선화는 의식을 잃은 현준의 목을 떠받쳤다. 다행히 총알이 방탄복을 뚫지는 못했다.

"현준 씨, 현준 씨."

선화는 현준의 머리를 가볍게 흔들었다. 그러나 현준은 깨어날 기미를 보이지 않았다.

무전기에서 도철의 목소리가 들려왔다.

―에이 쓰리, 에이 쓰리, 지금 어디 있는 거야?

"현준 씨, 제발 정신 차려요."

선화는 현준의 몸을 몇 번 더 흔들어보다가, 현준의 팔을 자신의 머리에 감고 들어올렸다. 그리고 질질 끌다시피 하며 기밀보관실을 빠져나왔다. 무전기에서는 자신을 호출하는 도철의 목소리가 계속 들려오고 있었다.

―에이 쓰리, 대답해! 지금 위치가 어디야?

"지하 3층입니다. 지금 갑니다."

선화는 다시 현준을 불러보았다.

"현준 씨, 현준 씨."

후욱! 후욱!

현준이 막혔던 숨을 내뱉듯 크게 호흡하며 눈을 떴다. 현준은 상황을 파악하려는 듯 주변을 둘러보았다. 그리고 힘겹게 몸을 일으키더니 비틀거리며 움직이기 시작했다.

"괜찮아요?"

"승희…… 승희였어. 승희가 살아 있어."

선화는 현준의 몸을 붙들었다. 현준의 눈빛은 아직도 꿈속을 헤매는 것처럼 몽롱했다.

"틀림없어. 승희가 여기 있었어."

현준은 눈에 힘을 주며 선화를 쳐다보았다.

"어떻게 된 거야? 승희 어딨어? 어딨냐고?"

선화는 대답 대신 기밀보관실 쪽으로 고개를 돌렸다. 현준이 그쪽으로 다가가려 하자 선화가 얼른 앞을 막았다.

"안 돼요. 지금 바로 나가야 돼요."

"비켜!"

"입구가 뚫렸단 말예요. 저쪽 지원부대가 왔다구요."

"비키라니까!"

현준은 선화를 거칠게 밀어냈다. 휘청하던 선화는 자세를 고쳐 잡고 현준에게 총을 겨누었다. 현준은 양미간을 좁히며 선화를 노려보았다.

"지금 나가지 않으면 안 돼요. 돌아서세요."

현준은 총을 겨눈 선화에게 천천히 다가섰다. 선화의 손이 흔들리고 있었다.

"지금은 안 돼요. 제발!"

선화가 거의 울먹이면서 애원했다. 그러나 현준은 권총을 쥔 선화의 손을 잡고 그녀를 벽으로 세게 몰아붙였다.

"너, 승희한테 무슨 짓 한 거야?"

"걱정 말아요. 의식을 잃은 것 뿐이에요."

현준은 한동안 선화를 노려보다가 입을 열었다.

"승희를 만나야겠어."

"그래서 어쩌려구요, 만나서 뭘 할 수 있는데요? 여기 있다가 잡히면 현준 씬 끝이에요. 끝이라구요."

현준이 고개를 숙였다.

"일단 나가야 돼요. 현준 씨, 뭘 위해서 여기 왔는지 생각해야죠."

선화의 몸을 압박하던 현준의 팔이 서서히 풀렸다. 선화가 거친 숨을 몰아쉬었다.

"지금 뭐하는 거야!"

3층 계단을 올라온 도철이 소리를 질렀다. 도철은 두 사람이 있는 곳으로 걸어왔다.

"여긴 왜 온 거야?"

"외부로 연락한 놈을 추격하고 있습니다."

선화의 말에 도철은 두 사람을 번갈아가며 노려보았다. 주변을 둘러보던 도철의 시선이 문이 열려 있는 기밀보관실 쪽으로 향했다. 도철은 기밀보관실로 다가갔다. 그때 도철의 무전기에서 소리가 새어나왔다.

─NSS 전술팀이 곧 상황실에 들이닥칠 것 같습니다.

광수였다.

"지금 간다."

도철은 무전기에 대고 짤막하게 답하고서 선화와 현준에게로 고개를 돌렸다.

"꾸물대지 말고 빨리 나와."

도철은 몸을 돌려 계단을 향해 걸어갔다. 선화가 현준에게 눈짓을 보냈다. 현준은 어쩔 수 없다는 듯 고개를 떨구고 도철의 뒤를 따라 걷기 시작했다.

상황실 밖 복도에는 이미 NSS 작전복 차림을 한 대원들이 대기 중이었다.

"너희들도 갈아입어."

광수가 현준과 선화에게 작전복을 던졌다. 그때 태블릿PC를 들여다보고 있던 현석이 말했다.

"지금 들어옵니다."

태블릿PC의 모니터에 뜬 동작감지기 불빛이 연신 깜박였다. 도철은 나이트 고글을 쓰고 현석에게 신호를 보냈다.

"끊어!"

말이 떨어지기 무섭게 대원들 모두가 나이트 고글을 썼다. 현석은 NSS 청사의 전력선 도면을 화면에 띄우고, 전원 차단 버튼을 클릭했다. 그러자 사위는 순식간에 암흑으로 뒤덮였다.

복도를 따라 일사불란하게 전진하던 NSS 전술요원들은 갑자기 사방이 깜깜해지자 우왕좌왕했다.

탕탕탕!

어둠 속에서 총성이 울렸다. 전술요원들은 소리가 난 쪽을 향해 마구 총을 쏘아댔다. 사우가 랜턴을 켜고 앞을 살펴보았다. 까맣게 칠해진 회의실 창문이 보였다.

"사격 중지!"

총소리가 멈췄다. 사우는 회의실 벽에 몸을 붙이고 문을 와락 열어젖혔다. 그리고 총을 겨눈 채 안으로 들어섰다. 랜턴으로 안을 비추는데 누군가 권총을 들고 서 있었다.

"총 버려!"

사우가 소리쳤다. 상대가 총 든 손을 밑으로 내렸다. 사우는 랜턴으로 그를 비춰보았다. 태성이었다. 사우는 랜턴을 자신의 얼굴에 비추어 태성이 자신을 알아보게 했다.

"어, 진 선배님!"

태성이 껴안기라도 할 것처럼 사우에게 달려왔다. 그의 뒤를 따라 구석에 몰려 있던 사람들도 앞으로 나섰다. 사우는 그들의 얼굴을 일일이 비춰보고는 무전기로 신호를 보냈다.

"여기 우리 식구들이 있어. 다친 사람은 없다."

그런데 꼭 있어야 할 사람이 보이지 않았다. 사우는 정인에게 물었다.

"최승희 팀장님은 어딨죠?"

"여긴 우리뿐이에요. 최 팀장은 실사단에 합류하러 갔잖아요."

"아뇨. 중간에 이리로 왔어요."

"이리론 안 왔는데? 혹시……."

그때 전술요원 하나가 급히 회의실 안으로 들어서며 소리쳤다.

"상황실로 와보셔야겠습니다!"

"무슨 일이야?"

"폭발물이 설치돼 있습니다! 이미 카운트다운이 시작됐습니다!"

―전원이 복구됐습니다.

무전기에서 소리가 들리는 것과 동시에 조명이 들어왔다. 사우는 상황실로 달려갔다.

"폭발물 종류는?"

"RDX 계열 폭발물에 전지 기폭장치가 연결돼 있습니다."

"시간은 얼마 남았어?"

"5분 21초입니다."

"해체 가능한가?"

"해보겠습니다."

그때 다시 무전기에서 소리가 들렸다.

―지원병력이 도착했습니다. 지금 들어갑니다.

사우는 잔뜩 굳은 얼굴로 잠시 생각에 잠겨 있다가 무전기를 들었다.

"지원병력을 포함한 모든 전술팀은 들어라. 4분 내에 비전투요원들과 부상자들을 수습하여 건물 밖으로 대피한다."

사우는 무전기를 내려놓고 폭발물 앞에 서 있는 요원에게 지시했다.

"지금 바로 시작해. 1분 전까지 해보고, 안 되겠다 싶으면 너희들도 대피하도록."

"알겠습니다."

사우는 상황실 밖으로 뛰어나갔다. 복도에서는 전술요원과 비전투요원들이 한데 섞여 바삐 움직이고 있었다. 사우가 요원들의 대피상황을 체크하고 있는데, 저쪽에서 오현규가 다가왔다. 현규가 사우에게 물었다.

"최승희는 지금 어딨나?"

"예? 최팀장 보셨어요? 여기 있던 사람들은 모르던데."

"날 구해주고 다른 데로 갔어."

"어디로요?"

"몰라."

사우는 사람들을 헤집고 급히 안쪽으로 뛰어갔다.

환자로 위장한 경화를 이동침대에 싣고, 도철 일행은 서둘러 복도를 걸어 나왔다. 작전복 차림에 고글을 쓰고서 이동하던 현준은 예전의 동료들이 황급히 움직이는 모습을 유심히 지켜보았다. 앞에서 사우가 다가오고 있다. 사우는 무엇을 찾는지 사방을 두리번거리며 현준의 옆을 지나갔다. 현준은 뒤를 돌아보았다. 사우는 막 비상계단을 오르려는 참이었다.

남은 시간은 겨우 2분. 승희를 찾아 지하 3층으로 온 사우는 무전기로 상황실을 호출했다.

"어떻게 돼가?"

―아직 못 했습니다.

"해체할 순 있는 거야?"

―잘은 모르겠지만, 기폭장치 외에 다른 건 없는 것 같습니다.

"1분 전까지야. 위험요소가 없는지 잘 살피고 도저히 자신 없으면 포기하고 그냥 나와."

―알겠습니다.

사우는 거의 뛰다시피 3층 복도를 걸었다. 그러나 승희의 모습은 보이지 않았다. 사우는 손목시계를 보았다. 1분 30초가 남았다. 그때 사우의 눈에 반쯤 문이 열린 기밀보관실이 들어왔다. 그쪽을 향해 달려가는데 무전기에서 한숨 소리가 들렸다.

―후우! 해체 완료했습니다.

사우는 가슴을 쓸어내리며 기밀보관실 안을 들여다보았다. 누군가 쓰러져 있었다. 승희다! 사우는 안으로 뛰어 들어갔다.

2014. 2. 2. 성남

창고에 돌아온 뒤에도 현준은 넋 나간 사람처럼 앉아 있었다. 현준은 부다페스트 서부역의 광경을 떠올렸다. 굉음과 함께 공중으로 날아오르던 차. 승희는 그 차에 앉아 자신을 기다리고 있었다. 분명히 죽었다고 생각했다. 그런데 몇 시간 전, 승희가 그 커다란 눈으로 자신을 노려보며 총구를 겨누지 않았던가? 현준은 혼란스러웠다. 머릿속에서 수백 개의 퍼즐 조각이 산산이 흩어지는 것 같았다.

선화는 조바심이 일었다. 머리를 숙인 채 생각에 잠겨 있는 현준을 보니 안타까웠다. 그때 누군가 선화의 어깨를 잡았다. 도철이다. 그가 현준을 곁눈질하며 물었다.

"쟤, 왜 저래? 무슨 일 있었어?"

"아뇨. 뭐 이상해요?"

"아까부터 쭉 저러고 있잖아. NSS에 갔다 온 뒤로 사람이 영 바뀐 것 같은데."

"얼마 전까지 동료였던 사람들을 죽였잖아요. 당연히 심란하겠죠. 별일 아니니까 신경 쓰지 마세요."

도철은 의혹에 찬 시선으로 현준을 바라보다가 이내 몸을 돌렸다. 선화가 현준에게 다가갔다.

"다들 현준 씨를 이상하게 보고 있어요."

현준은 여전히 말이 없었다.

"혼란스러운 건 알겠지만, 지금 감정을 제대로 추스르지 못하면 현준 씨가 곤란해져요."

현준은 선화를 한 번 쓱 올려다보더니 다시 고개를 숙였다.

2014. 2. 3. 서울

"어떻게 이런 일이 벌어질 수 있습니까?"

잔뜩 흥분한 외교안보수석 유강오가 백산에게 목청을 높였다.

"테러를 막아야 할 사람들이 테러리스트들에게 안방을 내주다니 이게 말이 됩니까?"

정무수석 권오현도 백산을 몰아붙였다. 옆에서 가만히 지켜보고 있던 비서실장 정형준이 입을 열었다.

"NSS를 공격한 자들의 정체는 알아냈습니까?"

"파악 중입니다."

백산이 무거운 표정으로 대답했다. 그러자 권오현이 정형준을 보며 말했다.

"NSS도 그렇지만, 이런 정보 하나 파악 못 한 국정원장도 지금 당장 소환해야 하는 것 아닙니까? 지금 북에서 실사단까지 내려와 있는데, 이 사실이 알려지기라도 한다면 이게 무슨 망신입니까?"

그때 회의실 문이 조용히 열리며 홍보기획관 홍수진이 들어왔다.

"부국장님, 대통령님께서 뵙자고 하십니다."

조명호 대통령은 심란한 얼굴로 백산을 쳐다보았다.

"아태 외교장관 회의가 무사히 끝나서 다행입니다. 그런데 테러리스트들의 목표가 NSS였다니 이해가 안 가는군요."

"면목 없습니다. 모든 책임은 제가 지겠습니다."

"일단 수습하는 게 먼저지요."

"우선 테러리스트들의 정체를 밝히는 데 초점을 맞추고 수사를 시작했습니다."

"테러범들이 NSS로 들어간 이유가 뭘까요? 다른 곳도 아니고 NSS로 쳐들어갈 정도라면 뭔가 특별한 이유가 있을 법한데."

백산이 잠시 망설이다가 입을 열었다.

"실은, 이번 사건 보고서에 언급하지 않은 사항이 하나 있습니다."

대통령이 어서 보고하라는 듯 눈짓을 보냈다.

"NSS에서 보관 중이던 중요한 장비 하나가 사라졌습니다.'

"그게 뭡니까?"

"초정밀 원격 기폭장치입니다."

"기폭장치?"

"농축 우라늄 구체를 결합하면 핵 폭발을 유도할 수 있는 전자 기폭장치입니다."

"우라늄 구체라면 핵폭판을 말하는 겁니까?"

"NSS가 보관 중이던 기폭장치에는 농축 우라늄 구체가 딸려 있지 않습니다. 농축 우라늄 구체는 쉽게 구할 수 있는 물건이 아닙니다. 하지만 만일 누군가 그 구체를 가지고 있고 기폭장치마저 손에 넣었다면, 언제 어디서든 터뜨릴 수 있는 고성능 핵폭탄을 가졌다는 뜻이 됩니다."

대통령이 경악한 표정으로 백산을 쳐다보았다.

"지금 테러범들이 핵폭탄을 가졌다는 겁니까?"

"그렇게 추측할 수 있습니다."

호텔 객실을 나온 중권은 복도를 걸으며 신중하게 주변을 살폈다. 복도 끝에 남측 요원이 하나 서 있었다. 중권은 복도 중간에 설치된 CCTV를 살폈다. 그러고는 한 객실 앞에 멈춰 서서 노크를 했다.

소파에 앉아 서류를 읽고 있던 철영은 조심스레 들어서는 중권을 쳐다보았다. 중권이 앞으로 다가와 서자 철영이 고개를 끄덕였다.

중권은 품 안에서 소형 도청장치 탐지기를 꺼내 들었다. 그리고 객실 안 이곳저곳을 훑어나가기 시작했다. 삐이! 침대 옆 콘센트에서 신호음이 났다. 틀림없이 도청장치가 콘센트에 내장되어 있을 것이다. 중권은 철영을 돌아보았다. 하지만 철영은 이미 예상하고 있었다는 듯 묵묵히 앉아 있기만 했다. 중권은 위성TV의 음악 채널을 틀고 볼륨을 높였다. 남조선 걸그룹의 댄스 뮤직이 흘러나왔다. 중권은 철영 앞에 앉아 소파 테이블 위에 도청방지 장치를 올려놓고 버튼을 눌렀다. 장치가 작동한 것을 확인한 중권이 철영에게 눈짓했다.

철영은 휴대폰을 꺼냈다.

"임무는 잘 끝냈나?"

―예.

"지금 어디 있나?"

―무사히 빠져나와 안가에서 대기 중입니다.

"우리 쪽 피해는?"

―세 명이 연락 두절입니다. 하나는 총격전 중에 사망했고, 나머지 둘도 당한 것으로 보입니다. 다음 작전을 실행하려면 추가요원이 보충되어야 합니다.

"알았다. 다시 연락할 때까지 거기서 은신하고 있어."

철영은 전화를 끊고 중권에게 말했다.

"즉시 추가요원 투입하도록."

사우는 침대에 잠들어 있는 승희를 지켜보았다. 뒷머리에 타박상을 입긴 했지만 다행히 찢어지지는 않았다.

병원에서 나온 사우는 NSS 상황실로 갔다. 상황실 한쪽에서 상현과 태성, 미정이 앉아 이야기를 나누고 있었다. 다가오는 사우를 보고 상현이 물었다.

"최 팀장은 어때?"

"충격으로 혼절하긴 했지만, 상처는 경미합니다. 곧 퇴원할 겁니다."

사우가 미정에게 물었다.

"뭐 좀 알아낸 거 있대?"

"과학수사실에서 테러리스트 사체와 유류품을 분석 중인데 별로 건질 게 없나봐요."

사우가 이번에는 상현을 쳐다보고 물었다.

"놈들이 NSS를 공격한 목적은 파악 됐습니까?"

상현이 태성과 미정을 한 번 힐끗한 뒤, 사우에게 말했다.

"너, 나 좀 잠깐 보자."

사우는 상황실 밖으로 나가는 상현의 뒤를 따라나섰다.

두 사람은 옥상으로 갔다. 그곳은 NSS에서 유일한 CCTV 사각지대다. 사우는 놀라서 벌어진 입을 다물지 못한 채 상현에게 다시 물었다.

"기폭장치요?"

"그래. 초정밀 기폭장치. 오차범위가 백만 분의 1초 이하야. 고폭 테스트에서 성능이 입증된 물건이지."

"고폭 테스트라면, 핵무기도 연결할 수 있단 말이에요?"

"핵 구체를 결합하면 핵무기가 되는 거지."

상현은 심각한 표정이 된 사우에게 계속 설명했다.

"상상하기조차 끔찍한 일이지만, 그게 만약 서울 도심 한복판에서 사용된다면 청와대와 정부청사는 물론이고 국회의사당까지 피해를 입게 돼. 사망자만 해도 10만 명 이상이 나올 거야."

사우의 인상이 더욱 굳어졌다.

"아직은 실장급 이상만 알고 있는 극비사항이야. 그러니까 따로 지시가 있을 때까지 함구하고 있어."

상현의 호주머니가 부르르 떨렸다. 휴대폰의 진동음이었다.

"예, 예. 바로 가겠습니다."

상현은 전화를 끊고 급히 옥상에서 내려갔다.

"국외로 빠져나갈 가능성도 있지 않습니까?"

황준묵 실장이 백산에게 물었다.

"그렇다면 문제가 더욱 심각해질 거다. 기폭장치를 가지고 있었다는 사실이 밝혀지면, 우리나라는 국제 사회에서 정치적인 압박과 경제적 제재를 동시에 받을 수 있어."

"큰일이군요."

"이 시간 부로 NSS 전 부서는 기폭장치를 가지고 간 범인들을 찾는데 집중한다. 국내에 존재하는 모든 핵물질에 대해 전수조사를 실시하고, 혹시 핵물질이 밀반입됐을지도 모르니까 거기에 대해서도 추적하도록."

"예."

"그리고 박 팀장, 자네는 군경에 공조 요청해서 경계등급을 최고등급으로 올리도록 조처해."

"알겠습니다."

2014. 2. 4. 성남

광수와 현석, 영범은 창고 한구석에 놓인 테이블 앞에 앉아 카드게임을 하고 있었다. 광수는 휴대용 위스키 병에 든 술을 홀짝이다가, 창고 한쪽에서 지도를 펼쳐놓고 뭔가 이야기를 나누고 있는 도철과 경화를 보더니 낮은 소리로 물었다.

"이봐, NSS에서 빼온 게 뭐야?"

"나도 몰라."

현석이 시큰둥하게 대답하자 광수가 몸을 앞으로 굽히며 말했다.
"뭔지 말해봐. 비밀은 지킬 테니까."
"모른다니까, 정말 몰라."
"씨발. 벌써 세 명이나 죽었는데 무슨 짓을 하는지도 모른다는 게 말이나 돼?"
"불만 있음, 대장한테 가서 따져. 나한테 그러지 말고."

선화는 컴퓨터 앞에 앉아 뭔가를 열심히 검색하고 있었다. 현준이 다가와 그녀에게 눈짓을 보냈다. 따라오라는 신호였다.
창고를 나온 선화는 긴장한 표정으로 현준에게 다가갔다. 그 얼굴을 보고 현준이 피식 웃었다.
"무모한 짓 안 할 테니까, 그렇게 쳐다보지 마."
하지만 선화의 표정은 바뀌지 않았다.
"차가 내 눈앞에서 폭발하는 걸 보고 난 승희가 죽었다고 믿었지. 그때 다른 생각을 할 여지가 없었어."
현준이 살짝 미소를 지었다.
"경위야 어찌되었든 승희가 살아 있으면 됐어. 이젠 내가 할 일만 하면 돼."
현준이 선화에게 외장하드를 내밀며 말했다.
"백산의 스토리지에 있던 파일이야. 무슨 내용인지 빨리 확인 좀 해줘."
"알았어요."
선화는 창고로 들어가려다 말고 뒤돌아서서 물었다.
"NSS에서 빼내 온 게 뭔지 짐작 가는 건 없어요?"

현준은 고개를 가로저었다.

선화는 다른 사람들이 눈치채지 못하도록 조심하면서 외장하드를 컴퓨터에 연결했다. 파일들을 빠르게 검색해나가던 중에 가족사진이 하나 눈에 들어왔다. 아버지와 어머니, 그리고 아버지의 무릎에 앉은 꼬마의 사진이었다. 사진을 본 순간 선화의 가슴이 쿵쿵거렸다. 어린 아이였지만 선화는 그를 단박에 알아보았다. 현준이다. 선화는 일련의 파일들을 뒤져나가기 시작했다.

잠시 후 밖으로 나온 선화에게 현준이 물었다.

"확인했어?"

선화가 고개를 끄덕였다.

"뭐가 들어 있었지?"

"백산이 아이리스로 임무를 수행한 내용들."

선화는 한순간 현준의 눈이 반짝였다고 느꼈다.

"북남관계에 영향을 준 사건들……. 거기엔 대부분 아이리스와 백산이 관계돼 있었어요. 또 30여 년 전 남쪽에서 핵무기를 개발하려 했을 때 그 일에 참여했던 핵물리학자들이 어떻게 처리되었는지도. 그런데……."

선화는 여기서 말을 끊고 망설이는 듯한 표정을 지었다.

"그런데?"

"거기에 현준 씨 어릴 때 가족사진이 있었어요. 부모님 이야기도 들어 있었구요."

현준의 눈이 커졌다.

"그게 무슨 소리야?"

"김정국, 윤미현. 현준 씨 부모님 이름 아닌가요?"

현준이 고개를 저었다.

"난 몰라. 부모님에 대한 기억이 전혀 없어. 내가 고아원으로 갔을 때가 네 살이야. 사고로 돌아가셨을 거라고 짐작만 할 뿐, 어떤 분들이셨는지, 성함은 무엇이었는지, 뭘 하셨는지, 아는 게 하나도 없어. 그래, 우리 부모님이 어떤 분이었다고?"

선화는 여전히 주저하고 있었다.

"말해봐, 빨리!"

"두 분 다 핵개발에 참여했던 핵물리학자셨어요. 그런데 박정희가 죽고 연구소가 해체되던 날 의문의 교통사고로 돌아가셨죠. 사고로 위장해서 두 분을 그렇게 만든 건 바로 백산이고."

현준의 얼굴에 충격과 경악의 표정이 스쳐갔다.

"현준 씨 성장과정도 들어 있더군요. 고아원에 들어간 것도, 그 후 학교며 707에 들어간 것까지 모두 세세하게 기록돼 있더라고요."

현준의 눈이 분노로 이글거렸다.

2014. 2. 5. 서울

승희는 의문에 휩싸였다. 그는 왜 동료를 죽였을까? 그가 총을 쏘지 않았다면 분명 승희 자신이 목숨을 잃었을 것이다. 그 순간을 생각하면 아찔했다. 하지만 궁금증이 더 컸다. 또 한 가지, 스키마스크를 벗기려 했을 때 드러났던 턱의 모습이 어딘가 눈에 익었다. 승희는 도저히 가만히 누워 있을 수가 없었다.

승희가 NSS 상황실에 들어서자 모두들 걱정스레 그녀를 바라보았다. 약간 초췌해진 것 같았다. 미정이 먼저 입을 열었다.

"팀장님, 괜찮으세요?"

"괜찮아."

"며칠 더 푹 쉬시지, 왜 벌써 나오셨어요?"

태성이 승희 앞으로 와서 말했다. 승희가 대답 대신 물었다.

"조사 상황은 어떻게 돼가고 있나?"

"아직 사체 분석 중이에요."

"죽은 테러범들은 다 확인했어? 신원이 밝혀진 사람은?"

"아니요, 아직."

"뭐 특별한 건 없고?"

"특별한 거라뇨?"

"아냐. 혹시 단서가 될 만한 게 없었나 하고."

미정이 끼어들었다.

"과학수사실에서도 아직 발견한 게 없나봐요. 그런데……"

"그런데, 뭐?"

"윗사람들 눈치를 보면 뭔가 큰일이 벌어진 게 틀림없는데, 그게 뭔지 우리에겐 아직……"

승희는 가볍게 고개를 끄덕였다.

승희가 부검실로 들어서자 부검실 요원들이 목례를 했다. 현규는 반가운 마음에 승희를 덥석 안았다.

"벌써 퇴원했냐? 몸은 괜찮고?"

"네. 괜찮아요. 지금 많이 바쁘세요?"

"뭐 밝혀진 게 있어야 한가하든 말든 하지."

현규는 검시대 위에 놓인 사체를 손으로 가리키며 말을 이었다.

"이놈들, 증거가 될 만한 건 하나도 남겨놓지 않았어. 하기야 NSS로 치고 들어올 정도면 치밀하게 준비했겠지."

승희는 사체들을 물끄러미 바라보았다.

"너, 나한테 무슨 할 말 있냐?"

"그전에 말씀하셨던 프로그램 말예요."

"뭐?"

"외형만 가지고 골격 분석하는 프로그램이요."

현규는 승희의 얼굴을 한 번 쳐다보고는 부검실 요원들에게 말했다.

"야, 니들 나가서 좀 쉬고 와라."

"예."

요원들은 반색하며 밖으로 나갔다. 요원들이 나가자 현규가 진지한 표정으로 말했다.

"말해봐. 알고 싶은 게 뭔데?"

"지난번에 말씀하시길, 웹캠에 잡힌 이미지가 현준 씨하고 74퍼센트 일치한다고 그랬잖아요?"

"그랬지."

"그렇다면 현준 씨라고 결론 내릴 수도 있겠네요?"

현규는 대답을 망설였다.

"말씀해주세요."

"그렇다고도 아니다고도 딱 잘라 말할 순 없어. 물론 가능성은 있지. 그런데 사우가 워낙 강하게 반박하니 그냥 넘어갈밖에. 너한테 괜히 혼란만 줄 거라고 걱정하기에 나도 그렇다고 생각했지. 이제 와서 하는 말이지만, 그 정도 결과면 거의 동일인이라고 볼 수도 있어. 하지만 이것도 어디까지나 가능성일 뿐이야."

"그 골격 사진 아직도 가지고 계세요?"

"아니? 사우가 재촉하는 바람에 지워버렸지."

"그랬군요. 실장님, 나중에 뭐 나오는 게 있으면 저한테 좀 알려주세요. 그럼 이만."

승희는 가볍게 목례한 후 부검실을 빠져나왔다.

아직 한 사람 더 만나봐야 한다. 복도로 나온 승희는 한참을 서서 기다렸다. 이윽고 복도 끝에서 파일철과 서류를 한 아름 든 정인이 걸어왔다. 승희는 파일철을 받아들고 정인의 뒤를 따랐다.

"내 주머니에서 보안카드 좀 꺼내줄래?"

승희는 정인의 호주머니에서 꺼낸 보안카드로 자료실 문을 열었다. 정인이 책상 위에 짐을 내려놓으며 말했다.

"커피 한잔 할래?"

"응, 언니."

승희는 정인이 건네준 머그컵을 들고 커피를 한 모금 마셨다.

"언니, 인질로 잡혀 있을 때 테러범들 봤지?"

"보긴 봤지만, 그러면 뭐해? 전부 복면을 하고 있었는걸."

"언니도 사건 보고서를 봤으니까 알겠지만……. 그거, 기밀보관실에서 일어났던 일."

정인은 의아한 표정으로 승희의 다음 말을 기다렸다.

"그때 나랑 대치하던 테러범이 실수로 자기 동료를 죽였다는 거, 그게 좀 이상해."

"뭐가?"

"그 사람은 날 노린 게 아니었어. 오히려 날 살리려고 했던 것 같아."

"너, 지금 무슨 소리 하는 거야?"

"이건 내 느낌인데……."

승희가 세차게 도리질을 하며 말을 이었다.

"아니, 그냥 느낌이 아니라 거의 확실해. 분명 테러범들 중에 현준 씨가 있었어."

"뭐라고?"

"언니, 헝가리 정보국에서 받았다던 그 자료 말이야. 그거 확실한 거야?"

"승희야, 너 아직도!"

"언니한텐 황당한 소리로 들릴 거라는 거, 나도 알아. 하지만 한 번만 더 부탁할게. 헝가리 정보국에 확인 좀 해줘."

정인은 안타까운 눈으로 승희를 바라보았다.

2014. 2. 6. 서울

철영과 중권은 실사팀을 데리고 북측 당국자들이 머물 호텔을 점검했다. 황준묵 실장이 그들 곁을 따라다녔다.

호텔 로비로 내려온 철영이 물었다.

"외부에서 로비로 이어지는 출입구가 전부 몇 개입니까?"

"총 여섯 개입니다."

철영이 남들이 알아들을 수 없는 작은 소리로 지시하면, 중권은 그것을 수첩에 받아 적었다. 철영은 천장과 벽을 두리번거리며 CCTV의 설치 상황을 살폈다.

"모든 층과 비상구를 확실히 감시하고 있습니까? 혹시 외부 침입자가 숨어들 만한 사각지대는 없나요?"

"투숙객들의 사적인 공간을 제외하면 거의 모든 장소가 모니터링됩니다."

"회담 기간 동안 이 보안실에 저희 요원들도 배치할 생각입니다만."

"좋을 대로 하시죠."

"테러범들 정체는 무엇일까요? 혹시 북쪽일 가능성은 없나요?"

호텔 회의실 안에서 실사팀을 기다리던 홍수진이 백산에게 물었다.

"정상회담을 목전에 두고 그런 무리수를 쓸 리는 없어. 대통령 반응은 어때?"

"변함없으세요. 정상회담에 대한 의지가 아주 확고해요."

백산의 표정이 어두워졌다.

그때 회의실 문이 열리고 철영과 중권, 황준묵이 안으로 들어왔다. 백산과 홍수진은 자리에서 일어섰다.

"보안실까지 둘러보셨습니다."

황준묵이 보고하자 백산은 눈짓으로 알았다는 표시를 하고 철영에게 의자를 권했다.

"앉으시죠."

철영과 중권이 자리에 앉자 백산이 말했다.

"어떠십니까? 둘러보신 느낌이."

"실무진의 회담장과 숙소로 쓰기엔 무리가 없어 보입니다. 하지만 경호 문제가……."

"그 문제라면, 대통령 경호실과 국정원에서 1선 경호를 하고, 경찰에서 2선 경호를 준비하고 있습니다."

"공화국의 인민들은 남쪽과 달리 완벽한 통제가 가능합니다. 김대중 대통령께서 평양을 방문했을 때도 환영 나온 평양 시민들 모두 철저한 신원조회를 거쳐 선발되었지요."

백산이 고개를 가볍게 끄덕였다.

"그러니까 평양에는 위험 요소가 애초부터 존재할 수 없다는 뜻입니다. 하지만 남쪽은 다르죠. 여긴 서울 한복판입니다. 환영하는 사람들도 있겠지만 반대하는 사람들도 부지기수입니다. 모두들 도로로 나와 한데 섞여 있겠죠. 그 만큼 접근을 막는 데 한계가 있지 않겠습니까?"

"그 점은 저희도 충분히 숙지하고 있습니다. 그래서 실무회담 기간 동안 호텔 주변에 경찰력과 경호인력을 충분히 투입할 예정입니다."

"1999년 6월 3일에 일어났던 일, 기억하십니까?"

백산이 의아한 눈빛으로 철영을 바라보았다.

"김포공항에서 김영삼 전 대통령이 계란 투척을 당했어요. 북에선 절대 일어날 수 없는 사건이 남에서는 백주대낮에 벌어진 겁니다."

백산과 홍수진은 서로 마주보며 놀란 표정을 지었다.

"비슷한 상황이 이번 실무회담 기간 동안 발생한다면 뒷감당이 안 될 겁니다. 만에 하나라도 그런 일이 벌어진다면 정상회담이 물 건너가는 것은 물론이고, 공화국 인민들도 결코 가만히 있지 않을 겁니다."

홍수진은 입술을 지그시 깨물었다.

중권과 함께 호텔 방으로 돌아온 철영은 양복을 벗고 간편한 옷으로 갈아입었다. 중권은 소파 테이블 위에 노트북을 놓고 조작하기 시작했다.

"연결해."

철영이 지시하자 중권은 USB 포트에 무선 전송장치를 꽂았다. 모니터에 연결됐다는 시그널이 떴다. 이어서 화면이 여러 개로 분할되면서 호텔 내의 CCTV들이 뜨기 시작했다.

철영은 모자까지 눌러쓰고 중권의 뒤로 다가와 화면을 보았다.

"가능 시간은 얼마나 되지?"

"정지된 화면으로 바꿔 보낼 수 있는 시간은 최대 60초입니다."

"서둘러야겠군."

철영은 철제가방을 들고 문 앞에 서서 중권을 쳐다보았다. 중권은 마우스를 클릭했다. 그러자 객실 복도를 비추는 화면이 잠시 깜박이더니 아무도 없는 빈 복도로 바뀌었다.

"지금 나가시면 됩니다."

철영은 고개를 끄덕이고 방 문을 열었다. 철영의 모습을 비춰야 할 모니터의 CCTV 화면에는 아무도 뜨지 않았다.

복도 끝의 비상구에 다다른 철영은 문을 열고 계단으로 내려갔다. 철영의 귀에 꽂힌 블루투스 이어폰에서 중권의 목소리가 새어나왔다.

―2층에서 나가면 바로 앞에 호텔리어들이 사용하는 엘리베이터가 있습니다.

2층 계단참에 엘리베이터가 있었다. 엘리베이터에 탄 철영은 지하 1층을 눌렀다. 이윽고 엘리베이터의 문이 열리고 세탁실 입구가 나왔다. 세탁실 안에 들어선 철영은 한쪽에서 수다를 떨고 있는 두 명의 아줌마를 피해 조심스럽게 그곳을 지나갔다. 그리고 물품이 반입되는 뒤쪽 출입구를 거쳐 호텔을 빠져나갔다.

철영은 도로변 주차장에 서 있는 차들을 유심히 살피면서 손에 든 자동차 키 버튼을 눌렀다. 20여 미터 앞에 주차된 차에서 비상등이 깜박였다. 주위를 살피며 차에 오른 철영이 차에 시동을 걸었다. 그런 다음 잠시 호흡을 가다듬고 액셀러레이터를 밟았다.

2014. 2. 6. 성남

도철은 연신 휴대폰을 쳐다보며 벨이 울리기만 기다렸다. 현석은 노트북으로 뭔가를 조작하고 있고, 광수와 영범은 무기를 손질하고 있었다. 한쪽 구석에는 현준과 선화가 말없이 앉아 있었다.

창고 문이 열리고 경화가 들어왔다. 그녀의 뒤로 모자를 눌러쓴 사내가 따라왔다. 사내가 모자를 벗자 도철 일행은 모두 일어서서 거수경례를 붙였다.

철영은 창고 안에 있는 사람들을 빙 둘러보며 말했다.

"다들 수고했어."

철영은 현준과 시선이 마주치자 희미한 미소를 지어 보였다. 현준은 철영이 들고 있는 철제 가방을 유심히 살폈다.

철영이 눈짓을 보내자 도철이 먼저 창고 중앙의 비닐 가림막 안으로 들어갔다. 그의 뒤를 따라 가림막 안으로 들어선 철영은 들고 온 철제 가방을 탁자 위에 올려놓았다.

"물건은?"

도철이 구석에 보관하고 있던 알루미늄 케이스를 들고 와 탁자 위에 놓고 뚜껑을 열었다. 철영은 한참을 살펴보다가 자신의 철제 가방을 열어 우라늄 구체를 꺼냈다.

"결합은 어떻게 하지?"

"제가 할 수 있습니다."

"설치할 지점과 시간은 따로 지시하겠다. 어쩌면 몇 달이 걸릴지도 모른다. 그때까진 절대로 비밀 유지하고, 철저히 잠수해 있도록."

"알겠습니다."

"저 친군 어떤가?"

"계속 협조적입니다. NSS 침투시에도 큰 역할을 했고요."

"흠. 이거 치워놓고 그 친구 불러와."

도철이 가림막 밖으로 나오자 모두의 시선이 그에게로 쏠렸다. 도철은 곧장 현준에게로 다가가 조용한 목소리로 말했다.

"들어가봐."

현준이 들어서자 철영이 눈짓으로 앉으라는 신호를 보냈다. 현준은 자리에 앉았다.

"네 덕분에 NSS 침투작전을 성공적으로 끝냈다고 들었다. 나도 내가 한 약속은 반드시 지키겠다."

"NSS에서 빼내 온 게 뭔지 말해줄 수 없나?"

철영은 고개를 저었다.

"아직은. 널 못 믿어서가 아니라 지금 상황으로선 어쩔 수 없다."

철영이 묘한 미소를 지으며 말을 이었다.

"곧 서울 한복판에서 상상도 못 할 일이 벌어지게 될 거다."

현준이 의혹에 찬 눈초리로 철영을 쏘아보았다.

"널 믿는다는 의미로 앞으론 네 행동을 감시하거나 제약하지 않겠다. 단, 선화와 함께 움직인다는 조건이다."

2014. 2. 6. 서울

오현규는 모처럼 브리핑을 했다. 회의실에 앉은 10여 명의 요원들과 백산은 대형 모니터 바로 옆에 앉은 현규의 입에 시선을 붙박았다.
"사체를 검안했지만 신원을 규명할 만한 게 발견되지 않았어요. 문신 조각 하나 없이 깨끗해."
"지문 감식 결과는요?"
상현이 물었다.
"없어."
"없다니요?"
"손에 아예 지문이 없다고. 다 지웠어."
미정이 추가 사항을 보고했다.
"과학수사실에서 안면 사진과 치열 기록, 유전자 자료까지 넘겨받아 해외 기관까지 대조했습니다. 하지만 일치하는 결과를 발견할 수 없었습니다."
"유류품에선 뭐 나온 게 없습니까?"
황준묵이 질문했다.
"마찬가지야. 의복이나 소지품, 스키마스크 같은 건 어디서나 구할 수 있는 흔한 것들이라 특정 지을 만한 게 없고, 무기도 그래. 달리 추적할 만한 단서가 못 된다는 얘기지."
백산은 굳은 얼굴로 회의 상황을 지켜보기만 했다. 현규가 다시 입을 열었다.
"아, 한 가지 있어. 사체에서 채취한 먼지를 성분 분석해봤는데 특이한 게 나오더라고."

모두가 일제히 현규를 쳐다보았다.

"사체들의 옷과 신발에서 함수규산염이 발견됐어. 이상하다 싶어 좀 더 정밀하게 분석을 해보니까 그게 액티노라이트더라고."

"좀 알아듣게 말해봐요."

황준묵이 볼멘소리로 말했다.

"석면이더라는 거지. 가공되지 않은 원재료 상태인데 이상하게도 옷이나 신발에서는 여기저기 묻어 나왔는데 부검 결과 폐나 기관지에선 전혀 발견되지 않았어. 무슨 말인고 하니, 석면과 접촉한 게 최근 일이라는 얘기야."

"그럼 국내에 들어온 후에 석면과 관계된 곳에 있었다고 볼 수 있다는 겁니까?"

사우가 물었다.

"뭐, 그렇다고 추측할 수 있지."

"공사장이든 공장이든 널려 있는 게 석면인데, 그것만으론 장소를 좁힐 수가 없잖아요."

상현이 이의를 제기했다.

"꼭 그렇지만은 않아요."

승희가 상현의 의문에 대신 답변했다.

"액티노라이트라면 석면 중에도 흔치 않은 종류예요. 게다가 발암물질로 지정되면서 2003년 이후론 사용이 금지됐고요. 그 정도 인원이 은신하면서 작전을 준비하려면 사람들 눈에 띄지 않으면서도 일정 수준 이상이 되는 공간을 확보했을 겁니다. 어쩌면 그곳은 원재료 상태의 액티노라이트를 가공하거나 보관하던 폐공장이나 창고였을 겁니다."

백산의 눈이 반짝였다.

"우리 전술팀의 시선을 코엑스 쪽으로 돌리고 그 빈틈을 노려 NSS를 공격한 걸로 봐서는 거기서 그리 멀지 않은 지역에 있다고 판단할 수 있습니다. 그러니까……."

"그래서?"

상현이 승희의 다음 말을 재촉했다.

"2003년 이전에 액티노라이트를 보관했거나 가공했지만 지금은 사용하고 있지 않은 폐공장이나 창고를 리스트업 한다면 찾을 가능성도 있을 겁니다."

말없이 지켜보고 있던 백산이 입을 열었다.

"좋아. 빨리 리스트 뽑아내고 현장 확인해서 보고해."

부국장의 말이 떨어지기 무섭게 모두들 서류를 챙겨들고 자리에서 일어섰다.

2014. 2. 6. 성남

현준은 선화와 함께 분당으로 갔다. 정자동 카페거리에 들어서자 눈에 가장 먼저 띄는 커피숍에 들어가 자리를 잡았다. 아메리칸 커피를 주문한 뒤 현준은 자리에서 일어섰다.

"잠깐만 혼자 있어. 할 일이 있어."

선화는 의아한 눈초리로 현준을 쳐다보았지만 이내 고개를 끄덕였다.

현준은 주변을 살피며 골목을 돌아 슈퍼마켓 옆에 있는 공중전화로 갔다. 다행히 착신이 가능한 전화였다. 현준은 6개의 숫자와 '#' 버튼을 눌렀다. 지이익, 하는 모뎀 연결 소리가 들리자 수화기를 내려놓았다. 잠시 후 벨이 울렸다.

"접니다."

―이번에 큰일 냈더군요. 파일은 어떻게 됐나요?

"그 파일은 정보의 저장 주소를 가리키는 거였습니다."

―그래서 NSS로 간 거로군. 그래, 알아낼 건 알아냈습니까?

"예."

―그걸 우리에게 전해주세요. 우리가 현준 씰 돕겠습니다.

"어떻게 전하면 됩니까?"

―요셉 신부에게 전하면 됩니다.

"예? 요셉 신부님이라고요?

현준은 놀라서 입을 다물지 못했다. 뜬금없이 요셉 신부라니.

"지금 요셉 신부님이라고 했습니까? 신부님이 왜?"

―자세한 건 나중에 말하겠습니다. 상황이 급하게 돌아가는 것 같으니 한시라도 빨리 손을 써야 합니다.

현준은 수화기를 내려놓았다.

2014. 2. 7. 서울

"승희야."

상황실 밖의 복도를 걷고 있던 승희가 뒤를 돌아보았다. 복도 저쪽에서 정인이 손짓하고 있었다. 따라오라는 신호였다.

승희는 스무 걸음쯤 뒤로 정인을 따라갔다. 정인이 간 곳은 옥상이었다. NSS 내에서 유일하게 CCTV의 사각지대인 곳. 승희의 가슴이 쿵쾅거렸다. 정인이 뭔가 비밀스러운 이야기를 털어놓을 것 같았다.

"네가 부탁한 것 말인데."

"확인했어요?"

"응."

승희는 정인의 입을 뚫어져라 쳐다보았다.

"헝가리 정보국에선 그런 문서 보낸 적이 없대."

"그럼 어떻게 된 거야? 언니가 직접 봤다고 했잖아?"

"분명히 봤지. 하지만 그건 누군가 조작해서 입력해둔 거야."

"누가요? 누가 그런 짓을 하죠? 뭣 땜에?"

"모르겠어. 아무리 생각해봐도 짐작이 가지 않아."

승희는 정인을 바라볼 뿐, 놀라서 벌어진 입을 다물지 못했다.

호출을 받고 백산의 방에 들어선 사우는 방 안 분위기가 유별나게 싸늘하다고 생각했다. 백산의 얼굴이 오늘따라 엄중해 보였기 때문일까? 사우는 예전에도 그런 표정을 본 적이 있다. 부다페스트에서 현준을 죽이라고 명령할 때였다. 사우는 자신도 모르게 어깨가 딱딱하게 굳는 것을 느꼈다.

"앉아."

무거운 목소리로 백산이 말했다. 사우가 소파에 앉자 백산은 의자에서 일어나 사우의 맞은편에 와 앉았다.

"이번 사건에 대해 들은 거 있나?"

"R&D 룸에 보관 중이던 기폭장치가 없어졌다고 들었습니다."

"누가 그러던가?"

"……"

"말해도 괜찮아."

"박상현 팀장입니다."

"박 팀장? 아니지, 이젠 박 실장이라고 해야겠군."

"승진한 겁니까?"

"잘해서 승진한 게 아니야. 그만큼 대테러 임무가 막중해졌다는 뜻이지."

사우는 가볍게 고개를 끄덕이고 다시 물었다.

"만일 그 기폭장치가 핵 구체와 연결된다면 서울 한복판에서 핵폭탄이 터질 수도 있는 것 아닙니까?"

"그렇지."

백산이 담담하게 대답했다. 사태의 심각성에 비춰볼 때 너무도 태연한 태도였다. 사우는 의혹에 찬 눈초리로 백산을 쳐다보았다.

"너하고 내가 해야 할 일을 그놈들이 대신 해주는 셈이야."

"예?"

사우는 경악했다. 지금 부국장이 무슨 말을 하고 있는 건가. 백산은 사우가 생각할 틈도 주지 않고 말을 이어갔다.

"자네 혹시 아이리스라고 들어봤나?"

"아이리스요? 금시초문입니다."

"당연히 그렇겠지. 우리나라에 NSS가 있다면 세계에는 아이리스가 있다. NSS가 대한민국의 평화와 안전을 위한 조직이라면, 아이리스는 세계의 평화를 위해 존재하는 조직이야. 규모와 범위가 다를 뿐 하는 일은 같다."

"그런 말씀을 왜 지금?"

"자네도 아이리스 멤버이기 때문이지."

"예? 제가 언제?"

"영광스럽게도 아이리스는 자네를 선택했고, 자네는 이미 가입했어. 그리고 지금까지 일을 잘해주었고."

순간, 사우의 뇌리에 백산으로부터 지령 받았던 일들이 주마등처럼 스쳐 지나갔다. 무엇보다도 현준을 죽이라던 일, 그리고 그의 죽음을 위장하기 위해 정보를 조작했던 일. 물론 현준에 대한 파일이 임무 수행의 결심을 굳혀 주긴 했었다. 파일에는 분명 현준의 부모가 핵개발에 관여했고, 북과 내통하고 있었다는 자료가 들어 있었다. 뭔가 이상하긴 했다. 하지만 그때는 최고 상사의 지령으로만 알았다.

아, 내가 그동안 무슨 일을 저지른 건가. 사우는 고개를 떨어뜨렸다.

"왜? 후회하나?"

사우는 입술을 지그시 깨물었다.

"잘……, 저도 잘 모르겠습니다."

백산이 형형한 눈빛으로 사우를 쏘아보았다.

"자네에겐 선택권이 없어. 이미 강을 건넌 거야. 그리고 또 한 가지, 우물 안 개구리처럼 세상을 보지 마라. 시야를 넓혀. 한반도는 작은 세상이야. 남이든 북이든 제멋대로 설쳐대게 놔둬 봐. 그랬다가는 세계가 망가진다. 민족통일? 엿 먹으라고 해. 통일이 되면 어떻게 할 건데? 그놈의 통일 때문에 동북아 질서가, 아니 세계 질서가 무너지는 건 생각 안 해봤나? 얼마나 큰 폭풍이 몰아칠지 알아? 잘못하면 세계전쟁이 벌어진다."

사우는 대답할 말이 없었다. 머릿속이 잔뜩 엉킨 실타래처럼 복잡했다.

"다시 한 번 말하지만 자네가 한 일은 세계 평화를 위해 꼭 해야 할 일이었네."

사우는 고개를 들고 백산의 눈을 똑바로 쳐다보았다.

"세계 평화든 뭐든 저하곤 상관없습니다. 저는 일만 하겠습니다. 그렇다면 아이리스는 제게 무엇을 보장해주는 겁니까?"

"아이리스에 거래란 없다. 모든 게 자네 하기 나름이지. 물론 내 후계자가 될 수도 있어. 예전에도 말한 적이 있지만, 난 한 놈만 키운다."

사우는 주먹을 불끈 쥐었다. 딱딱하게 굳어 있는 사우를 보며 백산이 희미한 미소를 지었다.

"퍼즐 조각을 끼우는 사람은 자네도 아니고 나도 아니라는 것만 명심해. 세계지도를 내려다보는 사람들은 따로 있어. 왜냐고 묻지 말고 '어떻게'만 생각해라. 그게 아이리스 멤버로서 자네가 취할 태도야."

사우가 고개를 끄덕였다.

"언제 일이 터질지 모른다. 할 일이 많아. 기폭장치를 가져간 놈들, 그놈들이 잡히면 절대 안 된다. 수사 방향을 교란시켜."

"알겠습니다."

그때 노크 소리가 들렸다. 백산은 눈짓으로 사우에게 표정을 바꾸라는 신호를 보냈다.

"들어와."

승희가 들어왔다.

"드릴 말씀이 있습니다."

"말해봐."

"전 이만 나가보겠습니다."

사우가 자리에서 일어서려 하자 승희가 제지했다.

"아니, 사우 씨도 들어야 해요."

사우와 백산은 서로를 한 번 쳐다보고는 승희에게 시선을 돌렸다.
"김현준이 살아 있습니다."

2014. 2. 7. 경기도 5번 국도

"신부님은 알고 계셨던 거야. 지금 와서 생각하면 그래. 작년에 물어 봤을 땐 모른다고 하셨지만, 그때도 왠지 석연찮았어."
운전대를 쥔 현준이 옆에 앉은 선화에게 말했다.
"이 파일을 신부님께 전하라고 한 것도 관계가 있을까요?"
"아마도. 어렸을 때 신부님 서재에 꽂힌 책들을 본 기억이 나. 종교서 말고도 두툼한 외서들이 더러 있었어. 과학 책들이었던 건 확실해. 그땐 별 생각 없이 봤지. 하지만 우리 부모님이 핵물리학자셨다니까, 그것과 관련이 있지 않을까 하는 의심이 들어."
"그분은 언제 신부가 되신 거예요?"
"자세한 건 몰라. 신부 서품을 받기 전에 다른 공부를 했었다는 얘기는 들은 적이 있어."
"현준 씨에 대한 것도 그렇고, 지금 벌어지고 있는 일의 비밀도 어쩌면 신부님이 쥐고 계실지 모르겠네요."
현준은 고개를 끄덕이고 입을 닫았다. 현준은 속력을 높였다. 요셉 신부로부터 풀어야 할 궁금증이 하나둘이 아니었다.
"다 왔어. 저 성당이야."
현준은 차를 성당 마당에 주차시키고 시동을 껐다. 마당에는 검은 승합차가 한 대 서 있었다.

"어디 계실까요?"

"사제관일 거야."

현준이 앞장서서 걸어가자 선화도 서둘러 그 뒤를 따랐다.

"신부님!"

사제관 문을 열고 안으로 들어선 현준은 요셉 신부를 불렀다. 대답이 없었다. 현준은 사제관 안을 이리저리 둘러보았다. 그러나 신부의 모습은 보이지 않았다.

"예배당에 계신가?"

현준과 선화는 예배당으로 들어갔다. 예배당도 텅 비어 있었다.

"어디 나가셨나?"

현준은 십자가상이 있는 강단 앞으로 갔다. 뒤에서 고개를 이리저리 돌리고 있던 선화가 말했다.

"저기, 뭐하는 데죠? 좀 이상한데요?"

고해성사실이었다. 그쪽을 본 현준이 고개를 갸우뚱했다. 소박하게 칸막이로 만들어진 고해성사실의 문이 열려 있었다. 성큼성큼 그곳으로 걸어가던 현준이 갑자기 뛰기 시작했다. 문 아래로 붉은 물이 흘러나오고 있었다!

현준은 신부석 커튼에 구멍이 뚫린 것을 발견했다. 커튼을 와락 젖혔다. 옆으로 쓰러진 신부의 관자놀이에서 피가 콸콸 쏟아져 나오고 있었다.

"신부님!"

현준은 신부의 상체를 들어올렸다. 선화는 피가 아직 흘러나오는 것으로 보아 범행이 조금 전에 이뤄졌다는 것을 알아챘다. 그녀는 급히 밖으로 뛰어나갔다.

"현준 씨!"

예배당 안을 향해 선화가 큰 소리로 외쳤다. 현준은 신부를 바닥에 내려놓고 급히 뛰어갔다.

마당에 있던 검은 승합차는 이미 사라지고 없었다.

보이지 않는 손

2014. 2. 7. 서울

조 대통령은 차를 한 모금 마시고 앞에 서 있는 홍수진 홍보기획관을 바라보았다.

"북쪽 실사단은 갔나요?"

"예."

"우리 쪽 준비에 대해 뭐라고 하든가요?"

"별 문제 없어 보인다고 했습니다."

"다행이군."

대통령은 앞 소파에 앉은 정형준 비서실장에게로 고개를 돌렸다.

"이번 실무회담에는 누구누구 참석하나요?"

"김계동 조선노동당 중앙위원회 비서와 박근호 통일전선부장 외에 중앙위원들 몇몇이 올 예정입니다."

"16일 날 도착하지요?"

"그렇습니다."

"비행기 편으로?"

"예. 고려민항 편으로 올 겁니다. 김포공항에도 만반의 준비를 갖추도록 준비해놓았습니다."

대통령은 고개를 끄덕이고 나서 홍수진에게 지시했다.

"백 부국장 좀 들어오라고 하세요."

"예."

홍수진이 밖으로 나가자 정형준도 자리에서 일어섰다.

잠시 후 백산이 들어왔다. 대통령이 손으로 소파를 가리키자 백산이 걸어와 앉았다.

"이번 회담과 관련해 북한군 동향은 어떤가요?"

"지금 북한군에는 3대 세력이 있습니다. 호위사령부가 있고 중앙당 작전부, 그리고 인민무력부 보위사령부가 있는데, 정상회담을 놓고 강경파인 인민무력부 쪽에서 반발하고 있는 것으로 보입니다. 국방위원장이 남으로 내려가는 것을 구걸 행위로 보거든요."

"음. 김 위원장의 군 장악력은?"

"표면상으론 아직 문제가 없어 보이지만, 언제까지 그럴지는 장담할 수 없습니다. 계기만 주어진다면 인민무력부에서 들고 일어날 수도 있습니다."

"그렇게 되면 우리로서도 큰일이지요. 자칫하다간 평화적인 로드맵이 깨어질 테니까."

"그렇습니다."

"만에 하나라도 불미스런 일이 일어나지 않도록 최선을 다해주세요. 이번 회담은 우리 한민족의 역사에 방점을 찍는 일대 사건이 될 겁니다."

"알겠습니다."

2014. 2. 7. 안성

"신부님은 돌아가셨습니다. 누가 한 짓인지 혹시 짐작 가는 데가 있습니까?"

—그들이겠지요. 안타깝게도 요셉 신부의 신분이 드러난 것 같습니다.

"신부님에 대해 자세히 말해주십쇼. 그리고 당신들이 뭐하는 사람인지도."

—한꺼번에 모든 걸 알려줄 순 없습니다. 때가 되면 하나하나 말하도록 하지요.

"좋습니다. 우선은 신부님에 대해······."

—요셉 신부는 현준 씨 부친의 MIT 공대 후뱁니다. 같이 핵물리학을 전공했지요. 본명은 유진우. 그분을 한국에 끌어들인 사람이 바로 부친이셨어요. 그런데 유 박사는 12·12 사태가 나자 종적을 감추었어요. 상황이 좋지 않게 돌아가리라는 걸 알았기 때문이지요. 그때 우릴 만난 겁니다.

"우리라니, 제발 속 시원히 말해주세요."

—아직은······. 다만 한 가지, 세계 평화를 위해 아이리스와 전쟁을 치르고 있다는 것 정도만 알려드리죠. 물론 우리가 힘이 부치긴 하지만.

"그렇다면 암살당한 북한의 홍승룡도?"

—······.

"맞습니까?"

―알아서 생각하세요.

현준은 혼란스러웠다. 지금 발을 딛고 있는 이 세계가 도무지 이해할 수 없는 수수께끼의 산처럼 느껴졌다.

"난 무슨 일을 해야 합니까?"

―뭔가 일이 터질 겁니다. 그때까지 잠자코 상황을 지켜보는 수밖에 없어요. 그들이 무슨 일을 꾸미고 있는지 우리도 아직 정확하게 파악하지 못 했으니까.

"일이 터지기를 기다리다니, 지금 그게 말이 됩니까?"

―우리 역량은 거기까집니다. 하지만 가닥은 잡아가고 있어요. 조만간 그들의 정체가 하나하나 밝혀지겠지요.

"백산의 파일을 보면 빅이라는 사람이 나오던데 그는 누구입니까?"

―글쎄, 자세히 알 수 없습니다만, 이름을 드러낸 걸로 보아 행동요원인 것 같더군요. 아마도 전문킬러일 겁니다. 그 외에 다른 이름은 없던가요?

"Y.K.H.라는 이니셜만 있었습니다."

―…….

"누굽니까? 그는."

―알아보겠습니다. 오늘은 여기까지 하고 담에 통화하도록 하지요.

전화가 끊겼다. 지금 자신이 할 수 있는 일이 아무것도 없다는 것, 현준은 그것이 답답했다.

2014. 2. 8. 서울

"아무도 없더라고?"

대테러실장 박상현이 소리쳤다.

"예. 흔적도 없었습니다."

"다른 데는?"

"마찬가집니다. 2003년 이전에 액티노라이트를 보관하거나 가공했던 폐창고과 공장은 대략 열 곳 정도였는데, 모두가 깨끗이 비워져 있었습니다."

사우가 지도를 가리키며 보고했다.

"그들이 어떻게 NSS로 들어올 수 있었는지, 가능한 루트는 모두 알아봤나?"

상현이 승희에게 물었다.

"예. 게이트를 지키던 보안요원들이 비상벨을 누르지 않은 걸 보면 여길 출입하는 차량으로 위장했던 게 분명합니다. 그래서 알아봤더니 그 전날 밤 폐기물 수거 차량 하나가 탈취 당했다고 합니다. 숙직하던 직원들이 밧줄에 묶인 채로 발견되었습니다."

"놈들이 NSS로 들어와 이동했던 동선은?"

"우리 사정을 속속들이 알지 않으면 불가능할 만큼 효율적으로 움직였습니다. 차폐벽을 친 것도 그렇고."

"대체 누구야?"

상현은 험악한 눈으로 회의실에 앉은 사람들을 둘러보았다. 태성이 손사래를 쳤다.

"실장님, 왜 그런 눈으로 보세요? 전 아닙니다."

미정이 피식 웃었다.

"이런 판에 웃음이 나오나?"

상현이 노려보자 미정은 입을 삐죽 내밀었다.

"제가 서버를 다운시키지 않았다면 더 큰일 날 뻔했다구요. 지원부대가 오기도 전에 이미 일이 끝났을 판인데."

"이거 정말 미치겠구만. 톨게이트 CCTV나 뭐 그런 데 잡힌 건 없어? 나온 거 없냐고."

"아직 이렇다 할 만한 의심 차량은 발견되지 않았습니다."

사우가 대답하자 상현이 테이블을 탁탁 두드렸다.

"놈들이 냉동탑차를 이용했다면 어딘가 방치했을 수도 있어. 장기 주차돼 있는 차량이 있는지 그 지역을 중심으로 알아보고, 혹시 떼거리로 이동하던 자들을 목격한 사람이 있는지 탐문해봐."

"나랑 이야기 좀 해요."

회의실을 나온 승희가 사우를 불러 세웠다. 사우는 승희와 나란히 복도를 걸었다.

"현준 씨 살아 있다는 거 어떻게 생각해요?"

"팀장님, 그건 어디까지나 추측이지 않습니까? 뭘 보고."

"아뇨. 그날 들어온 사람 중에 분명 현준 씨가 있었어요. 그땐 경황이 없어 몰랐지만, 거의 확실하단 느낌이 들어요."

"하지만 현준이 왜 테러범들하고?"

"그걸 모르겠어요. 왜 그랬을까요? 사우 씨는 조금이라도 짐작 가는 게 없어요?"

사우는 고개를 젓고 발걸음을 멈추었다. 승희도 따라서 멈추었다.

"현준이 살아 있다는 것도 못 믿겠지만, 만일 그게 사실이라면 현준이는 죽을죄를 지은 거예요. 우리 보안대원들이 열 명 이상이나 죽었으니까. 이건 반역입니다."

승희의 얼굴이 파랗게 질렸다.

"그러니까 팀장님, 더 이상 현준에 대해서는 말하지 마세요. 지금으로선 죽은 걸로 생각하는 게 팀장님이나 저에게 좋아요."

승희의 눈썹이 파르르 떨렸다. 사우는 잠시 그 모습을 바라보다가 부국장실을 향해 발걸음을 옮겼다.

"들어와."

문을 열고 들어서는 사우의 얼굴이 잔뜩 굳어 있었다. 백산은 날카로운 눈초리로 사우를 훑어보았다.

"김현준이 여기로 왔던 게 분명합니다."

백산의 눈빛이 순간 서늘해졌다.

"NSS를 잘 알고 있는 자가 아니면 놈들이 그렇게 쉽게 우리를 유린할 수 없습니다. 게다가 최 팀장은 거의 확신하는 것 같습니다."

"목숨 하나는 끈질긴 놈이야."

"NSS에 들어온 이유가 우리 때문일까요?"

백산을 고개를 흔들었다.

"자네라면 그렇게 복수하겠나? 훨씬 치밀하게 하겠지. 최 팀장이 기밀보관실에서 쓰러져 있었대서 살펴봤는데, 내 스토리지가 침입 당했어. 놈은 아이리스에 도전한 거야."

"그 목걸이?"

백산은 눈을 껌벅였다.

"거기에 뭐가 들어 있습니까?"

"아마도 내 스토리지로 접근하도록 만든 뭔가가 있었겠지. 하지만 놈은 우리를 막을 수 없어."

"그래도……."

"물론 그놈이 뭔 일을 저지르기 전에 잡긴 해야겠지. 자넨 현준이가 모습을 드러낸다면 어딜 거라고 생각하나?"

사우는 인상을 찌푸린 채 대답을 망설였다.

"말해봐. 자네 생각도 나와 같은 것 같은데?"

"틀림없이 최 팀장 오피스텔일 겁니다."

"당연히 그렇겠지. 놈은 의외로 로맨티스트야. 제 발로 구렁텅이에 기어들 놈이지. 확실한 덫을 놔야겠어."

"예?"

"승희와 같은 층에 방을 하나 얻겠네. 망을 둘 생각이야."

사우의 인상이 더욱 굳어졌다. 그것을 보며 백산이 희미한 미소를 지었다.

"동물의 세계에서 말이지, 수컷이 암컷을 차지할 때 어떻게 하는 줄 아나? 무작정 암컷에게 먼저 다가가지 않는다네. 그전에 다른 수컷 라이벌부터 없애지. 그런 다음에 구애하면 백이면 백, 암컷이 궁둥이를 내밀게 돼 있어."

사우가 어이없다는 얼굴로 쳐다보자 백산이 큰 소리로 웃었다.

"하하하, 궁둥이라는 표현이 귀에 거슬렸다면 용서하게. 하지만 인간도 예외는 아니라는 것만 명심해."

웃음을 거둔 백산이 정색을 하고 말을 이었다.

"현준이 처리는 다른 사람에게 맡길 테니 자네는 자네 일을 봐. 증거는 잘 지웠나? 톨게이트 CCTV는 제대로 처리했고?"

"예. 몇 달 전 걸 복사해서 갈아 넣었습니다."

"김포공항을 맡아. 자네가 부다페스트에서 연락했던 그 사람이 이번에도 자네와 손발을 맞출 거야."

"북쪽 사람 말입니까?"

백산은 고개를 끄덕였다.

"그 정도로만 알고 나가봐. 자세한 건 며칠 후에 알려주지."

사우가 목례를 하고 밖으로 나갔다. 백산은 휴대폰을 꺼내들었다.

"접니다. 승희를 단속해야겠습니다. 이제 슬슬 작업을 시작할 때가 되지 않았을까 싶습니다만."

승희는 쓰러지던 현준의 모습을 뇌리에서 지울 수가 없었다. 그때는 복면을 벗길 생각만 했을 뿐, 상처는 살펴보지 않았다. 치명상을 입은 건 아니었을까? 승희는 고개를 흔들었다. 그 험한 곳에서도 살아온 현준이 쉽게 죽을 리 없다.

현준이 자신을 살리려 한 것은 분명하다. 하지만 살아 있었다면 왜 그런 식으로, 연락 한마디 없이 와야 했을까?

모든 것이 의문투성이였다.

마음 한구석에선 의문이 뭉게구름처럼 피어오르면서도, 승희는 지금 이 순간 그가 몹시 보고 싶었다. 아무 일도 없었던 것처럼, 옛날로 돌아가고 싶었다. 아키타가 떠오르고, 부다페스트의 노천 식당이 떠올랐다. 지금이라도 현준이 싱긋 웃으며 나타난다면 얼마나 좋을까. 그러나 너무 멀리 와버렸다.

승희의 눈이 어느 새 촉촉해졌다.

그때 휴대폰이 울렸다. 국제전화다. 승희는 통화버튼을 눌렀다.

"승희예요."

―네가 많이 방황하고 있다는 애길 들었다.

"전 괜찮아요. 이곳에 불미스런 일이 생겨서."

―대강 들었어. 현준이라는 남자가 살아 있다며?

"그걸 누가……?"

―지난번에도 말했지만 백 부국장을 잘 아는 사람이 내 지인 중에 있다. 그 사람이 전해주더구나. 네가 그 남자 때문에 흔들릴까봐 걱정이라고 하더라. 더구나 그 남자의 배경이 문제라고 하던데, 그런 사람에게 얽매여서야 되겠니?

"현준 씬 그런 사람 아니에요."

―아무래도 좋다. 승희야, 남녀간의 사랑이라는 건 시간이 지나고 보면 참 부질없는 것이더라. 남는 건 가족뿐이지. 네겐 승우가 있잖니. 승우와 네가 어떻게 컸는지 생각해보렴.

승희의 눈가가 붉어졌다.

"승우는 잘 있지요?"

―승우는 걱정 마라. 걔한테는 이 세상에 너 하나밖에 없어. 누나 생각하면서 재활 훈련도 잘하고 있어.

"대디, 전 대디를 늘 고맙게 생각하고 있어요. 우릴 거둬주고 오늘날까지 잘 돌봐주셨잖아요."

―공치사를 듣자고 하는 게 아니야. 난 그저, 네가 훌륭한 사람이 되길 바랄 뿐이다. 백 부국장하고 잘 이야기해라. 흔들릴 때 널 잡아줄 사람이야.

"……"

―너를 믿는다. 조만간 좋은 소식 듣기를 기대하마.

"죄송해요. 걱정 끼쳐드려서……."

―오냐. 끊으마. 잘 지내거라.

전화가 끊겼다.

승희는 사람 좋게 생긴 백인 아버지의 얼굴을 떠올렸다. 승희의 머리에 25년 전의 일이 오버랩되었다.

1989. 5. 4. 서울

혜은보육원장 장 마리아 수녀는 눈만 커다랗고 빼빼 마른 열 살배기 승희가 자기 동생에겐 꼭 엄마처럼 구는 것이 안쓰러웠다. 틈만 나면 나가 놀려고 하는 다른 아이들과 달리 승희는 늘 동생만 챙겼다. 목욕을 시키는 일도, 옷을 갈아입히는 일도, 심지어는 밥을 떠먹이는 일도 마다하지 않았다. 심한 뇌성마비를 앓았던 다섯 살 승우도 그런 누나를 엄마처럼 따랐다.

오늘도 두 남매는 양지 바른 정원의 꽃밭 앞에 다정히 앉아 꽃구경을 하느라 정신이 없었다.

"엄…… 바바바."

노란 나비 하나가 팔랑팔랑 날갯짓을 하며 승우의 얼굴을 스쳐 날아갔다. 승우가 손가락질을 했다. 승희는 승우의 손을 잡고 일어서서 조심조심 나비를 따라갔다. 나비가 보라색 꽃에 앉았다. 승희가 꽃을 가만히 쳐다보다가 살며시 꽃잎을 쓰다듬었다.

"참 예쁘다, 그치?"

"어어어······."

승우가 헤벌쭉 웃었다.

"붓꽃이란다."

그들 뒤로 다가간 마리아 수녀가 꽃 이름을 말해주었다. 승희가 고개를 돌려 원장을 보면서 미소 지었다.

"승희야, 널 찾아온 손님이 있어. 같이 갈까?"

승희는 고개를 끄덕이며 일어섰다.

"널 보자는데?"

여전히 승우의 손을 놓지 않는 승희를 보며 마리아 수녀가 말했다. 그러자 승희의 눈이 불안하게 흔들렸다.

"승우도 데려가면 안 돼요?"

마리아 수녀는 잠시 승희를 쳐다보다가 고개를 끄덕였다.

"그럼 그렇게 하자. 승우야, 손님 앞에서 얌전히 구는 거 알지?"

"으으으······."

마리아 수녀가 승우에게 짐짓 엄한 표정을 지어 보이자, 승우가 고개를 크게 끄덕였다.

원장실로 들어선 승희는 금발의 남자와 갈색머리의 여자가 앉아 있는 것을 보았다. 불려온 이유도 짐작이 갔다. 틀림없이 입양 이야기일 것이다. 그전에도 몇 번씩 겪은 일이다. 승희를 입양하고자 한 사람들 가운데에는 더러 외국인도 있었다. 하지만 매번 입양이 성사되지 않은 것은 승희가 완강히 거부했기 때문이다. 그들은 승희만을 지목했고, 장애아인 승우는 원하지 않았다.

아마 이들도 그럴 것이다. 승희는 다소곳이 고개를 숙였다.

"최승희입니다. 애는 제 동생 승우구요."

옆에 앉은 긴 머리의 젊은 여성이 승희의 말을 통역해주었다. 외국인 부부는 묻지도 않았는데 동생까지 소개하는 승희의 모습을 호기심 어린 눈으로 바라보았다. 원장이 나서서 말했다.

"승희는 열 살, 승우는 다섯 살, 둘은 남매입니다. 일 년 전에 이곳에 왔어요. 부모가 교통사고로 돌아가는 바람에 천애의 고아가 됐습니다. 마땅한 친척이 없어서요. 그동안 여러 차례 입양 기회가 있었지만 승희가 동생과 떨어지기 싫다며 한사코 거부했죠. 두 분도 그 점을 감안하셔야 할 겁니다."

통역의 말을 전해 들은 남자가 고개를 끄덕였다.

"난 브라운이란다. 이 사람은 내 아내 캐서린이고. 너희들은 참 우애가 좋구나."

브라운이 미소를 지으며 말했다. 승희는 통역의 말을 귀담아 들으면서도 부부에게서 시선을 떼지 않았다.

"우린 널 데려가고 싶어."

캐서린이 환하게 웃으며 말했다.

"싫어요."

승희는 고개를 세차게 저었다.

브라운이 아내와 눈짓을 교환하더니 손을 앞으로 내밀었다.

"걱정 마라. 우린 너희 남매를 둘 다 데려갈 생각이야."

승희가 놀란 듯 눈을 크게 떴다. 브라운이 작게 소리를 내어 웃었다. 마리아 수녀는 이번엔 승희에게 부부를 소개했다.

"브라운 씨는 '인터내셔널 팬더'라는 회사에서 일하는데, 이번에 한국으로 잠시 파견 나오셨단다. 아이들을 참 좋아하셔. 브라운 씨에겐 이미 자식이 있지만, 한국 아이들에게 관심이 아주 많으시단다."

통역의 입을 쳐다보던 브라운이 승희에게로 고개를 돌렸다.

"난 한국도 좋아하고 한국 사람도 좋아한다. 너희들과 미국에 가서 살고 싶구나. 네가 열심히만 하면 나중에 커서 한국에 돌아올 수도 있어. 어때, 그러지 않을래?"

승희는 마리아 수녀를 쳐다보았다. 수녀가 눈을 끔벅였다.

"걱정 마라, 승희야. 우리가 다 알아봤단다. 좋으신 분들이야. 천주님께서 너와 승우를 예쁘게 보신 게 틀림없어."

2014. 2. 10. 평양

연기훈은 땅콩을 입에 털어 넣었다. 그리고 호주머니에서 껍질을 한 움큼 끄집어내어 휴지통에 버렸다. 맞은편 소파에 앉은 철영은 그 모습을 지켜보면서 진저리를 쳤다. 하는 짓만큼이나 능글맞은 사람이다. 철영은 도무지 그의 속내를 짐작할 수가 없었다.

"자네 수하들은 잘 숨어 있겠지?"

"물론입니다."

"숨어 있기엔 남조선이 훨씬 편해. 우리 같으면 어림도 없을 텐데. 안 그런가?"

도대체 무슨 말을 하려는 거지? 철영은 슬슬 짜증이 나기 시작했다. 연기훈이 갑자기 정색을 했다. 철영은 그를 보며 정말 표정 변화가 능란한 사람이라고 생각했다.

"물건은 누가 보관하고 있나?"

"강도철 특무상사입니다."

"그걸 알고 있는 사람은?"

"저와 도철이뿐입니다."

"강도철이 사상무장은 어때?"

"의심하는 겁니까?"

딱딱하게 굳어가는 철영의 얼굴을 보며 연기훈이 피식 웃었다.

"자네는 세상에 믿을 사람이 있다고 보나? 인간은 약한 존재야. 유혹 때문이든 공포 때문이든 인간은 흔들리게 마련이야."

"저희는 이미 지옥을 맛본 사람들입니다. 공화국이 원한다면 동료의 피도 마다하지 않았습니다. 우리가 세상에서 가장 참을 수 없는 것이 있다면, 그건 모욕입니다. 그러니 의심은 접어두시는 게 좋겠습니다."

"협박인가?"

"그렇지 않습니다."

"좋아. 그건 그렇고 자넨 해외 유학파지?"

철영은 뜬금없는 질문에 연기훈의 눈을 쳐다보았다.

"내가 자넬 선택한 이유 중 하나가 그것이네. 우리 주변을 봐. 꼴통처럼 맹목적인 충성을 읊조리는 사람들로 가득 차 있어. 그자들은 공화국의 자존심을 외치지만, 사실 자존심을 짓밟는 자들은 바로 그들이야. 말로만 충성하는 비겁한 놈들이지. 내 말의 요지는……."

연기훈은 호주머니를 뒤적거렸다.

"이런 제기랄, 벌써 떨어졌군. 숨통이 콱 막힌 공화국의 미래를 위해서는,"

연기훈은 호주머니에서 손을 빼고, 엄지손가락을 펴서는 아래로 쑥 내렸다.

"한 방이 필요하단 거네."

철영의 얼굴에 긴장감이 서렸다. 저 사람 앞에서는 잠시라도 방심하면 안 된다.

"바깥 물을 먹어봤으니까 잘 알 거야. 우리가 얼마나 고여 있는지 말이야. 이젠 슬슬 둑을 틀 필요가 있어."

"지금 무슨 말씀을 하시는 겁니까?"

연기훈이 눈에 쌍심지를 돋웠다.

"허튼 생각 말고 잘 들어. 세상은 절대로 지금의 윗대가리들 뜻대로는 돌아가지 않아. 평화통일? 웃기는 소리야. 그런다고 인민들이 잘 먹고 잘살 것 같아? 아마 남조선 놈들 하인으로나 전락하겠지. 통째로 뒤집지 않고는, 쾅 하고 폭발시키지 않고는, 안 된다 이 말씀이야."

연기훈은 소파에 깊게 몸을 파묻었다.

"그렇다고 전쟁 불사니 어쩌니 떠드는 놈들을 역성드는 건 아닐세. 내겐 생각이 있어. 공화국이 세계 질서에 자연스레 편입되기 위한 방도 말이지."

"그게 뭡니까?"

"내가 시키는 대로 하면 저절로 알게 될 거야."

연기훈은 몸을 일으켜 탁자 위로 숙이고는 목소리를 낮췄다.

"자넨 이미 나와 한 배를 탔어. 그리고 이건 나 혼자만의 상상이 아니야. 우리 뒤엔 엄청난 힘이 있네. 그걸 믿고 따르면 돼."

철영은 앞에 앉은 사내가 처음으로 두려워졌다. 저항하기 힘든 압박감이 철영의 가슴을 짓눌렀다.

"우선 가지 하나부터 꺾을 거야. 일본에 가서 사람을 만나도록 해."

연기훈은 일어서서 책상으로 가더니 글씨가 빼곡하게 적힌 종이 몇 장을 들고 왔다.

"거기 가서 할 일을 적어 놨어. 이 자리에서 읽고 머릿속에 집어넣게 나. 없애버릴 거니까."

메모를 읽어가는 철영의 눈이 점점 커졌다. 철영이 종이를 건네자 연기훈은 거기 불을 붙였다.

"실수 없도록."

철영은 이를 깨물었다. 그러고는 이내 결심을 굳혔다는 듯 고개를 끄덕였다.

"그리고 한 가지 더, 농축 우라늄 구가 또 하나 있어. 말하자면 예비인 셈이지. 자네들을 못 믿어서가 아니라 나중에 써먹을 데가 있어서 비축해놓은 거야. 자네만 알고 있게."

2014. 2. 11. 서울

"언니는 우리 일이 재미있어?"

소주를 한 잔 들이킨 승희가 물었다. 정인은 동그란 테이블 위의 화덕에 놓인 고기를 뒤집었다.

"재미? 휴일도 제대로 찾아먹지 못하는데 재미는 무슨. 지겨울 때가 더 많아. 그럴 땐 차라리 시집이나 가버릴까 싶은데, 사람이 있어야 가든 말든 하지. 괜찮다 싶은 사내는 이미 애인을 꿰차고 있거나 유부남인데 뭐."

승희는 다시 한 잔을 따라서 쭉 들이켰다.

"야, 술만 마시지 말고 안주도 좀 먹어."

승희는 이미 술이 오른 상태였다. '술 먹는 품을 보니 또 가슴앓이를 하고 있군' 하고 정인은 생각했다.

"언니는 어쩌다 이 바닥에 들어왔어?"

"나야 먹고살려고 왔지. 그러는 넌 어떻게 왔는데?"

승희는 고개를 숙이고 킥킥 웃었다. 정인이 의아한 눈으로 쳐다보는데, 잠시 후 승희가 고개를 들었다. 얼굴도 발갛고, 눈도 약간 충혈돼 있었다.

"언니, 내가 우리 아빠 이야기한 적 있어?"

"미국에 계시다며?"

"응. 근데 말이야, 우리 아빠, 머리가 노랗고 눈도 파랗다?"

정인은 깜짝 놀라 입에 대려던 술잔을 하마터면 떨어뜨릴 뻔했다.

"이상하지? 그치? 난 머리가 까만데, 우리 아빤 머리가 노라니 말야."

"승희야, 너……."

승희가 머리를 끄덕였다.

"나, 사실 고아야. 이 세상에 나와 같은 핏줄이라곤 예쁜 우리 동생 하나밖에 없는 고아."

"승희야."

"진짜 아무한테도 말하고 싶지 않았는데, 언니한테는 이야기할래. 그냥 들어주고, 잊어버려라, 응?"

"너 취했어. 내일 맑은 정신일 때 이야기하면 안 되겠니?"

"언니, 사랑하는 언니! 난 내일은 믿지 않아. 내일이 나한테 올 거 같아? 자, 술이나 한 잔 따라줘."

"그만해, 승희야."

정인이 만류하자 승희는 직접 술을 따라 홀짝 들이켰다.

"난 부유한 새 아빠를 만난 덕에 아쉬운 것 없이 자랐어. 그 비싼 미국 대학에서 심리학을 공부했고, 대학원까지 마쳤지. 근데 말이야, 난 더 공부하고 싶었는데, 새 아빠가 한국에 가라는 거야. 취직하래나? 여기 NSS에."

"NSS는 어떻게 아셨대?"

"나도 모르지. 암튼 그렇게 해서 여기 왔는데……. 지금까진 일이 재밌었어. 프로파일링, 남들의 마음을 읽어내는 거, 그게 얼마나 고소한 일인지 알아, 언니?"

"……."

"단, 전제조건이 있어. 상대가 나와 상관이 없을 것, 그리고 상관이 있더라도 최대한 자신의 감정을 개입시키지 말 것. 그래야 잡지 기사를 읽는 것처럼 사람의 맘을 읽을 수 있거든."

승희는 젓가락을 들어 고기를 툭툭 건드리더니 다시 내려놓았다.

"근데 이젠 재미가 없어졌어. 아니, 재미가 없어진 게 아니라 사람을 읽는 게 무서워졌어."

"뭣 땜에?"

"내 예쁘고 불쌍한 동생이 어느 날부터 인질인 것처럼 느껴졌다면, 언닌 이해할 수 있겠어? 그런 생각을 하는 내가 정상일까?"

승희는 자신을 손가락으로 가리키며 말을 이어갔다.

"내가 돈 거 아닐까? 내가 한국에 처음 올 때도 새 아빠 같은 말을 했었어. 승우를 생각해라. 승우가 널 기다릴 거다. 그때는 아무렇지도 않았는데, 그저 새 아빠가 날 아껴서, 승우를 편하게 해주려고 하는 말이려니 했는데. …… 근데 언제부턴가 그렇게 들리지 않는 거야."

"언제부터?"

"나도 몰라. 가끔은 꿈을 꾼 적도 있어. 승우가 막 울면서 날 찾는 거야. 그리고 어떨 땐 승우 가슴이 피에 젖어 있기도 했어."

승희는 팔을 테이블에 대고 얼굴을 파묻었다. 그녀의 어깨가 가볍게 들썩였다.

"언니, 나 무서워."

"승희야."

한참 후 승희가 고개를 들었다. 눈에는 눈물이 가득 고여 있었다.

"그 사람 살아 있대도 앞으로 영영 못 보겠지?"

"누구? 현준 씨?"

"내가 이렇게 필요로 하는데, 현준 씬 못 오겠지? 앞으로 영영 못 보겠지?"

승희의 뺨을 타고 눈물이 주르륵 흘러내렸다.

2014. 2. 12. 도쿄

사우는 아사쿠사 센소지(淺草寺) 본존 앞의 화로에 향을 피우고 합장을 했다. 평일이긴 했지만 사찰에 들어가고 나오는 사람들의 수가 적지 않았다. 화로의 맞은편에서 선글라스를 낀 사내 하나가 향을 꽂은 다음 고개를 숙였다. 사우는 휴대폰을 들어 미리 저장해둔 단축키를 눌렀다. 그러자 선글라스의 사내가 호주머니에서 휴대폰을 꺼내들더니 사우를 향해 고개를 주억거렸다.

사내는 사찰 입구의 반대편, 도로가 있는 쪽으로 걸어가기 시작했다. 사우는 그가 찻집 안으로 사라지는 것을 지켜보다가 잠시 후 그를 따라 들어갔다.

사우가 자리에 앉자 사내는 가볍게 고개를 숙였다.

"박철영이요."

"진사욥니다."

철영은 선글라스를 벗었다.

"부다페스트에서 한 번 연락했었지요?"

"벌써 1년 전 일입니다."

"그쪽에서 떠준 숟가락을 제대로 챙겨 먹지 못해 미안하오."

"우리도 마찬가집니다. 그런 실수는 한 번으로 끝내야겠지요."

"물론이요."

철영은 고개를 끄덕이고 카운터를 향해 손짓했다. 기모노를 입은 아가씨가 다가오자 철영이 사우를 쳐다보며 말했다.

"난 우롱차로 하겠소만."

"같은 걸로 하지요."

철영은 유창한 일본말로 우롱차를 두 잔 주문했다. 아가씨가 테이블에 차를 세팅하고 간 뒤 사우가 입을 열었다.

"우리 회사에 오셨더군요."

"아, 밑에 애들이 소란을 피웠나 봅니다. 미안하게 됐소."

"그렇게 쉽게 구멍이 뚫리다니, 우리가 부끄러운 일이지요. 그보단 궁금한 게 하나 있습니다만."

"뭡니까?"

"김현준일 대동했습니까?"

"그렇소."

"어떻게 그 친구를?"

"거래를 했소."

"거래 내용이 무엇인지 알려줄 수 있습니까?"

"우리 쪽 내용은 말할 수 없고, 김현준이라는 친구는 복수를 원했어요. 당신의 캡틴, 그리고 당신 회사에 대한 복수."

"그가 지금 어디에 있는지 알고 있습니까?"

"모르오. 애초에 그와 약속한 대로 자유롭게 놔주었소. 우리 쪽 애를 하나 붙이긴 했는데, 그 애가 자발적으로 연락을 줄 때까진 우리도 알 수 없어요."

사우는 천천히 차를 마셨다. 그 모습을 잠자코 지켜보다가 철영이 입을 열었다.

"궁금한 게 풀렸소?"

"그럭저럭요."

"그럼 본론으로 들어가지요. 우선, 이번 목표가 무엇인지 알고 있겠지요?"

사우가 고개를 천천히 끄덕였다. 철영은 호주머니에서 자동차 오토키처럼 생긴 작은 송신장치를 하나 꺼내 사우에게 건넸다.

"이걸 받으시오."

사우는 철영으로부터 받은 물건을 손바닥 위에 올려놓고 살펴보았다.

"시한폭탄을 기폭시키는 장치요. 스위치를 누르면 5분 안에 터지게 돼 있어요. 액체폭탄은 우리가 미리 장치해놓을 거요."

"왜 이걸 나한테?"

"이번에 남조선 경호는 비서실 직속 호위실이 담당하게 됐소. 난 배제됐어요. 그러니 이걸 가동시킬 사람은 남조선 사람이어야 합니다. 게다가 이건 무선거리가 아주 짧아요. 이륙을 직접 확인한 사람이 눌러야 하오. 5분 거리를 예상하고, 항공기가 북쪽 땅도 남쪽 땅도 아닌 중간지대에 있을 때 폭발시켜야 하오."

"꼭 중간에서 폭발해야 하는 특별한 이유라도?"

"다음 작전을 위해서요. 먼저 들쑤셔놓고 우리가 수습할 수 있도록 하려는 거지. 그래야만 공동조사단을 꾸릴 때 우리가 주도권을 쥘 수 있소."

사우는 송신장치를 호주머니에 집어넣었다.

"비행기가 이륙하는 걸 반드시 당신 눈으로 확인해야 합니다."

철영이 다시 한 번 강조하면서 자리에서 일어섰다.

2014. 2. 16. 김포공항

새벽녘의 눈발은 어느새 가는 비로 바뀌었다. 널따란 공항터미널 창 너머로 활주로 사이를 분주하게 오가는 정비공들이 보였다. 사우는 시계를 내려다보았다. 앞으로 10분 후면 도착한다.

공항 한쪽에는 이미 리무진들이 대기하고 있었고, 우산을 든 검정 양복 차림의 사내들과 우의를 걸친 경찰들이 오가며 상황을 점검 중이었다. 공항 직원들은 5분 전에 도착한 부산발 대한한공의 여객들을 신속히 이동시키고 있다. 여객들의 모습이 사라지자 활주로에 잠시 정적이 흘렀다. 사우의 귀에 꽂힌 리시버에서 소리가 났다.

―착륙 2분 전입니다.

사우는 잔뜩 찌푸린 하늘을 올려다보았다. 뿌연 구름을 뚫고 고려민항기의 기체가 서서히 모습을 드러냈다. 하얀 동체 가운데로 앞에서 뒤까지 빨간 줄이 길게 쳐 있다. 5번 활주로의 안내 등이 빗속에서 깜박거렸다. 이윽고 바퀴를 지면에 내딛은 항공기가 서서히 속력을 줄여 가다 멈춰 섰다. 몇 대의 리무진과 승합차들이 그쪽을 향해 전속력으로 달려갔다.

트랩이 내려오고, 곧이어 우산을 받쳐 든 트렌치코트 차림의 북쪽 인사들이 모습을 드러냈다. 손님들이 땅에 발을 딛자 역시 우산을 받쳐 든 남자들이 다가가 악수를 청했다. 잠시 후 그들의 모습은 자동차 속으로 사라졌다. 몇 대의 경찰 오토바이를 선두로 차량들은 공항을 빠져나가기 시작했다.

청사 쪽에서 기다리던 TV와 신문사 기자들도 제가끔 소속사 차를 타고 따라 나섰다. 모두 고려민항 항공기로의 접근을 봉쇄당한 채 근처를 맴돌고 있던 참이었다. 어느새 하늘에는 방송사 헬기가 떠서 차량들의 이동상황을 생중계하고 있었다.

사우가 휴대폰을 들었다.

"이상 없이 도착했습니다. 곧바로 호텔로 향하겠습니다."

—준비는 잘되고 있지?

"걱정 마십시오, 부국장님."

사우는 휴대폰을 끄고 서둘러 공항 주차장에 세워둔 차로 갔다.

2014. 2. 17. 서울

"조선노동당 중앙위원회 비서 김계동입네다."

조명호 대통령의 손을 잡은 김계동이 자기소개를 했다. 대통령은 환하게 웃으며 그의 손을 맞잡았다.

"통일전선부장 박근호입네다."

그의 뒤를 이어 북측 회담진이 차례로 인사했다.

"잘들 오셨습니다. 오전 실무회담은 잘 되셨는지요?"

"대통령께서 배려해주신 덕분에 이야기 잘하고 갑네다."

김계동이 미소를 지으며 말했다.

"다행이군요. 어제만 해도 날씨가 궂었는데, 오늘 화창한 걸 보고 일이 잘 될 줄 알았습니다."

대통령의 말에 청운동 접견실에 모인 사람들이 일제히 가벼운 웃음을 터뜨렸다.

"위원장께서는 잘 계시지요?"

"물론입네다. 위원장 동지께서도 안부를 전하셨습네다."

"예, 고맙습니다. 그런데 지난번에 오셨던 연기훈 위원은 안 계시는군요."

"예. 연 위원은 중앙당 일로 바빠서."

김계동이 대답했다. 대통령은 그의 뒤에 서 있는 정형준 비서실장 쪽으로 고개를 돌려 물었다.

"일시와 장소는 정해졌나요?"

"보안상 시간과 장소는 추후 핫라인을 통해 확정하기로 했습니다. 다만, 너무 오래 끌지는 않기로 했습니다."

"그래요. 많은 우여곡절이 있었습니다만 어쨌거나 오늘 이 자리가 성사되었군요. 그동안 여러분의 수고가 많았습니다. 모두들 마음을 합쳐 우리 민족의 역사에 일획을 긋도록 노력합시다. 하늘도 반드시 우리를 도울 겁니다."

북측 인사들도 웃으며 고개를 끄덕였다.

2014. 2. 18. 고양

―우리 정부와 북한 당국은 정상회담을 하는 데 원칙적으로 합의한 것으로 알려졌습니다. 이번 정상회담은 2000년 김대중 대통령과 2007년 노무현 대통령 이후 7년 만에 이뤄지게 되는데요, 과거 두 차례의 회담이 평양에서 열렸던 것과는 대조적으로 이번에는 남쪽에서 열리게 된다고 합니다.

―김호기 기자, 그렇다면 언제 어디서 열리는 겁니까?

―관계자에 따르면, 일시와 장소에 대한 발표는 아직 시기상조라고 합니다. 경호와 보안상의 문제 때문인데요, 아마도 회담이 이뤄지기 직전에 발표될 것 같습니다.

―야당과 보수단체에서는 어떤 반응을 보이고 있습니까?

―야당 대변인은 정상회담이 과거처럼 퍼주기를 대가로 이뤄진 게 아닌지 의심스럽다면서 먼저 우리 국민 앞에 속속들이 사정을 밝힐 것을 요구하고 있습니다. 또한 북한의 의도에 휘말리지 않도록 신중을 기할 것도 당부했습니다. 한편 보수단체들은 일제히 비난성명을 쏟아냈는데요, 김정일 위원장의 방남을 결사반대한다는 뜻을 확실하게 전하기 위해 대규모 집회를 개최할 예정이라고 합니다.

―예. 김 기자의 말대로 파장이 만만치 않을 것 같습니다. 그러면 이번에는 해외의 반응을 알아보겠습니다. 외교부에 나가 있는 이상일 기자, 각국의 반응은 어떻습니까?

―네. 먼저 애트먼 미 국무부 장관은 한반도에 화해 기류가 다시 조성되었다는 데 일단은 환영을 표했습니다. 그러나 북한의 핵문제가 아직 해결되지 않은 만큼, 이번 회담의 중심 주제는 핵 폐기가 되어야 한

다는 것을 강조했습니다. 일본 정부는 아직 성명을 발표하진 않았습니다만, 남북정상회담에 대해 촉각을 곤두세우고 있는 분위기입니다. 중국 신화사 통신은 중국공산당 지도부가 원칙적으로 환영하는 입장에 있다고 전했습니다.

"TV 꺼!"

도철이 말하자 경화가 리모컨을 눌러 TV를 껐다.

대형 조립식 창고 안에 세 대의 컨테이너 박스가 놓여 있었다. 그 중 한 컨테이너 박스는 전기난로가 뿜어내는 열기로 훈훈했다. 방금 안으로 들어온 영범의 점퍼에서 을씨년스런 바깥 공기가 전해졌다.

"보초는 잘 서고 있나?"

"예."

영범은 난로에 손을 쬐며 대답했다.

"현석이는 그거 틀고, 다들 이리로 가까이 와봐."

경화와 광수, 영범이 다가오자, 현석은 노트북의 모니터를 그들 쪽으로 돌렸다. 화면에 광화문 주변의 영상이 떴다. 현석은 마우스를 굴려 시청 앞 광장을 확대시켰다. 도철이 손가락으로 몇 군데를 찍었다.

"여기와 여기, 그리고 여기가 예상지점이다. 접근로는 이쪽과 이쪽이다. 일이 끝난 다음에 신속히 남대문시장 뒤쪽 주차장으로 이동한다."

"일이 끝나다니, 무슨 일을 하는 겁니까?"

광수가 퉁명스레 물었다. 도철이 광수를 힐끗 올려다보면서 말을 이었다.

"곧 알게 돼. 현석이 너는 매일 주변도로 차량 소통량을 시간별로 체크해. 가장 빠른 도주로를 확보해야 하니까."

"예."

"D데이는 아직 정해지지 않았다. 그렇지만 곧 닥쳐올 거야. 타이밍을 조금이라도 놓쳤다가는 다들 죽는다. 알겠지?"

모두가 긴장한 얼굴로 고개를 주억거렸다.

2014. 2. 18. 김포공항

사우는 활주로가 잘 보이는 곳에 서 있었다. 일정을 마친 북측 인사들이 다시 고려민항기에 오르는 중이었다. 경호원인 듯한 자가 맨 마지막으로 비행기에 탔다. 마침내 항공기 트랩이 올라가자 배웅 나온 남쪽 인사들은 청사 쪽으로 걸어왔다.

1분가량 지난 뒤, 비행기는 커다란 반원을 그리며 서서히 동체를 돌렸다. 그리고 활주로 정면에 이르자 바퀴를 굴리기 시작했다. 가속이 붙고, 항공기 머리가 공중으로 치솟았다. 사우는 손목시계를 내려다보고는 고개를 들어 하늘을 보았다.

이제 고려민항기는 완전히 이륙해서 빽빽한 아파트 촌 위를 날고 있다.

사우는 속으로 시간을 계산하다가 바로 스위치를 눌렀다.

구명수 국방위원회 기술일꾼은 비행기 창으로 내려다보이는 남조선의 풍광을 보며 눈살을 찌푸렸다. 여기저기에 성냥갑처럼 조밀하게 들어서 있는 아파트들이 답답해 보였다. 흡사 개미집 같았다. 구명수는 창으로 내다보이는 아파트들을 손가락으로 쿡 찔렀다. 저기에 한 방 내지르면 어떻게 될까? 아마도 도미노 쓰러지듯 우르르 무너져 내릴 것이다. 구명수는 속으로 쾅, 하고 폭발시키는 장면을 상상했다. 그 순간 쿵, 하고 둔탁한 소리가 나더니 기체가 흔들리기 시작했다.

비행기는 아파트 밀집지역을 지나 임진강 위 비무장지대에 들어서는 참이었다. 구명수는 잠시 헷갈렸다. 방금 난 소리가 자신의 머릿속에서 울리는 소리였을까? 그때 기체가 한 번 더 흔들렸다. 이번에는 요동이 심했다. 경호원들이 비틀거리며 자리에서 일어서는 게 보였다.

—어어? 이상하다. 화물칸에 비상등이 들어왔습네다.

기장의 화급한 목소리가 기내 스피커를 통해 전해졌다. 구명수는 얼른 자리에서 일어나 기장석으로 뛰어갔다. 그가 막 문을 열려는 순간 뒤에서 고막을 찢는 소리가 났다. 손잡이를 잡은 채로 돌아보니 뒤편으로 빈 하늘만 눈에 들어왔다. 붉은 화염과 함께 나머지 기체가 저편으로 사라지고 있었다.

2014 공동경비구역

2014. 2. 18. 서울

"큰일 났습니다."
정형준은 사색이 되어 집무실로 뛰어들었다.
"비상사탭니다. 북한 민항기가 공중 폭파됐습니다."
"뭐요?"
대통령이 자리에서 벌떡 일어섰다.
"민항기라니? 특별기 말이요?"
"예. 문산 부근 비무장지대 위에서 폭파됐다고 합니다."
대통령은 잠시 놀란 입을 다물지 못하다가 비서실장에게 지시했다.
"즉시 데프콘 쓰리 발령 준비 하세요. 그리고 비상확대회의 소집하고, 그전에 수석들 모이라고 하세요. 백산 부국장도 부르고."
"예, 알겠습니다."
2012년 한미연합사로부터 전시작전권이 환수된 이후 처음으로 발동하는 데프콘 쓰리였다. '중대하고 불리한 영향을 초래할 수 있는 긴장상태가 전개되거나 군사개입의 가능성이 존재하는 상태.' 대통령은 상황 여하에 따라 충분히 그럴 가능성이 있다고 판단했다.

비서실장이 밖으로 나가자, 대통령은 생각에 잠긴 채 집무실을 왔다 갔다 했다. 특별기라면 사전 점검을 충분히 했을 것이다. 기체 결함일 가능성은 거의 없다. 그렇다면 도대체 누구 짓이란 말인가? 대통령의 머릿속에 수많은 생각들이 떠올랐다가 사라졌다. 그때 노크 소리가 들리고 홍수진이 들어왔다.

"참모회의 준비됐습니다."

대통령이 들어오자 참모들은 모두 굳은 얼굴로 자리에서 일어섰다. 자리에 앉자마자 대통령이 입을 열었다.

"이게 대체 무슨 일입니까? 상황 보고 해보세요."

백산이 말했다.

"오늘 낮 12시 30분경 김포공항을 이륙한 고려민항 특별기가 동시 38분경 임진강 비무장지대 상공에서 폭파됐습니다. 원인은 아직 규명되지 않았지만, 관측 결과에 따르면 기체가 산산조각 났다고 합니다. 공중 폭발한 것으로 추정됩니다. 생존자가 있을 가망성은 거의 제로입니다."

"조사단은 꾸렸습니까?"

"그게 비무장지대라서, 우리 쪽도 북쪽도 섣불리 움직이지 못하고 있는 실정입니다."

"핫라인으로 연결해봤어요?"

"지금 저쪽도 난리가 아닙니다. 일단 우리를 의심하는 것 같습니다. 아무래도 몇 시간은 있어야 정리될 것으로 보입니다."

"우릴 의심하다니 그게 무슨 소리요? 아니 세상에, 손님을 불러놓고 그런 어리석은 짓을 할 바보가 어디 있다고?"

외교안보수석 유강오가 흥분해서 소리쳤다.

"북한 내부의 소행이 아닐까요? 강경파가 정상회담의 반대 구실을 만들기 위해……."

권오현이 조심스레 의견을 피력했다. 그러자 대통령이 손을 휘휘 저었다.

"지금으로선 예단이 아무 의미가 없을 것 같소. 일단은 비무장지대부터 들어갈 수 있도록 해야지. 부국장, 조사단은 어떤 식으로 꾸릴 생각이오?"

"우선 남북이 합의를 보아야 합니다. 1988년 스코틀랜드 로커비 상공에서 폭파한 팬암기의 예에서도 알 수 있듯이, 항공기 사고가 발생하면 수사는 영공 개념으로 관할권이 넘어갑니다. 비무장지대는 남과 북이 겹치는 지역이기 때문에, 둘이 합의를 보기 전엔 누구도 함부로 손을 댈 수가 없습니다."

"결국은 공동조사단을 꾸려야 한다는 거요?"

"그렇습니다."

"좋아요. 일단은 저쪽에 위로를 전하고, 최대한 인내심을 갖고 사태를 지켜보도록 합시다. 그리고 비서실장, 우리 측 조사단은 미리 준비해놓도록 하세요."

"예."

"외교안보수석은 국방관계자들에게 만일의 사태에 철저히 대비하라고 지시하고. 지금은 데프콘을 승격하지 않겠습니다. 그랬다간 저쪽이 더 의심하고 나올 테니까."

"예. 알겠습니다."

30분 후, 홍수진은 대통령 집무실을 빠져나와 복도를 걸었다. 그녀가 복도 중간의 네 갈래로 갈린 곳을 막 지나쳤을 때 흠흠, 하는 헛기침 소리가 들렸다. 오른편 복도 구석에 백산이 서 있었다. 홍수진은 발걸음을 멈추고 사방을 둘러보았다. 아무도 눈에 띄지 않았다.

"대통령은 어때?"

"아직 요지부동이에요. 정상회담에 대한 의지가 정말 대단하세요. 임기 중 최대의 목표로 삼은 것 같아요."

"북한 쪽에서 가만히 있지 않을 텐데?"

"그것도 예상하고 계세요. 사태에 따라 대처하시겠지만, 일단은 김정일 체제가 유지되길 바라세요."

"알았으니 가보게."

홍수진이 가던 방향으로 또박또박 발걸음을 옮겼다. 백산은 어두운 얼굴로 그 모습을 지켜보다가 이내 뒤돌아섰다.

잠시 후 복도 끝에서 정형준이 모습을 드러냈다. 그는 백산이 사라진 방향과 홍수진이 걸어간 쪽을 번갈아보면서 가만히 고개를 흔들었다.

2014. 2. 19. 평양

"지금 무슨 소리 하시는 겁네까? 일단 지켜보자니요."

연기훈은 책상을 탁 쳤다. 회의실 안에는 중앙당 군사위원회의 핵심인 호위사령부의 리훈평과 김달수, 중앙당 작전부의 최재봉, 인민무력부 보위사령부의 리태진 차수 외에 10여 명이 앉아 있었다. 연기훈은 공식석상에서는 공화국 표준말인 문화어를 썼다.

"정상회담을 빙자해서 도발하고 있는 게 분명한데, 가만히 놔둔다면 나중엔 우리 심장까지 내노라 할 겁네다."

연기훈이 입에 거품을 물면서 말했다. 이를 리훈평이 제지하고 나섰다.

"연 위원, 흥분을 가라앉히시라요. 위원장 동지께서 그렇게 지시하셨다면 생각이 없으셔서 그랬갔습네까? 먼저 증거를 찾자는 거지요. 블랙박스도 안 건지고 무력부터 쓰고 본다면, 국제 사회가 가만 있겠습네까?"

"분명히 남조선에서 출발한 비행깁네다. 그동안에 손을 썼다면 남조선 놈들의 소행이거나 그들을 사주하는 제국주의 놈들의 소행이 분명한 것 아니겠습네까?"

"압니다, 알아요. 하지만 움직이기 전에 명분부터 찾아야 합니다. 미제 놈들도 9·11이 일어나고 이라크를 치기 전에 수사부터 하지 않았습네까? 그게 순서지요."

리훈평은 고개를 돌려 리태진을 흘낏 보고는 다시 말을 이었다.

"더구나 군사행동은 마지막 결정적인 수단입네다. 일단 시작했다면 우리든 남쪽이든 사생결단을 봐야 끝나는 거지요. 우리에게 증거가 있다면 중국도 도울 겁네다."

"이건 공화국의 자존심이 걸린 문제입네다. 남조선과 제국주의 놈들이 우리의 자존심을 야금야금 갉아먹을 수 있었던 이유가 뭔지 아십네까? 니들은 생존 때문에 어쩔 수 없을 것이다, 그거 아니었나요?"

회의 참석자들의 얼굴이 잔뜩 구겨졌다. 연기훈은 지금 스스로의 상처를 건드리고 있는 중이었다.

"우리가 말만 하고 행동을 주저하니까, 오늘날 이런 일이 벌어지고 있는 겁네다."

연기훈이 한바탕 쏘아붙이더니 상체를 의자에 털썩 파묻었다. 잠시 침묵이 흐른 뒤 리태진의 입에서 특유의 저음이 튀어나왔다.

"인민무력부에선 이번 일을 결코 좌시하지 않을 것이오. 조사와 상관없이 준비를 해놓갔소."

그러자 중앙당 작전부의 최재봉이 말했다.

"신속하게 대응하되, 경솔한 행동은 삼가는 게 좋겠소. 일단 조사단을 꾸려 사태의 원인을 확인하는 게 맞을 것 같습니다. 물론 조사단은 남과 공동으로 구성해야지요. 어떻게 꾸릴지부터 논의합세다."

"그건 우리가 맡겠습네다. 지난번 실무회담 실사단을 우리가 책임진 만큼 이번 일의 수습도 우리가 책임지도록 하지요."

리태진이 수긍한다는 뜻으로 고개를 끄덕였다. 다른 이들도 이의를 제기하지 않았다.

방으로 돌아온 연기훈은 땅콩을 입에 까 넣은 다음, 수화기를 들었다. 조금 전 회의실에서 흥분으로 상기되었던 얼굴이 지금은 서늘하게 변해 있었다.

"리 차수, 접네다. 조사해봐야 별 거 없습네다. 블랙박스의 증거란 게 한계가 있잖습니까? 조사는 결과에 영향을 미치지 못할 겁네다. 그러니 추진하시라요. …… 예, 알갔습네다. 당연히 돕다마다요."

연기훈은 수화기를 내려놓고 창가로 걸어갔다. 창밖으로 보이는 회색 콘크리트 건물을 잠시 바라보다가 휴대폰을 꺼냈다.

"박 중좌, 준비하게. 사소한 거라도 우리가 먼저 찾도록 해. 뒤탈 없게 잘 처리하고."

2014. 2. 20. 공동경비구역

군사정전위원회의 북측 대표인 리형복 중장은 맞은편에 서 있는 남측 다섯 명의 대표들을 차가운 눈초리로 쏘아보았다. 그는 인사도 생략한 채 자리에 앉았다.

"이번 불행한 사태를 맞이하여 공화국에서는 참을 수 없는 분노를 느끼며, 그 원인을 규명하기 위한 작업에 착수하고자 남측과 이렇게 대면하게 되었습네다. 불행히도 조국이 쪼개져 있는 관계로, 우리가 우리 땅을 단독으로 조사 못 하고 남측과 호상으로 협조하여 규명에 나서게 되었습네다. 위대한 국방위원장 동지께서는 크나크신 인내심을 발휘하시어 남측에 해명할 기회를 주라고 하셨습네다. 만일 조사 결과 남측의 불순한 의도가 밝혀진다면, 공화국에서는 그에 상응하는 보복을 할 것입네다."

그러자 남측 대표인 홍순명 소장이 입을 열었다.

"말씀이 지나칩니다. 대한민국에서는 북측에 대해 어떠한 공격 의도도 갖고 있지 않습니다. 물론 우리의 손님으로 오신 김계동 비서 이하 많은 분들이 불의의 사고로 희생당하신 것은 진심으로 유감스럽게 생각합니다. 하지만 불순이니 보복이니, 살벌한 발언을 계속 한다면 저희로선 북측이 이 회담을 성사시키겠다는 건지 말자는 건지 의심할 수밖에 없습니다."

리형복이 황급히 손을 저었다.

"좋습네다. 기체와 사체 수습이 무엇보다 시급하니만치 바로 실무적인 이야기를 하갔습네다. 공화국에선 신속한 조사를 위하여 1개 대대의 병력을 비무장지대에 투입할 생각입네다. 남측에선 얼마나 동원하갔습네까?"

"우리도 동수로 하겠습니다. 지뢰지역인 것을 감안하여 공병대 1개 중대, 수색대 3개 중대로 하겠습니다. 그리고 상호 불미스런 일이 벌어지지 않도록 수색병력 모두 철모에 흰 천을 두르고 팔에도 역시 흰 완장을 찰 것이며, 수색장비 외에 무기는 일절 착용하지 않을 것을 제안합니다."

"그렇게 하갔습네다. 시간은 매일 아침 8시부터 일몰 전인 5시로 제한하갔습네다. 그 안에 수색병력이 비무장지대 바깥으로 나가는 건 금합네다. 반드시 오후 5시에 지정된 구역에 모여 그날 발견한 물건 또는 사체를 북남이 호상 확인하도록 해야갔습네다. 증거물 변조나 탈취를 방지하기 위한 것이므로 료해 바랍네다."

"구역은 어떻게 나누는 게 좋겠습니까? 우리가 준비해온 게 있는데 함께 보면서 의논하기로 하지요."

홍순명이 옆에 앉은 차하진 대령에게 지시했다.

"차 대령, 위성사진과 지도 펴고 브리핑 하세요."

차하진은 회담 테이블 복판에 지도와 위성사진을 펼쳐놓고 손가락으로 가리키며 설명하기 시작했다.

"위성사진을 판독한 결과 기체는 이 지점에서 사방 1킬로미터 내의 원 안에 산개해 있을 것으로 추정되었습니다. 따라서 지뢰로 인한 작업 지연을 고려하여볼 때 남북 각각 1개 대대 병력이 하루에 커버할 수 있는 면적을 계산하면 약 1주일이 소요될 것으로 판단됩니다."

"이리 줘보라우요."

리형복은 위성사진을 받아들고 세심하게 살폈다. 그러고는 다시 테이블 위에 내려놓더니, 지도 위에 붉은 줄로 7개의 구역 선을 긋고 각 구역을 절반으로 나누었다.

"이렇게 나누기로 합세다. A부터 G까지 구분하고 각 구역마다 확인 지점을 찍어서 매일 공동 확인하기로 합세다."

"좋습니다. 점은 우리가 찍지요."

홍순명이 눈짓을 하자, 차하진이 각 구역에 점을 찍었다.

"됐습니까?"

"그렇게 합세다. 정 상좌, 이걸 똑같이 필사하라우요."

리형복으로부터 지목 받은 정호성 상좌가 가져온 지도에 똑같은 표시를 하기 시작했다. 그가 일을 마치자 리형복이 일어섰다.

"회담은 이걸로 끝내갔습네다. 뭐, 따로 할 말 없지요?"

"없습니다."

홍순명이 대답하자, 리형복은 다시 한 번 남측 대표들을 힐끗 쏘아보고는 회담장을 빠져나갔다.

2014. 2. 23. 공동경비구역

"블랙박스입니다. FDR과 CVR 모두 우리 수색 3중대가 발견하여, 북측에서도 확인했습니다. 자, 한번 보시지요."

남측 조사팀장인 국정원 소속 항공테러 전문가 심원섭이 주황색 블랙박스 두 개를 테이블 위에 올려놓았다. 철영은 블랙박스를 들어 유심히 살핀 다음 말했다.

"사고 기종이 TU-134이니까 일단 러시아로 가져가서 데이터를 뽑아내고 그것을 두 벌 복사하여 우리와 남측이 가져가기로 합시다. 러시아 항공사에는 남측이 동행해도 괜찮습니다. 이의 없지요?"

"분석은 단독으로 하더라도 결과 발표는 공동으로 조율해야 할 것 아닙니까?"

심원섭이 말하자 철영은 인상을 찡그렸다.

"만일 별 내용이 없다면 그렇게 해야겠지요. 하지만 남측의 도발이 확인된다면 그때는 공동이고 뭐고 없습니다."

"허, 거 참. …… 잠깐 있어보세요."

심원섭은 답답하다는 표정으로 한쪽 구석으로 갔다. 휴대폰으로 어딘가 전화를 거는 것 같았다. 잠시 후 그가 철영에게 다가와 말했다.

"좋습니다. 우리야 감출 게 없으니 그렇게 합시다. 하지만 일을 지나치게 비약하거나 괜한 억지를 쓴다면 그때는 UN에 제소하겠습니다."

"UN 제소? 그건 당신들 맘대로 하시오."

철영은 눈짓으로 부하들에게 블랙박스를 들게 하고, 북쪽의 통일각을 향해 성큼성큼 걸어갔다.

2014. 2. 27. 서울

"블랙박스 결과 나왔나?"

박상현이 승희에게 물었다.

"네. 항속거리가 짧아서 오래 안 걸렸어요."

"특이할 만한 사항은?"

"사고 직전에 충격음이 들렸고 화물칸에 비상등이 들어왔다는 기장의 멘트가 있는 걸로 보아, 폭발은 화물칸에서 이뤄진 걸로 보입니다."

이때 태성이 급하게 뛰어왔다.

"실장님, 북쪽 조사단의 반응이 심상치 않습니다. 항공기 폭파가 남측에 의해 이뤄진 걸로 몰아가는 것 같아요. 이륙 후 남쪽을 막 벗어난 지점에서 사고가 난 것은 시한장치에 의한 의도적인 폭파였다고 결론짓고, 그쪽 방향으로 증거를 찾는 중이라고 합니다."

"뭐야? 이놈들이 근데……. 미정이, 군사 동향은 어때?"

미정은 컴퓨터를 조작해 휴전선 부근의 모습을 위성으로 띄웠다.

"아직까진 별 움직임이 없어요. 통상적인 소규모 이동만 관측되고 있네요."

"시간 단위로 계속 체크하고, 이상 있으면 즉시 보고해. 그리고 진사우, 기폭장치 실종 건은 어떻게 됐나? 제보 같은 거 없었어?"

"몇 가지 제보가 있었지만, 다 관계없는 것들뿐이었습니다. 장기간 주차돼 있는 냉동탑차가 몇 대 있어 조사해봤는데, 그 안에서 특이한 건 발견되지 않았습니다. 액티노라이트 같은 것도 채취되지 않았고요."

"허, 참, 기가 막힐 노릇이군. 그럼 놈들이 하늘로 솟았다는 거야, 땅으로 꺼졌다는 거야?"

상현은 허탈한 심정으로 중얼거렸다.

"무슨 일이 벌어질지도 모르는데 이렇게 손 놓고 기다려야 한다니, 정말 미칠 노릇이군."

2014. 2. 28. 동해상

오늘도 동해의 깊은 바다 속을 유영하고 있던 잠수함 야마모토 호는 한반도의 상황 변화에 촉각을 곤두세운 채 경계 중이었다. 마쓰무라 함장의 지시에 따라 정보분석실에서는 위성으로부터 수신되는 정보를 실시간으로 체크하고 있었다.

삐!

위성사진이 송신되었다는 신호음이 울렸다. 이케다 이등해조는 수신기 앞에서 기다리다가 이제 막 나오고 있는 위성사진의 끝을 잡았다. 덜컥, 하는 낮은 소리와 함께 수신이 완료되었다. 이케다는 사진을 들고 테이블 앞에 앉아 있는 이치로 삼등해위에게 갔다.

"정보과장님, 17시발 위성사진이 왔습니다." 이치로는 이케다가 내민 사진을 받아들고 쓱 쳐다본 다음, 상황판에 붙였다. 그리고 앞에 붙여 놓은 사진과 대조하기 시작했다. 잠시 후 이치로가 놀란 목소리로 말했다.

"어? 이거 뭐야! …… 이케다, 난 함장실로 갈 테니까 정신 똑바로 차리고 자리 지켜!"

이치로는 두 개의 사진을 떼어 들고 함장실로 뛰어갔다.

오키나와 항구에 정박해 있던 미 항공모함 이스페리의 작전실에 급전이 날아왔다. 동해상을 순시하고 있는 이지스함 모빌베이 호가 송신한 것이었다. 파커 대령은 작전장교가 가지고 온 전통문을 읽었다.

'이하는 U-2 정찰기로 파악한 내용임. 한반도 서부전선에서 이상 징후 포착되고 있음.

· 서부전선의 북한군 4군단, 문산 방면 휴전선으로 이동 중. 북한군 2군단, 철원 방면 휴전선으로 이동 중.

· 815 기보군단, 820 포병군단, 620 기갑군단, 806 기보군단 휴전선으로 이동 중.

· 북한군 4군단 예하 용연군 주둔사단, 옹진군 주둔사단, 황해도 해상저격여단, 특수8군단 이동 진행.

이상의 동향은 전쟁 시나리오 1의 가능성을 보여주는 것으로 잠정 결론 내릴 수 있음. 조치 바람.'

파커 대령은 전통문을 부관에게 건네고, 작전장교에게 명령했다.

"펜타곤에 즉시 연락하도록! 그리고 전 함대원 출동 준비시켜!"

2014. 2. 28. 서울

"대통령님, 데프콘 쓰리, 아니 투를 발동하셔야 할 것 같습니다. 북한군의 서부전선 이동 양상이 심각합니다. 펜타곤에서도 우려를 표명하고 있습니다."

외교안보수석 유강오가 열을 올렸다.

"억지를 쓰는 놈들에겐 몽둥이가 약입니다. 이번에 아예 본때를 보여야겠습니다."

조명호 대통령은 유강오를 쳐다보지 않았다. 그는 시름에 잠긴 얼굴로 생각에 잠겨 있었다.

"유 수석의 말이 옳은 것 같습니다. 투는 시기상조인 것 같고, 쓰리를 발동하시는 게……."

"그렇게 합시다."

비서실장 정형준의 말이 끝나기 전에 대통령이 입을 열었다.

"전군에 데프콘 쓰리를 발동시키세요. 하지만 그 이상의 긴장 분위기를 조성하진 말고, 당분간 이 상태에서 상황을 지켜보기로 합시다."

2014. 2. 28. 도쿄

"한국에서 데프콘 쓰리를 발동했습니다. 전군의 휴가 외출을 금하고 경계 태세에 들어간 모양입니다."

나쓰오 방위성 장관이 후지모토 수상에게 보고했다.

"북한 쪽 미사일 상황은 어떻습니까?"

"무수리 일대에서 발사 예비 징후는 아직 감지되지 않았습니다. 하지만 대비는 해야 할 것 같습니다."

"미사일 발사 징후가 아직 없다면 지금 북한군의 움직임이 전면적이지 않다는 건데, 과거처럼 위협 조성용이거나 뭐 그런 것 아닐까요?"

"그럴 수도 있지만, 초긴장 상태인 것만은 분명합니다. 만일 황해 상에서 남북이 해상 충돌이라도 벌이는 날에는 전면전으로 비화될 가능성이 있습니다. 그때는 열도에 미사일이 날아오지 않으리라는 보장이 없습니다."

"미사일에 대한 대응책은 세워놓았습니까?"

"미 항모가 오키나와를 출발했습니다. 일단은 패트리어트 미사일로 막아야겠지요. 만일 그런 일이 벌어진다면 우리 일본도 한반도 전쟁에 개입할 수밖에 없습니다."

"어떻게 개입하지요?"

"해상자위대는 물론 항공자위대를 총 출동시킬 생각입니다."

후지모토 수상은 무겁게 고개를 끄덕였다.

"그렇다면 대동아전쟁 이래로 일본 자위대가 처음으로 실전에 투입되는 거겠군. …… 그게 주어진 길이라면 나아갈밖에. 자위대가 군대로 거듭날 날도 머지않은 것 같군요."

"그렇습니다. 일본의 위상을 탈바꿈시킬 때가 온 것 같습니다."

나쓰오 방위성 장관의 입에 희미한 미소가 걸렸다.

2014. 2. 28. 서울

현준은 목소리에게 연락을 시도했다. 정확히 30초 후, 공중전화 벨이 울렸다. 현준은 급히 수화기를 들었다.

"접니다. 지금 상황이 난리가 아니군요. 궁금해서 연락했습니다."

─고려민항기 폭파를 말하는 거죠? 현준 씨는 누구 소행으로 생각됩니까?

"북한 쪽 공작 수준이 상상을 뛰어넘더군요. 저와 함께 NSS에 들어갔던 친구들을 보고 알았습니다. 아마도, 그들을 움직이는 자들의 짓이 아닐까 생각합니다."

─북한 쪽이라……. 북한의 소행이란 말인가요?

"예? 그야 저와 함께 움직이는 사람이 북한 호위총국 출신이고, 그의 동료들이니까 당연히……."

─아니요. 북한 정권의 뜻은 아닐 겁니다. 현 시점에서 북한 정권은

전쟁을 원하지 않아요. 그럴 능력도 없거니와 설사 자기네가 이긴다 한들 전쟁으로 피폐해진 통일국가가 어떤 운명을 겪게 될지 잘 알기 때문입니다.

"그럼 누가?"

―전에도 말했지만 한반도가 어떻게 되든 말든 전쟁을 원하는 사람들은 따로 있어요. 전쟁으로 이득을 보는 자들…….

"아이리스?"

―이젠 감을 잡았군요.

"그렇다면 남한의 백산 말고, 북한에도 아이리스가 있다는 겁니까?"

―아이리스의 촉수는 상상을 초월합니다. 전 지구를 장기판으로 생각하는 자들이니까요.

"그들을 막을 방도는 없습니까?"

―어떻게든 막아야지요. 당장은 한반도의 전쟁부터 막아야 합니다.

현준은 이를 깨문 채 목소리의 다음 말을 기다렸다.

―이제 현준 씨가 움직일 때가 된 것 같습니다.

"제가 뭘 할 수 있지요?"

―청와대에 전화를 하세요.

"청와대라고요?"

―예. 청와댑니다. 내가 불러주는 전화번호 기억하세요. 직통전홥니다.

현준은 목소리가 들려주는 전화번호를 머릿속에 새겼다. 기억력이라면 자신 있었다.

―그가 현준 씨의 활동무대를 만들어줄 겁니다.

2014. 3. 1. 서울

올해의 3·1절 행사는 암울한 분위기 속에서 진행되었다. 대통령은 국무총리에게 대독을 시키자는 참모들의 건의를 만류하고, 행사장에 직접 참석했다. 불안해하는 국민들에게 자신의 육성 메시지를 전하고 싶어서였다. '지금은 힘든 국면에 처했지만, 내일에의 희망을 품고 슬기를 모으자'는 것이 메시지의 주제였다. 하지만 온 국민의 어깨를 짓누르고 있는 전쟁의 공포를 쉽게 털어버릴 수는 없었다.

집무실로 돌아온 대통령은 소파에 몸을 파묻은 채 한숨을 내쉬었다. 자신이 구상해온 한반도의 평화 로드맵이 순탄하게 진행되지 않으리라는 건 이미 예상한 일이었다. 하지만 전쟁이라는 엄청난 도전을 받을 줄은 미처 몰랐다.

어두운 얼굴로 생각에 잠겨 있는데 노크 소리가 들렸다. 대통령은 고개를 들었다.

"들어오세요."

비서실장이었다. 대통령은 그를 볼 때마다 나이든 사람 특유의 경륜을 느끼곤 했다. 자신보다 젊은 사람 앞에서도 허리를 낮출 줄 아는 사람. 그는 회의 때마다 다른 사람의 이야기를 먼저 듣고 나서야 자신의 견해를 밝힌다.

"오늘같이 뜻 깊은 날에 분위기가 엉망이어서 마음이 언짢으시겠습니다."

"허허. 비서실장의 눈에도 그래 보입니까? 이리 와 앉으세요."

정형준이 소파로 와서 앉았다.

"저……."

"무슨 할 말이라도?"

"혹시 김현준이라는 사람 기억하십니까?"

"대선 때 날 구해준 청년?"

"예. 맞습니다."

"NSS에서 일한댔죠? 그러고보니 생명의 은인인데, 바쁘다는 핑계로 까맣게 잊고 지냈네요."

"지금은 NSS에서 일하지 않습니다."

"왜요?"

"아랫사람의 일이라 대통령님께 보고 드리지 못했지만, 김현준이는 헝가리에서 간첩 활동을 한 혐의로 한때 NSS에서 수배되었습니다."

"간첩이요?"

대통령의 눈이 커졌다.

"어디까지나 혐의입니다. 그 후 사망한 걸로 확인돼서 수배가 해제되었는데, 어제 비밀 경로를 거쳐 살아 있다는 연락이 왔습니다."

"지금 어디 있습니까?"

"그전에 한 가지 더 말씀 드릴 게 있습니다. 김정국과 윤미현 박사 부부 아시죠? 박정희 대통령 말기에 핵개발을 주도했던……."

"아다마다요. 헌데 그 이야기는 왜?"

"그들이 바로 김현준의 부모입니다."

"예?"

"김 박사 부부가 의문의 죽음을 당할 때, 김현준의 나이가 네 살이었습니다. 그 뒤 고아로 자랐는데, 자신의 부모가 누군지 김현준 본인도 최근까지 몰랐던 모양입니다. 그런데 모종의 음모에 걸렸다가 죽음의 문턱에서 가까스로 살아나온 후, 복수를 준비하던 중에 자신의 정체를 알게 되었답니다. 이건 제가 믿을 만한 소식통으로부터 전해 들은 겁니다."

"음모니 복수니, 그게 다 무슨 소립니까?"

"저도 아직 자세한 내막은 알지 못합니다. 다만 현 상황에서 김현준이 중요한 역할을 할 수 있을 것 같아 이렇게 말씀 드리는 겁니다. NSS를 대신할 역할이요."

대통령은 긴장한 얼굴로 비서실장의 얼굴을 뚫어져라 쳐다보았다.

"그동안 제가 조심스레 살펴본 결과, NSS는 믿을 수가 없다는 결론을 내렸습니다. 아니, 백산을 믿을 수 없다고 해야겠지요. 비록 백산이 제 학교 후배긴 하지만, 그 사람은 비밀이 너무 많습니다."

대통령이 살짝 고개를 끄덕였다. 동의한다는 뜻이다.

"그리고 홍수진……."

"홍수진?"

"예. 홍수진도 문제가 있어 보입니다. 아무래도 백산하고 남모를 관계에 있는 것 같습니다."

대통령이 어이없다는 표정을 지었다.

"홍수진이 나 모르게 하는 일이 있다는 겁니까?"

"아뇨. 그것까지는 잘 모르겠습니다. 다만, 백산과 은밀히 대화하는 걸 제가 몇 차례 목격한지라……."

"청와대 홍보기획관이 비밀기관의 수장과 직접 대화를 하다니, 의심할 만한 짓을 하긴 했군요."

"그렇습니다."

"음. 비서실장은 어떻게 했으면 좋겠습니까?"

"NSS가 오염돼 있다고 가정한다면, 그걸 청소할 수 있는 사람은 김현준뿐입니다. NSS 출신이고, 이용당했다가 버림받고, 게다가 최근에 부모와 자신의 비밀까지 알게 된 이상……. 아무리 생각해도 깃발을 꽂을 사람은 그 친구밖에 없습니다. 그리고 지금은 백산이 NSS 내부를 확실히 장악하고 있으니까 외곽에서부터 파고들어야 합니다."

"외곽이라면?"

"외람된 말씀이지만, 대통령 직속 경호대의 힘을 김현준에게 빌려주시는 건 어떻겠습니까?"

2014. 3. 3. 서울

데프콘 쓰리가 발령된 지 사흘째다. 당연히 대통령의 호출이 있어야 했다. 백산은 NSS에 대해 침묵을 지키고 있는 청와대의 의중이 궁금했다. 대통령은 무슨 생각을 하고 있는 것일까? 북한군이 휴전선 가까이에서 바글거리는데도, 데프콘을 격상시킨 것 외에 대통령은 특별한 움직임을 보이지 않았다.

백산은 한참을 망설인 끝에 수화기를 들었다. 하지만 선뜻 번호를 누를 수가 없었다. 그녀로부터 들을 수 있는 이야기엔 한계가 있고, 또한 그녀가 자신과의 통화를 기꺼워하리라는 보장도 없었다. 백산은 수화기를 든 채 홍수진과 자신의 공통점에 대해 생각했다.

홍수진은 미국에서 국제정치학을 전공하고 한국에 돌아와 신문방송학을 공부했다. 신문사 기자 생활을 하던 중 조명호의 눈에 띄어 그의 언론 특보가 되고, 오늘날 청와대의 홍보기획관이 되었다.

백산이 홍수진을 알게 된 것은 2년 전이었다. 워싱턴에서 북한의 리

근호 특사와 미국 국무부 장관의 회담이 열리던 날, 서울에서는 외교통상부 장관의 기자회견이 있었다. 장관이 북미 대화에 대한 대한민국의 입장을 간략히 설명하자, 기자들로부터 질문이 쏟아졌다. 다른 기자들은 주로 향후 북미관계와 그것이 우리나라에 미칠 영향에 대해 질문했지만 홍수진은 중국과의 관계에 질문의 초점을 맞추었다. 북한의 연착륙을 가장 바라는 것은 중국이다, 이는 중국이 북한을 흡수하려는 모종의 계획을 세우고 있기 때문이다, 하는 게 그녀가 한 질문의 요지였다.

─북한이 미국의 적성국 리스트에서 제외됨으로써, 중국은 미국의 눈치를 보지 않고 북한을 지배할 것 같은데 어떻게 생각하십니까?

다소 생뚱맞은 질문에 장관은 물론 기자들도 황당해 했다. 하지만 그녀는 좌중의 시선을 무시한 채 질문을 이어갔다.

─만약 그렇게 되더라도, 이게 우리나라의 입장에선 더 바람직할 수 있지 않겠습니까? 미래의 강대국 중국의 지배를 받는 북한과, 현재의 초강대국 미국의 지원을 받는 우리나라가 선의의 경쟁을 하는 상태 말입니다.

백산은 그녀에게서 시선을 뗄 수가 없었다. 자기 나라의 일임에도 마치 다른 나라에 대해 말하는 듯한 태도. 백산은 호감을 느꼈다. 기자회견이 끝났을 때 백산은 그녀에게 다가가 명함을 내밀었다. '유일상사' 전무. 그녀가 의아한 듯 쳐다보자 백산은 정식으로 자기소개를 했다.

─NSS 부국장 백산입니다.

순간 그녀의 눈이 호기심으로 반짝이는 것을 백산은 놓치지 않았다.

그날 저녁 식사를 함께 하며, 백산은 홍수진과 자신에게 공통점이 있음을 발견했다. 민족주의 따위에 오염되지 않았다는 것. 누구의 편에도 서지 않고 한반도 정세의 흐름을 일종의 게임처럼 바라본다는 것. 하지만 다른 점도 있었다. 그녀는 조직에 목을 맬 타입이 아니었다. 아나키즘에 가까운 자유주의자. 홍수진은 그런 사람이었다. 리크루트하기엔 부적격 사유를 가졌지만 목적과 상관없이 의견을 나눌 만한 상대인 것은 분명했다.

마침내 백산은 버튼을 눌렀다. 몇 번의 신호음이 가고 그녀가 전화를 받았다.

―전화를 다 주시고, 웬일이십니까?

"내가 궁금해 하고 있다는 것, 잘 알지 않나?"

수화기 너머에선 아무 말이 없었다.

"데프콘 쓰리가 발동되고 그것이 언제 격상돼야 할지 모르는 판에, 대통령이 어떤 생각을 갖고 있는지 궁금해."

―그건 나도 몰라요. 별 말씀이 없으세요.

"그동안 홍 기획관에게 일정 지시를 내리지 않았나? 당신이 아니면 누구한테 하지? 그렇다고 대통령이 아무 일도 하지 않는 건 아닐 텐데."

―데프콘 쓰리가 발동된 후로 날 부르는 일이 뜸해졌어요. 나도 궁금하긴 마찬가지예요. …… 참, 요즘 비서실장이 대통령 집무실에 드나드는 횟수가 부쩍 늘긴 했어요.

"정 선배님이?"

백산은 정현준의 웃는 얼굴을 떠올렸다. 사람 좋아 보이는 인상이지만, 좀처럼 속내를 드러내지 않는 사람. 그러나 아무리 이 바닥에서 뼈가 굵었다 해도 근본이 서생書生인 그가 어떤 힘을 가지고 있을 리는 만무했다. 백산이 일찌감치 그를 경계 대상에서 제외시킨 것도 그런 이유에서다.

"정 선배에게서 무슨 느낌은 없던가?"

―글쎄요. 날 보면 그냥 씩 웃고 지나가기만 하던데요. 한 가지 맘에 걸리는 게 있긴 해요. 왜, 언젠가 부국장하고 내가 잘 아는 사이냐고 물었던 거.

"흠."

하지만 백산은 그 점에 대해선 별로 신경이 쓰지 않았다. 그 자리에 있었다면 누구나 물었을 법한 일이니까.

"암튼 대통령에게서 무슨 말이 있거든 좀 알려줘."

―글쎄요. 지금은 행동을 조심할 필요가 있을 것 같은데요. 다들 잔뜩 신경이 곤두서 있어서 나도 눈치가 보여요. 그러니 내가 연락할 때까지 기다리세요.

"그러지."

백산은 통화가 끊어진 뒤에도 수화기를 한참 들고 있다가 내려놓았다.

모처럼 대통령으로부터 호출이 왔다. 홍수진은 요 며칠 사이 청와대의 분위기가 딱딱해졌다고 생각했다. 물론 긴박한 정세 때문에 그렇게 됐을 것이다. 하지만 홍수진은 그 이상의 불안감을 느꼈다. 평소 대통령은 가장 가까이에 있는 자신을 무시로 불러대곤 했다. 그런데 지난 사흘 동안 단 한 번도 부르지 않았다. 가끔 얼굴을 마주쳐도 시선을 주지 않았다. 혹시 대통령이 그 일을 알고 있는 것일까?

홍수진은 불안을 억누르며 집무실 문을 노크했다.

"홍 기획관, 지금 시장 상황은 어때?"

홍수진이 방 안에 들어서자 대통령이 물었다.

"사재기나 뭐 그런 일이 벌어지고 있나?"

대통령의 질문을 받고서야 홍수진은 다소 안심했다.

"국민들의 반응은 의외로 차분합니다. 아직 위기를 크게 체감하는 것 같지 않습니다. 다만, 부유층 사람들의 해외 출국이 늘어나긴 했습니다."

"국정 운영에 대한 여론조사 결과는?"

"지지도가 상승했습니다. 야당이 북에 대해 강경 조치를 요구한 것이 오히려 반감을 산 듯합니다."

대통령의 얼굴이 심각하게 바뀌었다. 그는 홍수진의 눈을 뚫어지게 쳐다보면서 말했다.

"홍 기획관, 내가 정상회담을 계속 추진하는 것에 대해 자네는 어떻게 생각하나?"

홍수진은 당황했다. 느닷없이 자신의 생각을 물어왔기 때문이다.

홍수진은 대통령의 얼굴을 살폈다. 대통령은 내게 무슨 대답을 원하는 걸까? 하지만 그녀가 보기에 조명호는 듣기 좋은 말만 선호하는 편협한 사람이 아니었다. 그는 합리적인 사람이다. 홍수진은 솔직하게 말하기로 작정했다.

"잘 모르겠습니다. 하지만 이번 여론조사에서 국정 지지도가 높게 나타난 것은 국가 위기 사태를 맞이해 정부에 힘을 보태준 결과라고 생각됩니다. 국민들은 정상회담이나 통일 문제에 관해선 별 관심을 보이지 않습니다. 무엇보다 경제 문제를 1순위로 생각하고 있습니다. 이번 사태를 조기에 해결하고, 먹고사는 데 지장이 없게 해달라는 요구가 여론조사에 담긴 속뜻이 아닐까 생각합니다."

대통령은 고개를 끄덕였다.

"맞는 말이야. 하지만 정상회담을 열고 통일을 도모하려는 궁극적인 목적도 분명 거기에 있지. 분단 상황은 우리 민족의 발목을 잡는 족쇄니까. 그 문제를 해결하지 않고서는 늘 한계에 봉착할 수밖에 없네."

홍수진은 내친 김에 한 마디 더 하기로 마음먹었다.

"저는 분단 상황을 한계로만 볼 필요가 없다고 봅니다."

"왜?"

"우리나라가 비약적인 경제성장을 이룰 수 있었던 건 미국이 우리의 전략적 가치를 인정했기 때문입니다. 그래서 원조를 했던 거고, 미국의 원조가 없었더라면 우린 성장의 동력을 얻을 수 없었을 겁니다. 마찬가지로 북한의 전략적 가치는 중국에게 매우 중요할 수밖에 없습니다. 이제까지 중국은 자기네 문제를 해결하는 데 급급했지만, 경제 강국이 된 지금은 북한의 원조에 눈을 돌릴 여력을 갖게 되었습니다. 북한이 이런 상황을 잘 이용한다면 과거의 우리처럼 급속한 성장을 이룰 수 있다고 봅니다."

"홍 기획관의 말대로라면 남북의 대결 구도가 오히려 경제성장의 동력이 된다는 건가?"

"말하자면 그렇습니다."

대통령은 이맛살을 찌푸렸다. 그는 홍수진을 물끄러미 바라보다가 찻잔을 들어 한 모금 마셨다. 잠시 침묵이 흐른 후, 대통령이 입을 열었다.

"난 홍 기획관의 견해에 전혀 동의할 수가 없네. 자네는 대결 상황으로 우리가 덕을 보고 있는 것처럼 이야기하지만, 이득을 보는 사람들은 따로 있어. 사실, 우리는 엄청난 에너지를 뺏기고 있지. 난 이런 모순된 고리를 끊고 싶어. 내 임기 중에 결말을 보지 못하더라도 그 단초는 반드시 닦아놓을 생각이야."

"……."

"자네의 흥미로운 견해는 계속 듣고 싶네. 하지만 지금은 그럴 여유가 없군. 자네가 동의한다면, 내가 퇴임한 후에 끝장토론해보는 것은 어떻겠나?"

홍수진은 가슴이 쿵 내려앉는 것을 느꼈다.

"그 말씀은?"

대통령은 가만히 고개를 끄덕였다.

"그동안 수고했네."

"제 생각 때문에 그러시는 겁니까?"

대통령은 홍수진을 쏘아보았다.

"꼭 그런 것만은 아니야. 자네가 한번 찬찬히 생각해보게."

홍수진은 잠시 고개를 숙이고 있다가 입을 열었다.

"알겠습니다. 본의 아니게 대통령님께 누를 끼쳤습니다. 그럼 저는 이만……."

대통령이 고개를 끄덕이자 홍수진은 자리에서 일어섰다.

2014. 3. 9. 서울

"특수경호팀 과장 이강탭니다."

당당한 체격의 사내가 고개를 숙였다. 현준은 손을 내밀었다.

"김현준입니다."

현준과 악수를 나눈 뒤, 강태는 자신의 뒤에 서 있는 다섯 명의 건장한 사내들을 소개했다.

"이쪽은 정민수, 김준호, 변일우, 이태진, 호강석입니다."

현준은 그들과 일일이 눈인사를 한 후 자신의 옆에 선 여자를 돌아보았다.

"김선화예요."

선화는 그들을 향해 고개를 숙였다. 청운동 안가 중에서도 후미진 곳에 위치한 별실에 그들은 모여 있었다. 강태가 문 쪽을 한 번 쳐다보고 말했다.

"대통령님의 특별 지시로 우리가 오늘 부로 H팀으로 배속된다는 말씀, 비서실장님께 들었습니다. 팀장님 명령에 절대 복종하라는 지시도 있었습니다."

"고맙습니다."

"팀장님, 하대하시지요. 우린 생리적으로 그게 편합니다."

현준은 자신과 나이 차이가 별로 나 보이지 않는 강태를 쳐다보다가 입을 열었다.

"좋다. 인사말은 자르고, 바로 본론으로 들어간다. 지금부터 우리는 두더지 소탕 작전에 들어간다. 두더지들은 우리나라 안에도 있고 밖에도 있어. 아주 능란한 놈들이다. 엄청난 조직에 치밀한 정보망을 갖고 있지. 그런 놈들과 싸우려면 우리도 두더지가 돼야 한다."

별실은 금방이라도 터져나갈 듯 긴장감으로 가득 찼다.

되게 하소서

2014. 3. 12. 개성

개성직할시 남쪽의 판문군에 진지를 둔 인민군 4군단 사령부의 작전부장 오준명이 사령관실로 황급히 뛰어 들어갔다.

"사령관 동지, 난리 났습네다."

"무슨 일이요?"

"지금 평양 상황이 심각합네다. 평양 외곽의 인민무력부가 시내로 이동 중이라고 합네다."

"뭐이야?"

정택수 대장은 자리에서 벌떡 일어섰다.

"남산동 국방위원장 집무실도 이미 접수되었다고 합네다."

올 것이 왔다. 정택수는 부관에게 명령했다.

"2군단장에게 속히 전화 돌리라우."

부관은 서둘러 버튼을 눌렀다.

"아, 여기 4군단 사령붑네다. 단장님 연결 부탁합네다."

잠시 후 부관이 정택수에게 수화기를 건넸다. 정택수는 전화를 받자마자 다짜고짜 물었다.

"어케 되가는 겁네까? 리 차수께서 드디어 일을 시작하신 겁네까?"

수화기를 쥔 정택수의 손이 가늘게 떨렸다.

"국방위원장은 어케 됐습네까? 예? 신의주로 떴다고요? …… 북쪽이 문제로군요. 알갔습네다. 마음 준비 단단히 해놓갔시요."

전화를 끊은 정택수가 작전부장에게 명령했다.

"지금 당장 군관들 소집하라우! 명령을 하달할 때까지, 장병들 동요하지 않도록 비밀 유지하고."

"알갔습네다!"

오준명은 부리나케 사령관실에서 뛰어 나갔다.

정택수는 뒷짐을 진 채 사령관실을 왔다 갔다 했다. 혁명이 벌어졌다. 이제 공화국의 주인이 바뀐다. 정택수는 벽에 나란히 걸린 김일성 부자의 사진을 노려보았다.

2014. 3. 14. 함경북도 무수리

박명의 새벽빛이 차명진 상위의 긴장한 얼굴을 더욱 푸르게 물들였다. 차명진은 아직 어둠에 싸인 동쪽 구릉을 바라보며 무전기를 귀에 댔다.

"준비 됐습네다."

발사대에 거치된 노동 미사일의 흰 동체가 희부연 빛을 튕겨냈다. 차명진은 발사 버튼에 손을 댄 채 신호가 떨어지기를 기다렸다. 병사들은 분주히 움직이고 있다.

—카운트다운 하라우.

마침내 기다리던 소리가 무전기에서 흘러나왔다. 차명진은 호루라기를 불었다. 병사들이 일제히 동작을 멈추었다.

"다섯, 넷, 셋, 둘, 하나, 발사!"

귀청을 찢는 굉음과 함께 발사대 밑에서 화염이 솟구쳐 올랐다. 하늘로 날아오른 미사일은 순식간에 시야에서 사라졌다. 차명진은 못에 박힌 듯 그 자리에 서서 미사일이 날아간 동쪽 하늘을 바라보았다.

2014. 3. 16. 베이징

중화인민공화국 외교부장 장써우는 조선인민공화국의 주중대사 현민상을 급히 소환했다. 현민상의 얼굴은 사색이 되어 있었다.

"리태진 차수가 쿠데타를 일으켰습니다."

현민상이 떨리는 목소리로 말했다. 장써우는 미간을 찌푸리며 잠시 직원이 가져다준 파일을 넘겨보고는 고개를 들었다.

"지금 김정일 위원장께서는 어디에 계십니까?"

"신의주에 계십니다."

"쿠데타군은 어디까지 장악했습니까?"

"평양에서 개성까지 서부전선 일대입니다. 현재 남조선과 대치하고 있는 2군단과 4군단, 그 예하부대들이 반란군에 동조하고 있습니다."

"쿠데타군의 핵심이 리태수 차수, 4군단 정택수 대장, 2군단 최호상 대장이지요?"

"그렇습니다."

"나머지 부대들은요?"

"호위사령부와 중앙당 작전부는 국방위원장 동지를 총력으로 보호하고 있습니다. 현재 그들의 지휘 아래 3군단과 8군단이 평안남도 순천을 경계로 반란군과 치열한 전투를 벌이고 있습니다. 동부전선 1군단과 5군단은 자기 위치를 지키고 있고, 후방지역의 7군단, 11군단이 반란군을 토벌하기 위해 이동 중입니다."

"노동 미사일이 발사됐는데 무수리 쪽은 어떻게 됐습니까?"

"반란군에 동조한 미사일 부대 일부가 쿠데타군의 위력을 보일 양으로 동해 공해상에 미사일을 2기 발사했지만 그게 전부입니다. 오늘 아침 7군단 특전단이 그들을 제압했다는 보고를 받았습니다."

장써우는 들고 있던 파일을 접어서 탁자에 내려놓았다.

"우리 중국공산당 중앙 군사위원회는 이번 쿠데타를 인정하지 않기로 했습니다. 이미 인민해방군 4부 총장과도 논의를 마쳤어요. 단둥 지역을 관할하는 군구 사령관에게도 지령해 두었습니다. 김 위원장은 인민해방군이 보호할 것입니다. 리태진 이하 쿠데타 주모 세력들은 결코 중국의 지지를 받지 못할 것입니다."

"감사합니다, 부장님."

현민상이 고개를 꾸벅 숙였다.

2014. 3. 18. 단둥

인천공항에서 출발해 랴오닝성 선양 공항으로 가는 독일항공기 루

프트한자 기내에는 한국인이 많이 타고 있었다. 탑승객의 거의 절반이 한국 사람이었다. 기내 식사까지 비빔밥이 나올 정도였다. 현준은 식사를 먹는 둥 마는 둥 하고 눈을 감았다. 창가에 앉은 선화도 그를 흘낏 쳐다보고는 숟가락을 놓았다.

선화는 밖을 내다보았다. 비행기가 구름바다 위를 날고 있었다. 햇살을 받은 구름이 선홍색으로 반짝였다. 저 구름 아래 어딘가에 고향 용천이 있을 것이다.

그녀의 기억 속에서 10년 전의 일이 몸서리칠 만큼 생생하게 떠올랐다. 호위총국 예비요원으로 선발된 것이 열여덟, 그 이태 후인 스무 살 때 용천역에서 대형 폭발이 있었다. 마치 핵폭탄을 맞은 듯 엄청난 구멍이 뚫린 모습을 그녀는 사진으로밖에 볼 수 없었다. LP 화물열차의 폭발로 150명이 사망하고 1,300여 명이 부상을 입었다. 부상자들 중에는 그녀의 어머니와 동생들도 있었다.

선화는 휴가를 신청했지만 돌아온 대답은 '불가'였다. 가족은 국가가 보살필 터이니 훈련에만 전념하라는 명령이었다. 7년간 지독한 훈련을 받은 끝에 정예요원이 될 때까지 그녀는 단 한 번도 가족을 만나지 못했다. 잘 지내고 있다는 소식만을 상관으로부터 받았을 뿐이다. 그리고 1년 전, 9년 만에 휴가를 받아 용천에 갔을 때 어머니와 동생들은 거기 없었다. 치료 한 번 제대로 받지 못하고 시름시름 앓다가 2년 전 세상을 떴다고 했다.

어머니가 돌아가실 때는 그녀가 정예요원이 된 해였고, 박철영 밑에서 본격적인 공작활동을 시작한 때였다. 선화는 분노했지만, 어쩔 수가 없었다. 그녀는 분노를 공작활동으로 분출시켰다. 사람을 죽일 때도 눈 하나 깜짝하지 않았다. 선화는 날이 갈수록 자신의 심장이 얼음으로 변해간다고 생각했다. 이 얼음은 결코 녹지 않을 거야, 그러다가 어느 날 누군가의 손으로 산산조각 부서지겠지. 선화는 그렇게 생각해 왔다.

그런데 이렇게 녹을 줄은 정말 몰랐다. 이 사람 때문이다. 선화는 고개를 살짝 돌려 현준의 잠든 모습을 지켜보았다. 상처 받은 야수. 선화는 현준을 볼 때마다 문득문득 그런 생각이 들었다. 이 사람도 활짝 웃을 때가 있을까?

잠시 후, 스튜어디스가 다가와 곧 착륙할 거라는 말과 함께 간이식탁을 접게 했다. 현준이 눈을 떴다.

"피곤하세요?"

걱정이 담긴 선화의 말에 현준이 기지개를 펴며 대답했다.

"아니. 비행기만 타면 저절로 눈이 감겨."

선양 공항에서 내린 두 사람은 곧바로 열차를 타고 단둥 역으로 향했다. 개찰구를 빠져나오자 넓은 단둥 역 광장이 나타났다. 마오쩌둥 동상이 마치 환영인사하도 하듯 손을 들고 서 있다. 현준은 노란색 택시를 불러 세웠다.

얄루리버(압록강) 호텔에 체크인을 하고, 간편한 캐주얼 복장으로 갈아입은 뒤 밖으로 나왔다. 선화가 앞장서고 그 반걸음 뒤로 현준이 따라 걸었다. 길가에 상점들이 죽 늘어서 있다. 하나같이 간자체와 한글을 병기한 간판을 달아놓은 것으로 보아 바로 코앞이 조선 땅인 게 분명했다.

현준과 선화는 압록강 철교를 바라보았다. 철교는 중간쯤에서 끊어졌다. 북한으로 이어진 부분은 교각만 서 있다. 아직 치유되지 않은 한

국전쟁의 상처를 묵묵히 견뎌내고 있는 것이다.

공원 안 푸른 잔디밭에서 몇몇 젊은이들이 웨딩촬영을 하고 있다. 그 모습을 돌아보면서 두 사람은 하얀 차양이 처진 벤치로 가서 앉았다.

잠시 후 뒤쪽에서 함경도 사투리가 들렸다.

"에이치(H)라고 아십네까?"

선화가 먼저 뒤를 돌아보았다. 허름한 점퍼 차림의 사내가 서 있었다. 현준이 고개를 끄덕이자 그가 옆에 와 앉았다. 사내는 담배를 하나 꺼내 물어 불을 붙였다.

"중앙당 작전부 최재봉 동지께서 보자고 하십네다. 오늘 밤 압록강을 도보로 건널 것입네다. 준비하시라요."

그는 한 모금 담배를 빨고는 공중으로 연기를 훅 내뱉었다.

"최재봉 동지는 이번 일을 당신들이 몰래 처리해주기를 바라십네다. …… 후우."

그는 다시 연기를 내뱉고 말을 이었다.

"이렇게 남조선에 손을 내밀게 될 줄은 정말 몰랐습네다. 정말 믿을 놈 하나 없습네다. 세상이 어떻게 돌아가는 건지, 원. …… 그럼 이따 일곱 시 반에 뵙갔습네다."

사내는 담배를 던져 발로 비벼 끄더니 벤치에서 일어섰다.

2014. 3. 19. 도쿄

내각조사실의 사토 에리카는 마약 밀매범으로 체포된 가토 슈이치라는 사내를 면담하기 위해 취조실로 갔다. 슈이치는 한국 경찰청에 의해 수사 의뢰된 인물로, 일본에서 한국으로 마약을 밀반입했다는 혐의를 받고 있었다. 한국 연예인을 비롯한 부유층 자녀들의 집단 환각 파티장을 급습한 한국 경찰은 마약의 제공자인 강남의 룸살롱 주인을 다그친 끝에, 다량의 필로폰을 슈이치로부터 건네받았다는 진술을 받아냈다. 한국 경찰은 인터폴 라인을 통해 가토의 신병 인도를 요구했지만, 일본 경찰은 자국인을 한국에 인도하기를 꺼렸다.

에리카는 취조실 테이블을 사이에 두고 슈이치 앞에 앉았다. 40대 중반의 슈이치는 젊은 에리카가 나타나자 능글맞은 미소를 흘렸다. 전형적인 호색한처럼 보였다. 침이라도 뱉어주고 싶을 만큼 뻔뻔한 얼굴.

"한국엔 언제 간 거예요?"

"출국일지를 보면 알 거 아니오."

에리카는 가져온 파일을 열어보았다

"2월 14일 출국, 2월 18일 입국. …… 그전에도 한국에 자주 다녔군요."

"뭐, 환율이 싸니까. 게다가 서울엔 끝내주는 여자가 많거든. 경험해보니 말이야, 한국 여자가 일본보다 난 것 같애."

"이봐, 가토 씨. 난 당신과 농담하러 온 거 아냐. 날 성질나게 하면 당신 좋을 거 하나도 없어. 원한다면 힘센 취조자로 바꿔줄 수도 있어."

에리카가 정색하고 말하자 슈이치는 히죽 웃었다.

"나리타보다는 주로 하네다공항을 이용했군. 당신 사무실에서는 나리타가 더 가까울 텐데, 이유가 뭐지?"

"근데 반말 할 거유? 나이도 한참 어린 사람이."

"안 되겠군."

에리카는 거울을 향해 손짓을 했다. 이쪽에서는 거울이지만, 옆방에서는 취조실 안을 들여다볼 수 있는 유리창이다. 문이 와락 열리더니 와이셔츠 소매를 걷어붙인 덩치 큰 사내가 들어왔다. 그를 본 슈이치는 두 팔을 설레설레 저었다.

"아, 됐어, 됐어요. 반말 맘대로 하슈. 그리고 제발 저분 좀 나가 있게 해줘요. 주눅 들어서 이야기나 할 수 있겠소?"

에리카가 눈짓을 보내자, 덩치 큰 사내는 도로 밖으로 나갔다.

"다시 묻지. 하네다공항을 이용하는 이유는?"

"김포공항이 강남 가기가 좋아서 그랬수."

"필로폰은 어떻게 운반했나?"

"환장하겠군. 누가 필로폰을 운반했다고 그래요?"

"한국 경찰이 당신을 찾고 있어. 어때, 한국으로 보내줄까?"

"천만에. 당연히 싫소. 그놈들이 얼마나 지독한데."

"그럼 불어."

"불면 한국에 안 가도 되는 건가?"

"노력해보지."

슈이치는 체념한 듯 입을 열기 시작했다.

조사실로 돌아온 에리카는 슈이치의 사무실과 자택에서 수거해온 물품들을 살펴보았다. 마약과 관련된 물품들은 보이지 않았다. 테이블 한쪽에는 캠코더와 CD들이 놓여 있었다.

에리카는 CD를 집어 플레이어에 집어넣었다. 남대문시장의 거리 풍경이 나오고, 한국 여자가 카메라를 향해 뭐라 뭐라 말하며 웃는 장면이 나왔다. 그리고 모텔 방으로 화면이 바뀌고 포르노가 시작되었다. 에리카는 작동을 멈추고 다른 CD를 집어넣었다. 여자들이 바뀌었을 뿐, 포르노 일색이었다.

　빤한 것들뿐이군. 에리카는 CD들을 놓고 자리에서 일어서려다 캠코더를 쳐다보았다. 캐논 프로페셔널 XH G1S. 준전문가용이긴 하지만 가격이 꽤 나가는 물건이다. 아마도 저걸로 포르노를 찍었을 것이다. 에리카는 캠코더를 들어 이리저리 살피다가 재생 버튼을 눌렀다.

　화면에 김포공항 청사의 정면 모습이 보이고, 상단에 2월 18일이라는 날짜와 '13:20'라는 시간이 표시되어 있었다. 입국하는 날 찍은 것이 분명했다. 에리카는 뷰파인더를 계속 지켜보았다. 화면이 김포공항 청사 안으로 바뀌고, 이어서 활주로를 비추었다. 활주로 안에 서 있는 여러 항공기들의 모습이 나오다가 한 비행기 앞에서 카메라가 고정되었다. 꼬리날개에 인공기가 그려진 '고려항공'. 김포공항에서 볼 수 없는 항공기라 렌즈에 담았을 것이다. 공중 폭파된 항공기가 틀림없다. 불쑥 호기심이 발동한 에리카는 캠코더에 녹화된 자료를 자신의 컴퓨터로 옮겼다.

　그녀의 24인치 모니터에 김포공항 장면이 떴다. 에리카는 고려항공이 나오는 부분부터 재생시키기 시작했다. '13:30'이라는 시간과 함께 비행기가 이륙하는 모습이 잡혔다. 비행기의 모습이 작아지고 카메라는 활주로에서 청사 쪽으로 당겨졌다. 그때 에리카의 눈에 이상한 장면이 포착되었다. 한 사내가 하늘로 솟은 항공기를 향해 손을 뻗고 있는 장면이었다. 에리카는 그 장면에서 화면을 정지시킨 다음 사내의 모습을 확대시켰다. 사내의 옆얼굴에 이어, 앞으로 뻗은 그의 오른손을 크게 확대했다. 손에 소형의 검은 물체가 들려 있었다.

　에리카는 그 장면을 캡처하여 CD로 구웠다. 작업이 완료됐다는 표시가 뜨자 에리카는 CD를 들고 과학수사실로 향했다.

2014. 3. 19. 신의주

저녁 7시. 평양을 출발한 연기훈의 차는 평안도 순천에 이르렀을 때 두 번의 검문을 받았다. 쿠데타군과 김정일 호위군의 검문이었다. 양쪽 모두 중앙위원이라는 신분증을 보자 연기훈의 차를 바로 통과시켰다.

현재 전투는 소강상태였다. 쿠데타군은 순천에서 한 발짝도 더 나아가지 못하고 있었다. 중국이 쿠데타군을 불법으로 규정했다는 사실이 알려지면서 중급 군관들이 동요했기 때문이다.

연기훈의 차가 신의주에 도착한 것은 10시가 조금 못 된 시각이었다. 연기훈은 곧바로 김정일 국방위원장이 머물고 있는 평안북도 도청으로 찾아갔다. 어찌나 경계가 삼엄했는지 연기훈은 속으로 혀를 내둘렀다. 김정일의 충성 분자가 아직도 이렇게 많은 것이다.

청사 회의실에 들어서니 중앙당 간부들이 도열해 있는 가운데 김정일의 모습이 보였다. 한 달 사이 그는 부쩍 수척해졌다. 향년 75세. 건강 이상 징후를 보이긴 했지만 공화국의 충성스러운 의료진 덕분에 김정일은 아직도 권좌를 지키고 있다.

김정일은 연기훈을 보고 특유의 쉰 목소리로 말했다.

"평양은 어떤가?"

"반란군이 동요하고 있습네다."

"인민들은?"

"하루 속히 위원장 동지께서 돌아오시길 기다리고 있습네다."

김정일은 고개를 끄덕이더니, 자신의 옆에 선 신임 당비서 조철희를 향해 말했다.

"난 피곤해서 쉬어야겠어. 동무들이 알아서 회의하라우."

그 말이 떨어지기 무섭게 한 무리의 경호원들이 김정일을 에워싸고는 회의실을 빠져나갔다.

김정일의 모습이 사라지자 부동자세로 서 있던 중앙위원들이 하나둘 자리에 앉았다.

"연 동무, 리태진이는 만나봤습네까?"

호위사령부의 리훈평이 물었다.

"그저께 이후론 코빼기도 못 봤습네다."

"벌써 튀었갔지."

김달수가 말했다. 연기훈은 좌중에 모인 사람들을 빙 둘러보았다. 모두들 훈장이 주렁주렁 달린 군복을 입고 있었다. 연기훈은 새삼 자신의 인민복 차림에 신경이 쓰였다. 그리고 또 한 사람, 최재봉도 인민복 차림이었다.

"최 동무는 어디 갔다 오셨습네까?"

연기훈이 묻자 최재봉은 희미한 미소를 지었다.

"예. 압록강을 좀 건너갔다 왔시요. 요녕성 인민해방군 군구를 방문했드랬습네다."

"그쪽에선 뭐라 하든가요?"

"그쪽이 65년 전 조선해방전쟁을 언급하는 바람에 낯간지러워서 죽을 뻔했습네다. 이기 무슨 창피한 일입네까? 다시 인민해방군에게 손을 내밀다니요."

"리태진, 정택수, 최호상, 그놈들은 찢어 죽여도 시원찮을 역적 놈들입네다. 원수놈들을 쳐부수라고 보냈더니 형제 등에 칼이나 꽂고 말입네다."

김달수가 다시 거들고 나섰다. 연기훈이 이마를 찌푸렸다.

"그나저나 반란군을 조지려면 어케 해야갔습네까?"

"자중지란이 일어날 겁네다. 두고 보시라요. 리태진이나 정택수, 최호상이는 전부 욕심이 다릅네다. 동상이몽이지요. 잘은 모르지만, 지금 그자들을 묶어주고 있는 구심점이 사라지면 저절로 무너지고 말 겁네다. 며칠 안 걸릴 겁네다."

최재봉이 말했다. 연기훈은 속으로 뜨끔하며 최재봉을 흘낏 쳐다보았다.

11시가 넘은 시각. 연기훈은 자신의 숙소인 신의주호텔로 돌아왔다. 돌아오는 내내 그는 차 안에서 생각에 잠겼다. 쿠데타로 김정일을 제거하기란 어려운 일이 되었다. 서부전선에서 국지전을 일으킨다는 생각도 수포로 돌아갔다. 그렇다면 다음 카드를 써야 한다. 그는 미리 준비해온 중국 휴대폰을 들었다. 다행히 국경 지역이라 휴대폰이 터졌다.

"날세. 쿠데타는 종쳤어. 이젠 2단계 작전으로 들어간다. 차질 없이 진행하도록 해. 날짜는 5월 이전, 자네가 그쪽 사정을 보고 정하게. 하지만 되도록 군중이 많이 모이는 날을 택하도록 해. 이만 끊네."

연기훈은 호텔 방에 올라가는 순간에도 계산을 하느라 머리가 복잡했다. 일단 김정일의 파워를 과소평가한 것이 차질을 초래했다. 호랑이는 늙어도 역시 호랑이였다. 그리고 최재봉의 그 말은 무슨 뜻이었을까? 그자의 발언은 자못 의미심장하게 들렸다. 그가 뭔가를 눈치 챈 걸까? 연기훈은 고개를 흔들었다. 그럴 리 없다. 중앙당 작전부의 정보 역량으로는 미치지 못하는 일이다.

연기훈은 방에 들어서서도 한동안 불을 켤 생각을 하지 않았다. 잠시 문 앞에 그대로 서 있다가 불을 켰다. 어둠 속을 달려왔던 터라 갑작스런 조명에 눈이 부셨다. 눈을 몇 번 껌벅이던 그는 거실을 보고 소스라치게 놀랐다. 소파에 누군가 앉아 있었다.

"어서 오시죠, 연기훈 동무."

바리톤에 가까운 낮은 목소리다.

"넌 누구냐?"

연기훈은 문 쪽으로 한 발 물러서며 말했다.

"괜한 소동 벌이지 말고 앉으시지요. 동무의 복잡한 머릿속을 계산해주러 온 사람을 이렇게 홀대해도 되겠소?"

연기훈은 사내를 뚫어져라 보았다. 그 또한 인민복 차림이었다.

연기훈은 허리춤을 뒤졌다. 도청 청사에 들어갈 때 풀어놓았다가 호텔로 돌아올 때 다시 착용한 권총이 만져졌다. 연기훈은 권총을 빼어 들고, 사내를 겨냥하면서 천천히 소파로 걸어갔다. 사내가 앉으라는 신호로 턱짓을 했다.

연기훈은 여전히 권총을 겨냥한 채 사내의 맞은편에 앉았다.

"작전부 소속인가?"

사내가 천천히 고개를 저었다.

"그럼 호위사령부?"

"틀렸소. 난 남에서 왔소. 이름은 김현준."

연기훈은 흠칫했다. 현준이 그 모습을 보고 희미하게 웃었다.

"Y.K.H.가 당신이었군. P.S.라고 들어봤겠죠? 백산이 날 보냈소."

하지만 연기훈은 권총을 쥔 손에 더욱 힘을 주었다.

"허튼소리 마! 백산이고 뭐고 난 모른다!"

현준은 실소하듯이 웃음을 터뜨렸다.

"생각보다 의심이 많군요. 배짱 하나는 두둑하신 분인 줄 알았는데."

"정체를 대라! 안 그러면 머리에 총구멍을 내주겠다!"

"좋소. 아이리스라고 말하면 되겠소?"

"아이리스? 아이리스가 왜 여길?"

"왜 이렇게 직접 왔냐는 거요? 이유가 있지. 아이리스는 당신을 문책할 생각이오."

"문책이라고? 난 할 일을 하고 있는 거야. 이게 다 준비된 시나리오라고."

"실패한 쿠데타도 시나리오였다?"

현준은 냉소를 흘렸다. 그것을 본 연기훈의 이마에 핏줄이 솟았다. 흥분한 연기훈은 권총을 내려놓고 테이블을 주먹으로 쾅 내리쳤다.

"이건 1차에 불과한 거야. 당신도 알고 있잖은가. 우리가 다음 작전을 준비하고 있다는 거."

"다음 작전? 그걸 성공시킨다고 어떻게 믿죠? 홍승룡을 놓쳐서 우리 정체가 탄로 날 뻔한 일, 그 이전 조명호의 암살 실패, 이건 다 어떻게 설명할까요?"

"그건 이미 정산된 것 아니었나? 조직에서 평가가 끝난 문제를 새삼스레 들먹거리는 이유가 뭐야?"

"그렇다고 해두죠. 그럼 다음 작전의 내용이 뭔지 말해봐요."

"작전 내용을 말하라고?"

순간, 연기훈의 얼굴에 짙은 의혹이 깔렸다. 현준은 그의 미묘한 표정 변화를 놓치지 않았다. 연기훈은 테이블 위에 놓인 권총을 향해 잽싸게 손을 뻗었다. 그러나 현준이 더 빨랐다. 현준은 발로 테이블을 걷어차는 동시에 몸을 날려 연기훈의 가슴을 주먹으로 내질렀다.

연기훈은 바닥에 벌렁 드러누워 몇 차례 컥컥거렸다. 잠시 후 호흡이 진정되자 현준을 보며 킥킥 웃었다.

"속을 뻔했군. 아이리스? 생전 처음 보는 놈한테 작전 내용을 말하는 아이리스? 웃기는 놈이로군."

현준은 그의 가슴을 발로 눌렀다.

"말해라. 그 빌어먹을 작전 내용을."

그러나 연기훈은 가슴이 짓눌리면서도 여전히 킥킥 웃어댔다.

"네가 말하지 않는다면 내가 직접 말문을 열어주지."

현준은 상체를 숙이고, 한 손으로 연기훈의 양쪽 관자놀이를 꽉 쥐었다. 연기훈은 고통에 이를 악물면서 한 손을 자신의 호주머니에 집어넣었다. 현준이 그 손을 잡고 끄집어내자 땅콩이 한 움큼 나왔다.

"난 땅콩 중독자야. 이걸 먹으면 사리판단이 명료해지지. 이걸 먹도록 잠시 여유를 주게."

평범한 연갈색 땅콩이었다. 현준이 손의 힘을 풀었다. 연기훈은 껍질째로 땅콩을 입 안에 털어 넣고는 우두둑 씹다가 꿀꺽 삼켰다. 그러고는 히죽 웃었다.

갑자기 연기훈의 몸이 부들부들 떨리기 시작했다. 현준은 아차 싶었다. 양 볼을 세게 눌러 입을 벌리게 했지만 이미 늦었다. 연기훈의 입에서 거품이 새어나오면서 동공이 크게 확대되었다. 다음 순간, 그의 낯빛이 하얗게 변했다.

몇 초 후, 연기훈의 몸은 뻣뻣하게 굳어버렸다. 한참동안 그를 바라보던 현준은 낭패감을 느끼며 일어섰다. 우두커니 창밖을 내다보았다.

인공조명이라곤 없는 신의주의 밤하늘에 찌그러진 음력 19일의 달이 걸려 있었다.

2014. 3. 20. 서울

"대통령님, 방금 중국 외교부로부터 연락을 받았습니다. 북한의 쿠데타가 평정되었답니다."

"그래요?"

정형준의 보고를 받은 조명호 대통령의 얼굴이 환해졌다.

"도대체 어떻게 된 거랍니까?"

"북한 내의 강경파인 인민무력부 보위사령관 리태진 차수와 2군단장 최호상, 4군단장 정택수가 예하부대를 이끌고 평양을 장악했다가 다른 부대들이 동조하지 않고 게다가 중국이 쿠데타 불인정을 선언하자 자중지란이 일어난 모양입니다. 리태진이는 부사령관 손경복 소장에게 살해당하고, 최호상과 정택수는 권총으로 자결했다고 합니다."

"불행 중 다행이군요. 김정일 위원장은 건재하답니까?"

"별 문제 없는 모양입니다. 오늘 평양에서 대규모 귀환행사가 벌어진다고 합니다."

"대대적인 숙청이 벌어지겠군요."

"어쩌면 쉽게 끝날지도 모르겠습니다. 이번 사태로 눈엣가시들이 저절로 뽑혀 나갔으니 말입니다."

"하긴……."

대통령의 얼굴은 다시 어두워졌다. 이번 일로 정상회담이 연기될 것을 생각하면 가슴이 답답했다. 세계의 이목이 집중된 일인 만큼 시간이 지날수록 방해 세력의 공작도 집요해질 것이다.

"비서실장, 핫라인이 연결되는 즉시 김 위원장에게 안부 전하세요. 저쪽에서 우리를 교만하게 여기지 않도록 최대한 조심하시고. 그리고 데프콘 쓰리 오늘 자정부로 해제하세요."

"알겠습니다."

2014. 3. 21. 서울

승희는 거의 쓰러질 지경이었다. 물에 젖은 것처럼 몸이 무거웠다. 북한에서 쿠데타가 일어난 지난 5일 동안 집에 들어가기는커녕 제대로 잠 한 번 이루지 못했다. 상황실 요원 모두가 마찬가지였다. 요원들은 데프콘 쓰리가 해제되고 비상 코드가 한 단계 아래로 하향 조정된 뒤에야 비로소 귀가를 허락받았다.

시동을 건 승희는 라디오 볼륨을 높였다. 퇴근시간의 피곤한 운전자들을 배려해서인지 차분한 음악이 흘러나오고 있었다. 차가 어스름한 강변도로로 접어들었을 즈음, 짙은 안개 속을 흐르는 듯한 켈트 풍의 음악이 차 안을 촉촉하게 적셨다. 엔야의 'May It Be'. 승희는 볼륨을 한껏 키웠다. 가사를 기도문처럼 외우는 동안 승희는 청량한 기운이 가슴속에 한가득 고이는 것을 느꼈다.

May it be an evening star

Shines down upon you

May it be when darkness falls

Your heart will be true

You walk a lonely road

Oh! How far you are from home

빛나는 저녁별이

그대와 함께하게 하소서

어둠이 드리워질 때

그대 가슴에 진실이 깃들게 하소서

홀로 외로운 길을 걸어

그대 집을 떠나 얼마나 먼 길을 왔던가

Morrinie utulie(darkness has come)

Believe and you will find your way

Morrinie utulie(darkness has come)

A promise lives within you now

어둠이 와도

믿음으로 나아간다면 길을 찾을지니

어둠이 드리워도

그대 안의 약속은 살아 움직이리니

May it be the shadows call

Will fly away

May it be your journey on

To light the day

When the night is overcome

You may rise to find the sun

암흑이 부르는 소리를

떨쳐버리게 하소서

낮처럼 환한 빛이

그대의 여정을 밝혀주게 하소서

밤이 아무리 깊을지라도

그대 태양을 찾아 일어서게 하소서

"승희야."

노래 가사가 끝나고 웅장한 멜로디가 절정으로 치달았을 때, 나직한 목소리가 들려왔다. 승희는 자신이 음악에 빠져 환청을 듣는 거라고 생각했다.

"너무 시끄럽다. 볼륨 좀 줄여줄래?"

하마터면 급브레이크를 밟을 뻔했다. 승희는 급히 룸미러를 보았다. 그가 앉아 있었다!

"현준 씨!"

"쉿! 그냥 차 몰아. 집만 아니면 되니까, 아무 데나 가."

"현준 씨!"

룸미러에 비친 승희의 얼굴은 놀라움과 반가움으로 온통 뒤범벅되어 있었다.

"놀라게 해서 미안하다. 어제 너네 집에 갔었어. 예상대로 덫이 깔렸더군. 널 만날 방법은 이것밖에 없었어."

"그동안 어디에 있었어?"

"말하자면 길어. 오늘 안 들어가면 놈들이 눈치 챌 테니까 새벽 2시까지만 있어줘."

"아니. 핑계는 얼마든 만들 수 있으니까 함께 있어."

"너도 자야지. 며칠 동안 눈도 못 붙였잖아?"

"괜찮아. 현준 씰 이대로 보낼 순 없어. 또 다시 그런 실수를 하고 싶지는 않아."

승희는 한남대교로 핸들을 꺾었다. 그러곤 집과 반대 방향인 올림픽대로로 차를 몰았다.

새벽 2시. 경기도 광주의 한강변에 물안개가 피어올랐다. 하현달이 비추는 어스름한 펜션의 벤치 위에 두 사람의 그림자가 얹혀 있다.

현준은 검은 강 위로 넘실대는 하얀 안개를 넋을 잃고 쳐다보고 있었다. 승희는 그런 현준의 옆얼굴을 가느다란 손으로 만져보았다. 까슬까슬한 수염이 느껴졌다. 얼마 만에 만져보는 얼굴인가. 현준은 자신의 얼굴에 닿은 승희의 손을 가만히 쥐었다. 두 개의 손 위로 입김이 피어올랐다가는 금방 사라졌다.

승희는 손을 풀고 현준의 가슴을 쓸었다. 엷은 봄 점퍼 위로 실팍한 가슴 근육이 만져졌다.

"다치진 않았어?"

"응. 방탄복을 입고 있었거든."

"나중에 현준 씨란 거 알고 얼마나 자책했는지 몰라."

"그런 상황에선 나라도 어쩔 수 없었을 거야."

현준이 다시 승희의 손을 꽉 쥐었다. 승희가 현준의 어깨에 가만히 얼굴을 기대며 말했다.

"현준 씨. 우린 왜 이렇게 살아야 하는 걸까? 보고 싶은데 보지도 못하고······."

현준은 풍성한 승희의 머리카락에 손가락을 파묻었다. 부드러운 촉감이 손등을 타고 흘러내렸다. 승희가 고개를 현준에게로 돌렸다.

"현준 씨, 우리 이 일 그만둘까?"

현준도 승희를 마주보았다.

"오랜 만에 들어보는 말이군. 기억 나? 다자와 호수에 있을 때, 내가 그렇게 물었잖아?"

승희가 고개를 끄덕였다.

"그때 네가 그랬어. 그러고 싶어도 안 된다고. 너무 깊이 들어와 버렸다고."

"……."

"지금은 그때보다 더 멀리 와버렸어. 이젠 우리가 돌릴 수 있는 게 아무것도 없어."

"서로 엇갈린 채 살아가는 거, 그게 우리 운명이란 말이야?"

현준은 고개를 숙였다. 한참을 그렇게 있다가 이내 고개를 들고 말했다.

"승희야, 넌 내가 살아가는 유일한 이유야. 네가 없다면 나도 없어. 난 운명 같은 거 믿지 않아. 아니, 설령 그런 게 있다고 해도 맞설 거야. 너와 엇갈린 채로 살아간다는 건 생각도 할 수 없어."

승희의 눈에 안개가 촉촉이 내려앉았다.

"그럼 어떻게 해?"

"되돌릴 수 없다면 나아가야지."

승희의 손을 잡은 현준의 손에 힘이 들어갔다. 현준은 승희의 눈을 빨아들일 듯 쳐다보았다.

"승희야, 우리 아무리 힘들어도 믿고 살자. 내가 무슨 일을 해도, 네가 무슨 일을 해도, 우린 서로를 믿어야 해. 그럴 수 있지? 날 믿지?"

"응."

승희가 고개를 끄덕였다.

"곧 네 곁으로 갈 거야. 그때까진 내가 백산에 대해 했던 말, 내색하지 말고 있어. 그냥 평상시처럼 행동 해."

"알았어."

"그리고 지금 돌아가. 놈들이 의심하면 안 되니……."

현준의 말이 채 끝나기도 전에 승희의 입술이 현준의 입을 가로막았다.

2014. 3. 22. 서울

토요일. 광화문 사거리는 수많은 사람들로 북적였다. 스무 명가량의 십대들이 교보빌딩 앞에 모여 시끄럽게 떠들어대고 있다. 가족끼리 나들이를 온 사람들, 친구들과 거닐며 담소하는 이들. 한결같이 표정이 밝았다. 마치 해방이라도 맞은 것처럼 한껏 들뜬 분위기다. 지난 한 달 동안 온 나라를 짓눌렀던 전운이 사라진 덕분이다.

철영은 손목시계를 내려다보았다. 약속시간은 앞으로 5분 남았다. 철영은 10미터쯤 앞에서 꽃밭에 물을 뿌리는 인부들을 바라보았다. 물이 꽃잎에 닿자, 데이지, 팬지, 프리뮬라 같은 봄꽃들이 반갑다는 듯 살랑살랑 춤을 추었다. 한 인부가 물을 뿌리다 말고 사거리 빌딩의 옥상에 설치된 대형 스크린을 한참 쳐다보았다. 철영도 시선을 돌려 스크린을 바라보았다.

한복 차림을 한 북한의 여자 아나운서가 화면에 보였다. 그 밑으로 자막이 떴다.

'북한 당국, 정상회담 추진 재개키로.'

철영은 급히 휴대폰을 꺼내 DMB를 작동시켰다.

―북한의 조선중앙방송은 오늘 아침 10시 김정일 국방위원장이 남북정상회담을 재추진하라는 교시를 내렸다고 발표했습니다. 중앙방송의 발표 장면을 직접 보시겠습니다.

위성 TV에서 카랑카랑한 여성 아나운서의 목소리가 흘러나왔다.

―'위대한 김정일 국방위원장 동지께서는 우리 공화국에 숨어 있던 반도들을 일망타진하시었습니다. 위대한 국방위원장 동지께서는 내외의 모든 악랄한 책동을 분쇄하시어, 북남의 정상회담은 계속 추진되어야 한다는 교시를 내리시었습니다.'

"먼저 오셨군요."

어느 새 도철이 옆에 와 있다. 철영은 TV를 끄고 휴대폰을 호주머니에 넣었다.

"D데이는 일주일 뒤다. 준비 단단히 해."

"예."

철영이 발걸음을 옮기자 도철도 그 뒤를 따라 걷기 시작했다.

2014. 3. 23. 서울

"팀장님, 이것 보십시오. 일본 내각조사실에서 국정원에 보내온 자료입니다. 우리가 토스 받았어요."

조계사 맞은편 건물의 안가. H팀 대원들은 유동범이 30인치 모니터를 가리키자 모두 컴퓨터 앞으로 모여 들었다.

모니터에는 2월 18일이라는 날짜 표시 아래, 김포공항 장면을 담은 동영상이 흐르고 있었다.

"넘겨봐."

현준이 말했다. 동범은 마우스를 찍어 동영상을 2배속으로 돌렸다. 김포공항의 전면이 나타나고, 이어서 활주로에 있는 여러 항공사의 비행기들이 나타났다가 사라졌다. 그리고 고려항공기의 모습이 비쳤다.

"제 속도로."

동영상이 정상 속도로 돌아갔다. 고려항공기가 이륙하고 그 다음 장면에서 모니터 하단에 메모가 떴다.

"메모 클릭해."

메모를 클릭하자 동영상이 멈췄다. 그리고 일본내각실이 작성한 파일이 떴다.

'다음 장면의 하단, 신분불상 남자의 모습을 확인 바람. 우리가 조사해본 바, 손에 든 물체는 원격조정이 가능한 소형 기폭장치인 것으로 파악되었음. 한국 정보기관에서 그의 신분을 확인할 것을 요청함.'

동범이 현준을 올려다보았다. 현준이 고개를 끄덕이자 동범은 다시 동영상을 돌리기 시작했다. 화면의 아래쪽에 한 사내가 손을 뻗고 서 있었다.

"스톱. 이 남자 확대해."

동범이 마우스를 스크롤하자, 사내의 얼굴이 30인치 모니터를 가득 채웠다. 현준은 그가 누구인지 한눈에 알아보았다.

'사우다!'

"원 위치."

동범은 동영상을 원래 화면으로 돌려놓았다. 상단의 시간 표시가

‘13:30’으로 되어 있었다.

"이 자료를 어디서 구했다고 그랬나?"

"마약범을 조사하는 과정에서 얻었답니다. 그가 찍은 동영상에 이게 들어 있었대요. 우연히 잡힌 것 같습니다."

현준은 방 한쪽 구석으로 가서 휴대폰을 들었다. 잠시 후 그는 대원들이 모여 있는 곳으로 돌아왔다.

"내일 NSS로 간다! 혹시 저항이 있을지 모르니 무장 단단히 하고! 그리고 선화, 넌 여기 남아서 상황 전달해줘."

"알았어요."

강물을 건너는 법

2014. 3. 24. 서울

똑똑똑.

노크 소리가 났다. 월요일 아침 8시면 언제나 비서가 노크를 한다. 일주일의 시작을 알리는 소리다.

"들어와."

문이 빠끔 열렸다. 백산은 책상 위의 서류에서 눈을 떼지 않은 채, 비서가 다가와 보고하기를 기다렸다.

"저, 국장님께서 오셨는데요."

백산은 고개를 들었다. 비서의 뒤로 땅딸막한 60대 중반 남자가 따라 들어왔다. 백산은 자리에서 천천히 일어섰다. 여동관 국장이 자기 방을 찾는 일은 일 년에 한두 번, 그야말로 가뭄에 콩 나듯 있는 일이다.

"국장님께서 어인 일이십니까?"

백산은 여 국장에게 자리를 권하면서 자신도 소파 앞으로 걸어와 앉았다.

"부국장, 그동안 잘 계셨소? 같은 기관에 있으면서도 이렇게 뜸하게 보니, 얼굴 잊어먹게 생겼소이다. 허허허."

"그야 국장님께서 워낙 바쁘시니까."

"사람 놀리지 마세요. 나야 도장 찍는 일밖에 더 할 게 있습니까?"

사실이 그랬다. 정보 업무와 무관한 인사로 채워지는 국장직은 정치적 배려에 따라 임명되는 일종의 순환직이다. 그리고 서류를 결재할 때도 백산이 여동관을 대면할 일은 없었다. 그런 일은 비서가 다 처리했다.

"제가 자주 인사를 드렸어야 하는데, 죄송합니다."

"아니 뭐, 죄송할 것까지야. 그나저나 요즘 부국장, 정신없지요? 정상회담이다 뭐다 해서 말이요."

"대통령님께서 추진하시는 일인데, 저야 손발이 돼드리는 게 당연하지요. 그런데 무슨 일이십니까? 전화도 주지 않고 이렇게 친히 찾아주시다니."

"오늘 아침 대통령께서 전화를 하셨어요. 백 부국장을 직접 만나 오해 없게 잘 전달하라고 해서."

여동관이 겸연쩍은 표정을 지었다. 백산은 정색을 하고 물었다.

"무슨 말씀이라도?"

"NSS가 외부 손님을 받지 않는다는 건 잘 알지만, 이번 한 번만 예외로 해달라고 하셨어요. 청와대에서 직원들이 갈 거라고."

"청와대 직원이요?"

"대통령 직속 경호팀에서 뭐 좀 알아볼 게 있다더군요. 그러니 잘 좀 협조해달라고 말씀하십디다."

백산의 얼굴에 긴장이 감돌았다. 그것을 본 여동관은 서둘러 손을 저었다.

"아, 별 게 아닐 거요. 정상회담의 경호와 관련해서 상의할 모양인데, 대충 접대하고 보내세요."

백산의 눈썹이 미세하게 떨렸다.

"그러지요. 청와대 경호팀은 제가 알아서 할 터이니 국장님은 걱정 마십시오."

"예. 그럼 난 부국장만 믿고 돌아갑니다."

여동관은 넉살 좋은 웃음을 흘리며 부국장의 방을 빠져 나갔다.

문이 닫히자마자 백산이 비서실 인터폰을 눌렀다.

"이 시간 이후로 내 방에 아무도 들이지 않도록. 잠시 셧아웃한다. 보안대원 몇 명 세워서 외부 손님 전부 차단시켜."

―예? 아, 알겠습니다.

백산은 인터폰을 끄고 자리에 돌아와 컴퓨터 하드를 뜯어냈다. 일이 끝나자 휴대폰을 들었다.

"나야. 급하게 됐다. 지금 바로 움직여. A 마이너스 지점에서 그들과 합류하도록."

백산은 하드를 호주머니에 집어넣고 밖으로 나갔다. 그리고 비서의 인사를 받는 둥 마는 둥, 급히 지하 3층의 기밀보관실로 갔다.

NSS 정문이 바라보이는 곳에 승합차가 섰다. 세미정장 차림의 현준이 내리고, 이어서 귀에 리시버를 꽂은 이강태와 정민수, 김준호, 변일우, 유동범, 호강석이 차례로 내렸다. 그들은 모두 검은 정장 차림이었다. 현준 일행은 차량 차단기를 지나 지하주차장으로 들어갔다. 그리고 CCTV를 무시한 채 계속 앞으로 걸어갔다.

게이트 초소를 지키고 있던 다섯 명의 보안요원들은 앞에서 뚜벅뚜벅 걸어오는 건장한 사내들을 보고 아연 긴장했다. 검은 복장을 한 사내들의 눈초리가 매처럼 번뜩였다. 지난번 습격 사건이 있은 후, 게이트 초소에는 보안요원이 세 명 더 보강되었다. 보안요원들은 허리춤의 권총에 손을 댄 채 그들이 다가오기를 기다렸다.

"당신들 뭐야?"

그들이 초소 앞 2미터쯤에 이르자 보안요원이 윽박지르듯 물었다. 현준이 한 발 앞으로 나서며 신분증을 내밀었다.

"청와대에서 왔소."

밖으로 나온 보안요원은 현준이 내미는 신분증을 꼼꼼히 살폈다. '청와대 경호실' 마크가 새겨져 있다.

"경호실에서 웬일로?"

청와대면 다냐는 투로 경호요원이 현준 일행의 위아래를 훑어보았다. 비위에 거슬리는 눈길이었다.

"안으로 들어가야겠으니 차단기 올려요."

현준이 나직한 소리로 말했다. 그러나 보안요원들은 좀체 움직일 기미를 보이지 않았다. 현준은 밖에 나온 보안요원과 거의 코가 닿을 만큼 거리를 좁히며 말했다.

"열라면 열어! 미심쩍으면 국장실에 연락해보고."

보안요원이 자신의 허리에 손을 갖다 대자 현준의 뒤에 대기하고 있던 H팀의 대원들이 일제히 권총을 뽑아들었다. 강태가 큰 소리로 외쳤다.

"다들 허튼 짓 마!"

그 모습을 본 초소 안의 요원들이 엉거주춤한 자세로 섰다. 현준이 말했다.
 "시간 없어. 빨리 국장실에 연락해봐."
 초소 안의 보안요원 하나가 전화기를 들었다. 그리고 잠시 후, 동료들을 보며 말했다.
 "들여보내래. …… 미안하게 됐습니다."
 보안요원은 고개를 살짝 숙인 다음, 차단기를 작동시켰다. 현준 일행은 곧바로 NSS 청사 안으로 들어갔다.

 황준묵은 가끔씩 고개를 들어 상황실을 빙 둘러보곤 했다. 일종의 버릇이었다. 그러다가 졸거나 딴 짓을 하는 요원들이 눈에 띄면 가차 없이 호통을 날렸다.
 지금도 고개를 든 황준묵은 상황실이 평소처럼 분주하게 돌아가는 것을 확인하고 나서 시선을 책상 위 서류로 떨어뜨렸다. 그때 상황실 문이 확 열렸다. 황준묵은 눈살을 찌푸리며 누가 저렇게 요란하게 들어오는가 보려고 고개를 치켜들었다. 그리곤 자리에서 벌떡 일어섰다.
 "어? 너, 너는?"
 그는 벌어진 입을 다물지 못했다. 상황실 여기저기에서 놀라는 소리가 터져 나왔다. 모든 요원들의 시선이 일제히 문 앞에 선 사람들에게로 쏠렸다.
 "기, 김현준!"
 저만치 있던 상현이 못에 박힌 듯 그 자리에 선 채로 소리쳤다.
 현준은 먼저 사우의 자리를 확인했다. 비어 있었다. 현준은 상현이 있는 쪽을 향해 성큼성큼 걸어갔다. 문 앞에 선 H팀의 대원들은 눈을 사방으로 굴리며 경계를 폈다.

"팀장님, 잘 계셨죠?"

"김 선배!"

태성이 뛰어오고, 미정도 마우스를 놓고는 그가 있는 곳으로 급히 왔다.

현준은 상현에게 명함을 내밀었다. 상현은 엉겁결에 명함을 받고는 그것을 들여다보았다.

"팀장님, 저랑 얘기 좀 하세요."

"팀장님이 아니라 실장님이세요."

미정이 끼어들었다.

현준은 미정을 보며 씩 웃었다. 미정도 활짝 웃었다.

"와, 진짜 반갑다. 그동안 대체 어디 계셨어요? 그리고 간첩은 또 무슨 소리……?"

태성이 미정의 옆구리를 쿡 찔렀다.

"나, 간첩 아니야."

현준이 장난하듯 고개를 도리질했다. 그러고는 고개를 상현에게 돌렸다. 잠시 우두커니 서 있던 상현이 따라오라는 눈짓을 했다.

현준은 회의실로 들어서자마자 상현에게 물었다.

"최 팀장은 어디 갔어요?"

"그건 알 거 없고, 너 도대체 뭐하는 놈이야?"

상현은 딱딱한 얼굴을 풀지 않았다. 잔뜩 경계하는 표정이다. 그것을 본 현준도 얼굴이 굳어졌다. 현준은 상현의 얼굴을 물끄러미 쳐다보다가 품 안에서 서류 한 장을 꺼내 앞으로 내밀었다.

"읽어보시죠. 임무 수행섭니다."

서류를 본 상현은 깜짝 놀랐다. '대한민국 대통령'의 직인이 찍혀 있었다. 잠자코 서류를 읽던 상현은 이윽고 고개를 들었다.

"그러니까 대통령 특별 명령으로 너를 NSS에 복귀시키라는 건가? 그것도 특수팀으로?"

현준이 고개를 끄덕였다.

"특수팀이라면, 무슨 일을 하는 거지?"

"두더지 사냥이요."

현준이 안주머니에서 사진들을 꺼냈다. 사진을 본 상현은 경악했다.

"사우는 지금 어딨습니까?"

현준이 냉랭한 목소리로 물었다.

"그, 그럴 리가."

"사우는 어딨습니까? NSS 안에 있습니까, 밖에 있습니까?"

"나도 몰라."

"지금 당장 체포해야 합니다."

"잠깐! 이건 부국장님의 재가가 있어야 하네. 아무리 대통령 명령이라도 부국장님이 먼저 승낙해야……."

"그럼 연락해보시죠."

상현은 휴대폰을 꺼내 단축번호를 눌렀다. 그러나 신호만 갈 뿐 받지 않았다. 몇 번을 다시 눌러도 마찬가지였다.

"안 되겠어. 직접 부국장님 방에 가봐야겠어."

상현은 서둘러 회의실을 빠져나갔다. 현준은 상황실에 있던 H팀 대원들을 손짓으로 불러 모아 상현의 뒤를 따랐다.

상현이 백산의 방을 노크하고 안으로 들어서려 하자 세 명의 보안요원들이 제지했다.

"못 들어가십니다."

"이거 왜 이래?"

"부국장님이 이 방을 셧아웃 하셨습니다."

"셧아웃? 그럼 폐쇄했단 말이야?"

"잠정적으로 그렇습니다."

현준이 앞으로 나서며 말했다.

"열어!"

보안요원 하나가 현준에게 눈을 부라렸다. 현준은 그의 멱살을 잡고 벽으로 세차게 몰아붙였다. 순간, 다른 요원들이 총을 꺼내들려 하자 H팀 대원들이 주먹과 발로 그들을 제압했다.

안색이 하얗게 질린 비서에게 현준이 말했다.

"어서 열어요!"

비서가 엉거주춤 문을 땄다. 현준은 문을 와락 열어젖히고 안으로 들어갔다.

"다들 주목!"

회의실에 모인 NSS의 간부들과 대테러팀의 미정과 태성, 그리고 H팀 대원들은 일제히 상현을 쳐다보았다. 밖에서 돌아온 승희도 회의실에 와 있었다.

"지금부터 NSS 내에 비상조직을 가동하기로 한다. 별칭은 H팀이다. 임무는 대테러팀과 중복되는 것도 있고 아닌 것도 있다. 포괄적인 임무를 수행할 것이다. 팀장은 김현준, 그리고 대원은 여기 있는 이 사람들이다."

상현이 이강태 이하 다섯 명을 가리키자, 그들은 각자 자기소개를 했다. 인사가 끝나자 상현이 승희에게 말했다.

"최 팀장은 H팀을 보조해. 태성이와 미정이는 예전처럼 백업 작업 하고."

"예, 알았어요."

미정은 싱글벙글했다. 또 다시 태성이 그녀의 옆구리를 쿡 찔렀다.

"왜 그래?"

미정이 작은 소리로 투덜댔다.

"야, 제발 분위기 좀 보고 웃어라."

태성이 타박을 줬다.

"그럼 김 팀장, 브리핑해봐."

상현의 말에 현준은 자리에서 일어났다.

"여러 사람들 앞에서 이야기하는 건 영 젬병인데. …… 이럴 줄 알았 으면 말하는 연습을 좀 할 걸 그랬네."

미정이 킥킥거렸다. 현준은 헛기침을 몇 번 하더니 말하기 시작했다.

"오랜만에 보게 되어 반갑습니다. 제 개인적으로 불행한 일이 좀 있 었지만……."

현준은 승희에게 살짝 눈을 주고는 말을 이어갔다.

"어쨌든 오늘 이 자리에 다시 서게 되었습니다. 그럼 본론으로 들어 가겠습니다. 잠깐, 이쪽을 보시죠."

현준이 미정에게 눈짓을 보냈다. 아까 준 CD를 틀라는 신호다. 미정 이 키보드를 두드리자 벽면의 모니터에 일련의 사진들이 연속으로 떴 다. 그리고 마지막으로 남자의 모습이 크게 확대되었다.

"어? 저건 진 선배 아녜요?"

태성이 소리쳤다.

"진사우 요원 맞습니다. 이 시간부로 그의 NSS 요원 자격을 박탈하고, 고려항공 특별기의 폭파범으로 수배합니다. 아시겠지만, 그는 오늘 아침 출근한 이후로 종적을 감추었습니다. 어떤 경로로 기밀이 새어나갔는지는 모르겠지만 체포를 눈치 채고 피신한 것 같습니다."

회의실 안이 술렁거렸다.

"고려항공 폭파의 목적은 남북 정상회담을 교란시키는 데 있습니다. 그로 인해 남과 북이 전쟁 위기로 치닫게 되었고, 북에서도 강경파에 의한 쿠데타가 일어났습니다. 문제는……."

현준은 엄중한 얼굴로 좌중을 돌아보았다.

"이번 테러가 끝이 아니라 시작이라는 겁니다. 테러범들이 언제 어디서 무슨 일을 획책하고 있는지는 아직 파악되지 않았습니다. 그러나 지난번 기폭장치의 도난과 관련이 있을 것으로 보입니다. 테러범들은 테러의 효과를 극대화할 수 있는 무대를 찾을 겁니다. H팀을 포함하여 대테러팀은 테러범의 시각에서 사고해주시기 바랍니다. 그리고 H팀이 회의가 끝나는 대로 NSS 내의 보안상황을 점검할 것입니다. 다소 업무에 혼란이 있더라도 협조해주시기 바랍니다. 이상입니다."

"부국장님의 지시는 따로 없는가요?"

간부 하나가 묻자 상현이 대답했다.

"아, 참. 어떤 사정인지는 몰라도 부국장님은 현재 유고시다. 앞으로 부국장 대리는 황준묵 상황실장이 맡을 거야. 실장회의에서 그렇게 결정했고, 국장님도 재가하셨어. …… 질문 있나?"

다들 말이 없자 상현이 먼저 자리에서 일어섰다.

"이상이다. 각자 맡은 일 시작하도록."

현준은 회의실에서 나와 복도를 걷고 있는 승희의 뒤로 바짝 따라붙었다. 그러고는 소리를 죽여 물었다.

"아까 어디 갔었어?"

"미 대사관에."

"뭐 하러?"

"그쪽 참사관을 통해 연락이 왔어. 미국 정보라인에서 NSS 사람을 보자고 한대. 부국장이 날 보내기로 했나봐."

"언제 가는데?"

"2주일 후."

"만나자 이별이네? 보고 싶어 어쩌지?"

"참아. 1박 2일만 다녀오면 되니까."

"팀장님, 이것 좀 보시죠?"

진사우의 유류품을 체크하던 유동범이 책상 밑 구석에 떨어져 있는 종잇조각을 집어들고 현준에게 내밀었다. 무슨 글씨인가를 썼다가 볼펜으로 까맣게 덧칠한 16절지 크기의 메모지였다. 현준은 그것을 들어 불빛에 비춰보았다. 하지만 통 알아볼 수가 없었다.

"다른 건 없어?"

"예. 없습니다."

"알았어. 계속 찾아봐. 난 어디 좀 갔다 올 테니."

현준은 종잇조각을 호주머니에 집어넣고 과학수사실로 갔다. 오현규는 실험 테이블 위에 앉아 현미경을 열심히 들여다보고 있었다. 현준은 벽을 가볍게 두드리며 그를 불렀다.

"실장님, 오늘은 살아 계시네요?"

고개를 든 현규의 코에 돋보기안경이 걸쳐 있다.

"어서 와라, 김현준. 야, 너 아까 회의실에서 보니까 카리스마 있더라? 팀장 되려고 미리 연습 좀 했냐?"

"연습은요. 원래 그렇게 태어났는데."

"지랄. 근데 왜 왔어?"

"이것 좀 봐주세요. 이렇게 까맣게 지워버렸는데, 뭐라고 썼는지 알아볼 수 있을까요?"

현규는 종이를 받아들고는 앞뒤로 뒤집어가며 살폈다.

"어디 보자. …… 잘하면 알 수도 있겠는걸? 압의 차이를 보면 분간이 되거든. 글씨를 쓸 때의 압과 쓱쓱 지울 때의 압을 분리시키는 거지."

"한번 알아봐주세요."

"알았어. 이게 누구건데?"

"사우 겁니다."

현규의 표정이 무거워졌다.

"어쩐지 이상하더라 했어. 너, 도망 다닐 때 사우 컴퓨터 한 번 쓴 적 있지?"

"어떻게 아셨어요?"

"그때 넌 머리 좀 쓴다고 웹캠을 돌려놓았겠지만, 유리에 비치는 것까진 생각 못 했지? 그걸 골격 영상으로 합체시켰더니 74.6퍼센트 너랑 들어맞더라고. 그래서 내가 이놈이 김현준일지도 모르겠다고 했더니, 사우가 극구 부정하는 거야. 지금 와서 생각하면 켕기는 데가 있어서 그런 거지. 그나저나 왜 그랬을까?"

현규는 고개를 갸우뚱했다.

"내가 이 바닥에서 밥을 먹은 지가 벌써 30년째인데, 도무지 이해가 안 가. 그 자식, 무슨 돈 문제 있나?"

"아니요."

"그럼 여자 문제야?"

현준이 고개를 저었다.

"거 참, 미스터리네. 과거에 배신한 사람들의 면면을 보면 대체로 돈 아니면 여자였는데. 이도저도 아니라면 도대체 뭣 때문에 그런 짓을 했을까? 틀림없이 권력은 아닐 테고. 권력을 다투기엔 경력으로나 나이로나 턱없이 부족하니까."

"저도 모르겠어요. 암튼 급하니까 빨리 알아봐주세요."

"그러지."

현준이 막 문을 나서려는데 현규가 다시 불렀다.

"야, 괴물. 다른 건 다 좋은데, 여자 눈에서 눈물 나게 하는 건 절대 안 된다."

"내가 무슨 여자가 있다고 그러세요?"

"다 알아, 인마. 내가 젤 후회하는 게 뭔지 알아? 젊을 때 여자 눈에서 눈물 나게 한 거야. 일한답시고 사랑하는 사람을 나 몰라라 하면 그걸로 끝이야. 인생 외로워지는 거지. 나중에 가서 울고불고 해봐야 소용없다구. 그래서 이날 이때까지 내가 홀몸으로 살잖냐."

"이런, 실장님에게도 그런 로맨스가 있었네요?"

"나중에 술 한잔 사라. 내 말을 들으면 펑펑 울 거다."

현준은 심각한 표정으로 현규를 쳐다보았다. 그러자 현규가 픽 웃었다.

"농담이야, 인마. 내 팔자에 무슨 연애질을 했겠냐? 그냥 널 주인공으로 소설 한번 써본 거니까, 인상 그만 구기고 나가봐."

1시간 후. 상황실 문을 열고 들어온 현규가 현준에게 손짓했다. 강태와 이야기를 나누고 있던 현준은 얼른 현규를 따라 밖으로 나갔다.

"색칠한 압을 제거했더니 이게 나오더라."

현규가 종이를 내밀었다. 거기에는 두 개의 이름이 반복적으로 휘갈겨져 있었다. 현준, 승희, 현준, 승희……. 그런데 현준의 이름에는 하나같이 '×'표가 되어 있었다. 그리고 한쪽 구석에 백산이 적혀 있고, P.C.Y라는 영문 이니셜이 있었다. 백산과 P.C.Y는 화살표로 이어져 있었다.

'P.C.Y? …… P.C.Y가 누구지?'

순간, 현준은 뒤통수를 맞은 것처럼 머리가 띵해졌다. 누군가의 얼굴이 떠올랐기 때문이다.

"실장님, 고마워요."

"고맙긴, 뭘. 나중에 술 사는 거 잊지 마라."

오현규는 뒤돌아서서 손을 머리 위로 들어 보이고는 휘적휘적 걸어갔다.

현준은 남들의 눈에 띄지 않는 곳으로 가서 휴대폰을 들었다.

"선화, 한 가지 묻고 싶은 게 있어. 1년 전 부다페스트에서 말야, 내가 서부역으로 빠져 나갈 걸 대체 어떻게 알았지?"

—박 중좌에게 누군가 전화로 알려줬어요.

"혹시 누가 알려줬는지 들은 게 있나?"

—아뇨. 박 중좌는 그 전화를 받을 때면 늘 우리가 없는 곳으로 가곤 했어요.

"알았어."

현준은 전화를 끊었다.

현준의 머릿속에 영화의 장면들처럼 그림이 그려지기 시작했다.

그때 부다페스트에는 사우와 백산, 승희가 있었다. 그리고 승희의 호텔 방을 알고 있는 사람은 사우뿐이었다. 사우는 내가 그 방을 찾아갈 줄 알고 기다리고 있었을 것이다. 그날 새벽, 사우는 호텔을 빠져 나오는 나를 보고서도 어쩌지 못했다. 승희가 함께 있었으니까. 사우는 나를 추적하면서 박철영에게 연락을 취했을 것이다.

승희의 차에 폭발물을 장치한 것도 이해가 갔다. 사우는 승희가 표를 끊으러 가리라 예상했고, 내가 혼자 남아 있을 때 폭발시킬 생각이었을 것이다. 그러나 내가 들어가자 박철영을 보냈다. 그리고 내가 무사히 빠져 나올 것에 대비해 승희를 불러내고 그 차를 폭발시켰다.

하지만 그것도 실패로 돌아가자, 사우는 폐공군기지로 먼저 가서 나를 기다렸다. 폐공군기지의 존재를 아는 사람은 사우와 승희뿐이다.

이 모든 것은 백산의 머리에서 기획되었을 것이다. 그가 사우를 어떻게 리크루트 했는지는 오현규의 말처럼 이해가 가지 않는다. 어쩌면 그 세 가지가 전부 결부되었는지도 모른다. 물론 사우를 박철영에게 연결시켜준 사람은 백산이다.

현준은 NSS에 침투하던 때의 일도 떠올렸다. 박철영은 끝내 침투 이유를 밝히지 않았지만, 청운동 별실에서 그 이유를 알 수 있었다. 기폭장치의 탈취. 거기에 핵폭탄이 연결된다면 상상조차 할 수 없는 일이 벌어질 것이다.

백산과 사우 그리고 철영 일당은 함께 움직이고 있다! 현준은 등골이 서늘해지는 것을 느꼈다. 한시라도 빨리 그들을 잡아야 했다.

2014. 3. 28. 서울

"테러범의 입장에서 생각하라고 했지? 미정아, 너 같으면 어떻게 할래? 그냥 아무도 모르게 쾅 터뜨리고 말아?"

"그럼 심심하잖아."

"나도 그래. 그 기폭장치는 소형 우라늄 구체를 폭파시키기 위한 거야. 물론 우라늄 구체도 위력이 장난은 아니지. 인구 밀집 지역에 터뜨리면 사망자만 10만 이상 나올 테니까. 하지만 그건 본격적인 핵전쟁 용도라기보다는 테러용이야. 너 〈피스메이커〉란 영화 봤지?"

"응, 봤어. 나, 지금 태성이 오빠가 무슨 이야기하려는지 알겠어."

"뭔데?"

"듀산이라는 사람 말하려는 거지? 보스니아 내전에서 아내와 딸을 잃고 테러리스트로 변신한 피아니스트."

"빙고! 듀산은 핵배낭을 메고 뉴욕에 잠입하지. '피스메이커'를 자처하며 조국의 내전을 부추기는 서방 세계에 복수하려고 말야. 근데 왜 하필 뉴욕이겠어? 가까운 유럽의 도시를 치면 되는데."

"본때를 보여주려면 세계의 이목이 집중된 데를 쳐야 하니까. 무조건 사람을 많이 죽이는 게 목적은 아니잖아."

"9·11도 그런 맥락이었지. 네가 듀산이라 치자. 너 같으면 어디를 제일 먼저 칠래?"

"우리나라에서 세계의 이목이 집중된 데? 글쎄. 일단 청와대나 국회의사당을 꼽을 수 있겠지만 그건 너무 뻔하잖아. 게다가 접근하기도 어렵고. 나 같으면 그렇게 안 하겠어. 차라리 사람 많은 서울 한복판을 택하지."

"더구나 NSS에서 기폭장치를 훔쳐갔다는 건 핵폭탄을 터뜨리겠다는 공개적인 경고나 다름없어."

그때 태성과 미정의 뒤로 다가온 승희가 둘의 대화에 끼어들었다.

"어느 날 갑자기, 그것도 서울 한복판에서 느닷없이 소형 핵폭탄이 터진다? 이건 시나리오로 보자면 하품이야. 시작은 거창하게 해놓고 끝은 대충 얼버무리는 셈이니까. 그것보다는 아마도 더 효과적이고 상징적인 방식으로 공격해올 거야."

"어떻게요?"

태성이 물었다.

"모르겠어. 하지만 이런 생각이 들어. 영화로 치자면, 알프레드 히치콕 식이 아닐까 하는 생각. 히치콕은 폭발물의 위치를 미리 관객들에게 보여줘. 그러면 관객들은 주인공의 행동을 보면서 점점 더 마음을 졸이게 돼. '이 바보야, 폭발물은 거기가 아니라 저기 있단 말이야.' 관객들은 손에 땀을 쥐며 속으로 부르짖지. 히치콕은 무조건 쾅 터뜨려서는 관객들의 마음을 사로잡을 수 없다는 걸 잘 알고 있었어. 말하자면 관객의 이목을 집중시키는 데 능란한 사람이었다는 거지."

"그럼, 놈들이 히치콕이란 거네요? 공개까지 했으니 찾는 건 니들이 알아서 해라. …… 이건 뭐 게임을 하자는 것도 아니고."

"조건은 이미 주어졌잖아. 세상 사람들의 이목을 단번에 끌어모을 수 있는 장소와 시간. 태성 오빤 그게 뭐라고 생각해?"

"야, 내가 그걸 예측할 정도로 능력이 있으면 이러고 있겠냐? 벌써 팀장 하고도 남았지."

승희가 태성을 향해 눈을 흘겼다.

"아, 뭐 그렇단 얘깁니다. 그나저나 죽갔네. 도대체 그자들은 무슨 생각을 하고 있는 거야?"

"이벤트가 될 만한 건 다 체크해봤니?"

"예. 당분간 뭐 이렇다 할 만한 굵직한 행사는 없습니다. 이러다 동창 모임까지 다 뒤져야 하는 거 아닌가 모르겠어요. 어휴, 스트레스 받는다, 정말. 내가 오래 못 살지."

"스트레스 푸는 덴 소리 지르는 게 최고야. 태성 오빠, 내일 토요일인데 뭐할 거야? 별 일 없으면, 우리 소리 좀 지르러 갈까?"

"그런 데가 있어?"

"왜, 브라질월드컵 친선게임이 있잖아. 도쿄에서 한일전이 열린대. 일본과는 본선 조가 다르긴 하지만, 자존심이 걸린 시합이라 한바탕 응원전이 벌어질 모양이야. 붉은악마들이 서울광장에 대거 모이기로 했대."

"나야 콜이지. 생맥주는 내가 챙길 테니, 네 친구들 중에 예쁜 애들 좀 골라서 데려와라."

"내가 할 소리. 하긴 오빠 친구 중에 잘생긴 사람이 있을 리 없지."

"야, 이만하면 됐지, 나보다 잘생긴 사람이 어디 흔하더냐?"

애네들은 진지한 얘기 하다가 농지거리 하다가, 완전 카멜레온이군. 승희는 피식 웃으면서 뒤돌아섰다

자기 자리를 향해 몇 걸음 걸어가던 승희가 문득 걸음을 멈췄다. 그러고는 고개를 뒤로 돌리며 물었다.

"잠깐, 응원전이 열린다고 했어?"

난데없이 심각한 얼굴로 물어오는 승희를 태성이 의아한 얼굴로 쳐다보았다.

"예. 근데 왜요? 팀장님도 가시려구요?"

"몇 시야?"

"오후 네 신데요."

"태성아, 너 지금 당장 서울경찰청에 연락해서 내일 행사 대비상황 알아봐! 그리고 미정이는 서울광장 구석구석 위성으로 체크하고."

태성과 미정은 승희의 말뜻을 바로 알아챘다. 그들은 서둘러 움직이기 시작했다.

2014. 3. 29. 서울

화창한 날씨였다. 이른 봄이었지만 수많은 사람들이 운집한 탓에 바람마저 훈훈했다. 서울광장은 3시 반부터 이미 빽빽한 인파로 발을 디딜 틈이 없었다.

도철은 앞에 서서 손을 치켜든 채 팔짝팔짝 뛰고 있는 젊은 여자아이들을 보았다. 그들이 뛸 때마다 붉은 셔츠 아래로 배꼽이 드러났다. 도철은 시선을 돌려 옆에 선 가족들을 보았다. 꼬마 아이가 머리에 귀여운 도깨비 뿔을 쓰고 있다. 도철이 아이를 향해 빙긋 웃자 아이도 따라 웃었다. 도철은 아이의 머리를 쓰다듬었다.

저렇게 귀여운 아이들에겐 미안한 일이다. 하지만 어쩌랴. 한반도에 태어난 죄인 것을. 도철은 뒤로 손을 돌려 배낭을 만져보았다. 묵직한 쇳덩어리가 만져졌다. 그리고 대한문 옆 골목에 주차돼 있는 은색 승합차를 쳐다보았다. 짙게 선팅 된 앞 유리에 '보도차량'이라는 팻말이 붙어 있다. 앞으로 5분 뒤면 생수 박스를 든 사람이 둘 나올 것이다.

서울프라자호텔 2층 발코니에는 외국인 관광객들이 나와 서서, 엄청난 붉은 물결을 호기심 어린 눈길로 지켜보고 있었다. 아래쪽 서울광장 무대에서는 치어걸들이 꽃술을 들고 현란한 춤을 추어대고 있다. 쿵쿵거리는 북소리, 수많은 사람들이 외쳐대는 "대~한민국" 소리로, 높은 빌딩에 둘러싸인 분지盆地 아닌 분지가 터져나갈 듯했다.

순간 도철의 머릿속에 능라도경기장을 가득 메웠던 인민들의 모습이 떠올랐다. 일사분란한 카드섹션과 함께 터져 나오던 우레와 같은 함성. 감동의 눈물을 흘리며 발을 동동 구르던 사람들. 공화국 인민이나 남조선 사람들이나 열광하길 좋아하는 것은 마찬가지다.

이윽고 승합차의 문이 열리고 묵직한 생수 박스를 든 광수와 영범이 내렸다. 광수와 영범은 지체 없이 무대 쪽으로 걸어갔다. 그 뒤를 역시 붉은 옷을 입은 경화가 폭죽 상자를 품에 안은 채 따라갔다.

경화는 대형 스피커 뒤 후미진 곳에 있는 사우를 보았다. 그는 챙 모자를 쓴 행사요원 복장을 하고 있었다. 사우가 눈짓을 했다. 아마도 애꿎은 누군가는 근처 화장실의 어느 한 칸에 정신을 잃고 기대앉아 있을 것이다.

음료수 박스들이 쌓여 있는 곳에 다가간 광수와 영범은 그 박스들을 옆으로 내려놓기 시작했다. 행사요원으로 보이는 젊은 청년 하나가 다가왔다.

"지금 뭐 하는 거예요?"

사우가 그의 앞을 가로막으며 말했다.

"아, 음료수 정리하는 거예요. 나르기 좋게 생수하고 콜라를 따로따로 놓으려구요."

청년은 사우의 얼굴을 의아한 눈으로 쳐다보았다.

"근데, 누구세요? 첨 보는 얼굴인데?"

"붉은악마 천안지부에서 나왔어요."

"성태는 어디 가고?"

"성태 씨는 화장실 갔어요. 갑자기 설사가 나온다고."

"아 새끼, 어쩐지 어제 정신없이 퍼마시더라니."

"오늘 게임, 어떻게 될 것 같아요?"

"당근 우리가 이기죠."

"그렇겠죠?"

사우는 환하게 웃었다.

"성태 씨가 올 때까지 여긴 우리가 맡을게요."

"그래 줄래요? 그럼 전……."

청년은 뒤돌아서더니 저만치 서 있는 여자들을 향해 뛰어갔다.

광수와 영범은 들고 온 생수 박스를 놓고 그 위에 다른 상자들을 포갰다. 경화는 폭죽 상자를 내려놓고 주변을 두리번거리더니 생수 박스로 다가가 면도칼로 옆을 그었다. 두툼한 에어캡에 싸인 검은 물체가 보였다. 경화는 에어캡을 살짝 들치고 전선을 빼낸 다음, 자신이 들고 온 폭죽 상자에서 휴대폰 크기의 물건을 연결했다. 그러고는 그것을 생수 상자 안에 밀어 넣고, 투명 테이프로 상자의 갈라진 틈을 여몄다. 경화가 됐다는 듯 고개를 끄덕이자 광수와 영범이 먼저 자리를 떴다. 경화가 사우를 보며 말했다.

"16시 45분이에요. 하프타임에 누를 거니까, 알아서 피하세요. A 식스에서 P와 합류하기로 한 거 알고 있죠?"

사우가 눈짓으로 알았다는 표시를 했다.

경화가 승합차로 돌아오자 시동이 걸렸다.

"대장님은?"

뒷좌석에서 태블릿PC를 켜놓고 서울광장의 지도를 쳐다보고 있던 현석이 물었다.

"곧 오실 거야."

경화의 말이 떨어지기 무섭게 승합차 옆문이 열렸다. 배낭을 매고 있는 도철이었다.

"이상 없어?"

"드러나지 않게 잘 포개졌습니다."

"그럼 됐다. 출발해."

승합차가 뒤로 후진하더니 방향을 돌려 정동 방향으로 움직이기 시작했다.

"감지기 반응은 없어?"

"아직입니다. 여기가 맞기는 한 걸까요?"

동범이 현준을 보며 물었다. 지금 그들은 3개조로 나뉘어 서울광장을 구석구석 누비는 중이었다. 동범의 손에는 무전기처럼 생긴 물체가 들려 있었다. 이따금 사람들이 흘낏거리긴 했지만 응원 분위기 속에 곧 파묻혀버렸다.

"가능성이 0.1퍼센트라도 있으면 뒤져봐야지. 그리고 최 팀장 분석에 따르면 오늘일 가능성이 꽤 커. 정상회담이 코앞이야. 테러리스트 입장에서 보면 이만큼 드라마틱한 이벤트가 없지. 다른 사람들은 어떤가?"

"이강태 과장님 팀도 그렇고, 호강석 팀도 그렇고, 별 연락 없습니다. 놈들이 단단히 차폐해놓았을 텐데, 우라늄 구체가 있다 해도 이런 감지기로 발견될지 모르겠습니다."

현준이 리시버 버튼을 눌렀다.
"미정, 위성 상황은 어때?"
―정신없어요. 서울 광장 부근을 16등분해서 상황실 전체 모니터에 틀어놓고 있는데, 사람들이 워낙 많아서요. 이거야 원, 한강 백사장에서 바늘 찾기지.
"최 팀장은 거기 있나?"
―네. 상황실 모니터 앞에 계세요. 잠깐만요. 팀장님이 이리로 오시는데요?
잠시 후, 리시버에서 승희의 목소리가 흘러나왔다.
―김 팀장, 혹시 모르니까 무대 쪽으로 가보세요. 감이긴 한데, 내가 영화감독이라면 거길 찍겠어요.
"과학적으로 사고하셔야 할 양반이 감이라니, 이거 말이 되는 겁니까, 최 팀장님?
―농담하지 말구요. 어차피 이렇게 복잡한 상황이라면 집중적으로 탐색하는 게 나을 거예요. 그러니까 빨리 가봐요.
"옛썰!"
현준은 무선 통신을 끝내고 동범에게 무대를 가리켰다.
"저쪽으로 가보자. H팀 다들 그리로 오라고 해."
현준과 동범이 무대 뒤에 닿은 시각과 때를 맞춰 다른 일행들도 모습을 나타냈다.
"다들 무대 주변을 샅샅이 뒤져."
H팀 대원들은 대형 스피커, 뒤에 서 있는 전력차량, 그리고 무대 밑까지 훑었다. 그러나 의심이 갈 만한 물체는 눈에 띄지 않았다. 그때 프라자호텔 쪽에서 청년 하나가 술에 취한 듯 비칠거리며 걸어왔다.

현준은 그를 유심히 쳐다보았다. 이윽고 청년은 상자들이 있는 쪽으로 왔다.

"아, 씨발, 어떤 새끼야."

청년은 한 손으로 뒤통수를 감싸고 있었다.

"자네, 왜 그러나?"

청년은 초면에 다짜고짜 반말로 물어오는 현준을 기분 나쁘다는 듯 쏘아보았다.

"아, 어떤 씹새끼가 일보러 화장실에 갔는데 펀치기를 하잖아요. 보니까 지갑은 그대론데……. 아니, 근데 아저씬 날 언제 봤다고 반말이에요?"

강태와 민수가 청년 앞으로 나섰다. 청년은 한눈에도 살벌해 보이는 그들을 보고 얼른 입을 다물었다.

"이봐. 어떻게 된 건지 자세히 말해봐."

현준이 낮은 소리로 말했다.

"그니까 여기서 음료수 상자를 지키고 있는데, 웬 붉은악마 유니폼을 입은 아저씨가 오잖아요. 어디서 왔냐고 했더니 천안지부래요. 안 그래도 화장실이 급했는데, 잘됐다 싶어 맡겨놓고 갔죠. 막 오줌을 누려는데, 그 아저씨가 따라왔더라구요. 그래서 뭐라고 물어보려는데, 갑자기 눈이 번쩍하더라구요."

"이 상자들 빨리 뒤져!"

현준의 말이 떨어지기 무섭게 H팀 대원들은 상자를 조심조심 풀어헤치기 시작했다.

"어, 어? 왜 그러세요?"

"넌, 저리 가 있어!"

민수가 노려보자 청년은 뒤로 주춤주춤 물러섰다. 현준이 리시버에 대고 말했다.

"폭발물 제거반, 속히 이쪽으로 보내요!"

―발견했어요? 알았어요. 나도 곧 그리로 갈게요.

잠시 후, 상자를 뒤지던 동범이 말했다.

"팀장님, 찾았습니다!"

"조심조심 들어서 이쪽으로 놔!"

동범과 일우가 상자를 들어 현준의 발밑으로 가지고 왔다. 현준은 벌어진 상자 안의 검은 물체를 노려보았다.

5분 뒤. 요란한 사이렌 소리와 함께 하얀 승합차가 도착했다. 차에서 방사능 차폐 복장을 한 사내들이 우르르 쏟아져 내렸다. 무대 주변에 있던 사람들은 놀라는 표정으로 이들을 쳐다보았다.

방사능 복장의 사내 하나가 현준에게로 뛰어왔다.

"특수폭탄 제거반 이영철입니다. 이겁니까?"

현준이 고개를 끄덕이자 그는 자기 부대원들을 향해 손짓했다. 사내들은 상자를 중심으로 빙 둘러섰다. 영철이 현준을 향해 말했다.

"혹시 모르니까, 좀 물러서 계시지요."

현준과 H팀은 뒤로 물러섰다. 어느 새 몰려온 경찰들이 호기심 가득한 눈초리로 쳐다보는 사람들을 뒤로 물러서게 했다.

얼마 후, 영철이 현준에게 말했다.

"임시로 기폭선은 잘라놨습니다. 폭발은 안 되겠지만, 우라늄 구체를 해체하는 건 저희 분야가 아닙니다. 물건을 옮겨야겠습니다."

"그러시죠. 우리가 호위하겠습니다."

현준이 눈짓하자 김준호는 차가 있는 곳을 향해 쏜살같이 뛰어갔다.

16시 45분. 도철의 승합차는 서울외곽순환도로를 맹렬한 속도로 달리다가 송내역 나들목으로 빠져나갔다.

"저기다 세워."

도철의 말에 광수는 천천히 속도를 줄였다. 그러곤 갓길에 차를 댔다. DMB에서 축구경기가 중계되고 있었다. 스코어는 1대 1 동점. 이제 인저리 타임으로 들어갔다.

16시 47분. 인저리 타임도 1분밖에 남지 않았다. 바로 그때 아나운서의 흥분한 목소리가 터져나왔다.

"골인! 골인! 골인입니다! 김효성 선수의 중거리슛, 그대로 골문에 꽂혔습니다!"

도쿄 스타디움의 한쪽 스탠드에서 태극기를 든 붉은 물결이 출렁였다. 곧이어 주심의 휘슬이 울렸다. 화면은 광화문으로 바뀌었다. 도쿄 스타디움보다 훨씬 거대한 물결이 일렁이고 있었다. 수만 명의 사람들이 일제히 '대~한민국'을 연호하며 팔짝팔짝 뛰었다.

경화는 곧 벌어질 장면을 상상했다. 그 멋들어진 장면을 TV 중계로 보게 되다니, 생각만 해도 즐거웠다. 경화는 도철의 손을 보았다. 배낭에서 나온 정교한 기폭장치가 도철의 손이 어서 제 몸을 눌러주기를 기다리고 있었다.

"자, 간다."

도철이 버튼을 눌렀다. 일행은 자신들의 몸이 움찔거릴 것을 상상하며 손잡이나 시트를 붙잡았다. 여기까지도 충격이 미칠 것이다.

몇 초가 지났다. TV 속 붉은 물결은 여전히 출렁댔다. 여자 아나운서가 마이크를 잡고 서울광장 상황을 중계하고 있었다. 그녀의 뒤에서 붉은 옷을 입은 도깨비들이 혀를 날름거리거나 손가락으로 V자 모양을 그리며 히히 낙낙하고 있었다.

도철은 머릿속이 하얘졌다. 이게 아닌데! 저들은 이미 녹아버렸거나 숯덩이가 되어 드러누워 있어야 마땅하다!

도철은 머리를 감싸 쥐었다. 경화의 눈에서 분에 겨운 눈물이 주르륵 흘러내렸다. 광수도 눈을 부릅뜬 채 이를 악물었다.

2014. 3. 29. 경기도 하남

백산은 산책을 나갔다가 '강변' 펜션으로 돌아왔다. 마당에서 고기를 굽던 중년 남자가 말을 걸었다. 두 가족이 함께 나들이를 온 모양이다. 그의 옆으로 중학생쯤 돼 보이는 아이들 넷과 또 다른 남자 하나, 여자 둘이서 뭐가 좋은지 웃고 떠들고 있었다.

"축구 보셨죠? 3대 1이라니, 기분이 날아갈 것 같습니다. 이리 와서 한잔 안 하시겠습니까?"

백산은 미소를 띠며 손사래를 쳤다.

"가족들끼리 오붓하게 보내는 자리에 불청객이 끼어서야 되겠습니까? 맛있게들 드십시오."

"그러지 말고 이리 오세요."

남자가 권했다. 백산은 남자의 상판대기를 갈겨주고 싶은 걸 간신히 참으면서 사내를 향해 한 번 웃어 보이고 뒤돌아섰다.

백산은 방으로 들어서자마자 휴대폰을 들었다.

"접니다. 이미 아시겠지만, 터지지 않았습니다. …… 예, 다음 작전으로 넘어가겠습니다. 그럼."

2014. 3. 30. 서울

"우라늄 구체는 찾아냈지만 놈들을 잡진 못했습니다. 기폭장치도 못 찾았고요."

현준이 NSS 회의실에서 브리핑 중이었다.

"당시 위성사진 검토해봤나?"

상현의 물음에 미정이 대답했다.

"예. 무대 쪽 녹화장면을 중심으로 검토하다가 테러리스트로 의심되는 자들을 찾아냈습니다. 그걸 확대하면……."

모니터에 다섯 명의 모습이 떴다. 현준은 네 사람의 얼굴은 바로 알아보았다. 경화와 광수, 도철과 영범이다. 그러나 다른 하나는 위에서 비스듬히 내려찍은 사진인데다가 챙 모자에 가려 얼굴이 잘 보이지 않았다.

"이 네 명은 내가 압니다. 강도철과 오광수, 이영범, 신경화입니다."

"뭐 하는 자들인데? 그리고 김 팀장은 어떻게 알게 됐지?"

황준묵이 눈을 치켜뜨며 물었다.

"그들의 조직 내용에 대해선 나도 잘 모릅니다. 다만, 북한과 연계되어 있긴 한데 그쪽 정권의 주류가 아니라는 건 확실합니다. …… 내가 알게 된 계기는 나중에 보고 드리겠습니다. 이번 사건이 일단락된 다음예요."

"우라늄 구체는 어떻게 해체하죠?"

승희가 나서서 미묘해진 분위기를 돌렸다.

"우리나라엔 기술과 경험을 가진 사람이 없어. 그래서 미국에 연락했지. 미 핵안전보장국에서 사람이 파견될 거야."

상현이 대답했다. 황준묵이 오현규를 쳐다보며 물었다.

"챙 모자를 쓴 이 사람, 골격 프로그램으로 알아볼 수 있을까요? 혹시 우리가 아는 인물일지도."

"진사우 말인가? 알아볼 수야 있지. 헌데, 한 시간 정도 소요될 거야."

"그리고 이들의 동선은……."

현준이 말을 하다 말고 미정에게 눈짓했다. 미정이 키보드를 조작하자 화면에 비치는 배경 폭이 넓어지면서 인물들은 작아졌다. 미정은 마우스로 표적들을 찍었다. 그러자 표적들의 이동이 화살표로 표시되었다.

"보시다시피 대한문 옆에 주차돼 있는 승합차에 올라탔습니다. 이 승합차는 정동 쪽으로 방향을 틀었고, 이후론 위성에 찍히지 않았습니다. 하지만 주요 도로의 CCTV를 확인한 결과 서울외곽순환도로를 타고 송내역 나들목으로 빠져나간 것으로 파악되었습니다. 그게 끝입니다. 도심지로 들어간 후에는 놓쳤다고 봐야죠."

"챙 모자는요?"

다른 간부 하나가 물었다. 미정은 챙 모자를 클릭하면서 말했다.

"시청역으로 들어갔어요. 지하철을 탔다고 보고 모든 지하철역 CCTV를 확인했죠. 그랬더니 왕십리에서 5호선으로 갈아타고 상일동역에서 내렸어요. 역시 거기서 끝입니다."

"상일동이라. 짐작 가는 데 없나?"

황준묵이 회의실에 앉은 모두를 둘러보며 물었다. 대답하는 사람은 아무도 없었다. 그때 H팀의 동범이 가만히 손을 들었다.

"진사우의 유류품을 조사하던 중에 영수증이 하나 있었습니다. 공원주차장 영수증인데, 어디였더라?"

2014. 3. 30. 경기도 하남

"영차! 영차!"

조정 선수들이 박자에 맞춰 노를 젓고 있다. 사우는 그들이 부러웠다. 복잡하지 않게, 단순하게 살 것 같은 사람들. 거칠 게 없을 것 같은 인생들. 저들은 시원하게 물살을 가르면서 무슨 생각을 할까?

강을 따라 쭉쭉 뻗어가는 보트가 이 순간 궁지에 몰려 있는 자신의 처지와 묘한 대조를 이루었다. 내 인생은 대체 언제부터 꼬이기 시작했을까?

사우는 머리를 감싸고 팔을 무릎에 괬다. 지난 1년간의 순간들이 주마등처럼 머릿속을 스쳐갔다.

처음 백산의 지시로 현준을 죽이러 갔을 때가 터닝 포인트였다. 왜 그때 나는 그의 지시를 거부하지 않았을까? 조직의 명령이라서? 아니다, 그건 아니다. 그게 전부가 아니라는 것을 사우는 이미 알고 있었다. 가슴 한구석에서 불쑥불쑥 고개를 내밀던 질투, 결국 그것이 폭발한 것이다.

사우는 현준을 좋아했다. 하지만 꼭 그만큼 현준을 미워했다. 어릴 적부터 그랬다.

사우는 새삼 아버지의 얼굴을 떠올렸다. 아버지가 현준의 머리를 쓰다듬을 때의 그 얼굴을 사우는 지금도 잊지 못한다. 아버지는 흐뭇한 표정으로 툭하면 이렇게 말하곤 했다.

―넌 진짜 사내구나. 커서 멋진 놈이 될 거다.

그리고 돌아서서 자신을 바라보았다. 그 눈빛. 사우는 아버지의 눈에서 아쉬움을 읽었다. 넌 내 아들이지만 2등이구나. 그 눈은 분명 그렇게 말하고 있었다.

　얼마나 노력했던가. 사우는 현준에게 지지 않으려고 무엇이든 열심히 했다. 공부도 그랬고 운동도 그랬다. 하지만 눈을 들어보면, 현준은 늘 한 발 앞서 있었다. 별로 노력하지 않는 것 같은데, 애를 쓴 것 같지도 않은데, 그저 즐기고 있는 것 같은데, 현준은 늘 쉽고 간단하게 사우를 젖혔다.

　이따금 현준을 이길라치면 그렇게 기분이 좋을 수가 없었다. 그런 날이면 신바람이 나 집에 돌아왔다. 어머니는 영문도 모르면서 덩달아 좋아했고.

　어머니는 잘 계실까? 사우는 콧날이 시큰해졌다. 전화라도 할까? 사우는 휴대폰을 꺼내들었다. 하지만 한참 쳐다보기만 했을 막상 전화를 걸지는 못했다.

　그리고 승희!

　프랑스식 레스토랑에서 승희를 처음 보던 날, 사우는 심장이 멎는 줄 알았다. 고아하면서도 지적인 얼굴. 조신하면서도 날렵해 보이는 몸짓. 이생에서 유일하게 만나야 할 여자가 있다면 그것은 승희였다.

　그러나 너무도 쉽게, 승희는 현준 앞에서 무너져 내렸다. 콧등을 긁어주면 기분이 좋아 그르렁 소리를 내는 고양이처럼. 이제 승희는 현준의 애완동물처럼 길이 들었다. 그것이 바로 기폭제였다. 현준을 없애라던 지시에 그처럼 쉽게 자신을 굴복시킨 기폭제.

　사우는 쓸데없는 상념에서 벗어나려고 고개를 흔들었다. 눈을 들어 강물을 바라보았다. 강물의 색깔은 얼마나 변화무쌍한가. 작년 겨울 백산과 이곳에 왔을 때의 색깔과, 봄빛을 머금은 지금의 색깔이 너무도 달랐다.

문득 자라섬에서 들었던 백산의 말이 떠올랐다. 그는 물이 좋다고 했다. 물을 바라보면 아늑해지고 편안해진다고. 이제 보니, 그의 말뜻을 알아들을 것도 같았다. 강물처럼 변화무쌍해지는 것, 강물을 바라보며 편안함을 느낄 만큼 자신도 변화무쌍해지는 것, 강의 속성을 껴안아 강과 하나가 되는 것. 그래야만 물결에 휩쓸리지 않고 강을 건널 수 있다.

사우는 입술을 지그시 깨물었다. 이미 돌이킬 수 없는 길을 왔다. 살아남을 방법이라곤 변화무쌍해지는 것뿐이다.

저만치 앞에서 세 명의 사내가 걸어왔다. 처음엔 무심하게 쳐다보았지만 이내 그들의 발걸음이 예사롭지 않다는 걸 깨달았다. 훈련 받은 사람들의 보행법이다.

사우는 천천히 몸을 일으켜 벤치 옆으로 돌아서려고 했다. 그 앞에도 세 명의 사내들이 다가오고 있었다.

사우는 미간을 찌푸리며 사방을 살폈다. 탁 트인 곳이라 몸을 숨기기가 여의치 않았다. 딱 한 군데 있기는 했다. 사우는 자전거들이 세워져 있는 곳을 향해 전속력으로 내달렸다. 느리게 걸어오던 여섯 명의 사내들도 속력을 냈다.

사우는 자전거를 타고 오던 한 남자를 향해 발길을 날렸다. 남자의 몸이 나동그라졌다. 사우는 넘어진 자전거를 일으켜 세우고, 힘껏 페달을 밟았다. 도로까지만 가면 된다. 뒤를 돌아보니 그를 따라오던 사내들의 모습이 점점 작아지고 있었다.

사우가 막 도로로 나왔을 때, 전방 20여 미터 앞에서 차 한 대가 멈추어 섰다. 뒷문이 활짝 열리며 한 여자가 내려섰다.

"사우 씨, 멈춰요!"

승희였다! 승희가 총을 겨누고 있었다.

순간 사우는 숨이 꽉 막힌 듯 가슴에 통증을 느꼈다. 제대로 숨을 쉴 수가 없었다. 페달을 밟던 다리에서 힘이 빠져나갔다. 자전거가 비틀거리며 쓰러졌다. 사우는 간신히 균형을 잡고 일어섰다.

승희가 한 걸음 한 걸음 다가왔다. 여전히 총을 겨눈 채로.

갑자기 서러움이 밀려왔다. 다른 누구도 아닌, 승희가 자신에게 총을 겨누고 있다니!

"승희야!"

자기도 모르게 울부짖음에 가까운 고함 소리가 터져 나왔다. 사우는 승희를 향해 터벅터벅 걸어가기 시작했다.

"사우 씨, 멈춰요!"

"승희야!"

사우는 멈추지 않았다. 그녀를 향해 한 발 한 발 걸어갔다.

"사우 씨, 안 멈추면 쏠 거예요!"

사우는 비틀거리다가 무릎을 꿇었다. 그녀에게서 5미터쯤 떨어진 자리다. 무릎을 꿇은 채 고개를 치켜든 그의 눈에서 눈물이 주르륵 쏟아져 내렸다.

"나한테 왜 이러니! 내가 널 얼마나 생각하는데, 얼마나 너를 사랑하는데!"

승희의 눈이 흔들렸다.

"왜, 대체 왜 난 안 되는 거야! 죽었던 현준인 되고, 살아 있는 난 왜 안 되는 거냐구!"

승희의 손이 가늘게 떨리기 시작했다.

사우는 고개를 떨어뜨렸다. 마음을 다잡으려고 애썼다.

저 앞에 있는 여자는 내가 알던 여자가 아니다. 내가 사랑하는 여자가 아니다. 내 마음을 산산이 부서뜨린 여자, 날카로운 얼음칼로 내 심장을 도려낸 차가운 여자일 뿐이다. 사우는 이를 깨물었다. 운명이 사랑을 허락하지 않는다면 차라리 죽이고 말 것이다.

사우가 갑자기 일어서 승희를 향해 달려들었다. 총을 쥔 손을 사납게 잡아 꺾었다.

"아악!"

총이 떨어지고, 승희의 입에서 비명이 터져 나왔다.

사우가 승희의 목을 죄려는 순간, 뒤에서 사내들의 고함소리가 들렸다.

"멈춰!"

사우는 승희의 손을 잡은 채로 천천히 몸을 돌렸다. 여섯 명의 사내가 일제히 총을 겨누고 있었다. 추호의 자비심도 없는, 날카로운 사냥꾼의 눈매들이다.

"손, 위로 올려!"

사우는 손을 올렸다.

"무릎 꿇어!"

사우가 무릎을 꿇었다. 그와 동시에 한 사내가 비호처럼 뛰어와 손목에 수갑을 채웠다.

# 괴물 vs 괴물

2014. 3. 31. 버지니아 주 랭리

온기라곤 찾아볼 수 없는 건조한 얼굴의 사내는 총을 만질 때만 눈매가 달라졌다. 그는 애완견을 쓰다듬듯, 백팔십도 달라진 부드러운 눈으로 총신을 어루만지곤 했다. 눈앞의 테이블 위에는 베레타M9, 콜트M1911A1, 데저트이글과 같은 권총류와 MP5, UZI, 톰슨 M1A1 등의 기관단총류, 그리고 RT-20, 체이탁, M82A1 등의 저격용 총들이 가지런히 놓여 있다. 그가 데저트이글을 들어 문을 겨냥한 순간, 노크 소리와 함께 대머리 백인 남자가 들어왔다.

육중한 몸매의 대머리가 사내 앞에서 정자세를 취한 후 굵은 목소리로 말했다.

"미스터 빅, 수고 좀 하셔야겠습니다."

빅이라 불린 동양인 사내가 서늘한 눈초리로 대머리를 쏘아보았다. 독사 같은 눈이다. 대머리는 모골이 송연해졌다.

"난 수고 같은 건 하지 않아, 재미가 없는 일은."

대머리는 빅이 재미있어 하는 일이 무엇인지 잘 알고 있었다. 타고난 킬러. 저놈은 인간이 아니라 괴물이다, 틀림없이 사탄의 피를 물려받고 태어난 놈이다, 라고 대머리는 생각했다.

"네가 무슨 생각하는지 알아."

빅이 데저트이글을 대머리의 이마에 겨냥했다. 대머리는 오금이 저렸다.

철컥!

공이가 빈 탄창을 때리는 소리가 났다. 대머리는 자신도 모르게 고개를 조아렸다.

"죄송합니다."

"말해봐. 재밌는 일이 뭔지."

빅의 목소리에는 감정이 실려 있지 않았다. 높낮이가 없는 중간 톤의 목소리만 건조하게 흘러나왔다.

"미스터 브라운이 전하라 하셨습니다. 한국으로 가서 저번에 다 못한 일을 끝내시라고."

"누구."

빅에게 일은 곧 누구였다. 그는 언제나 "무슨 일(What)"이냐고 물어야 할 것을 "누구(Who)"냐고 물었다.

"김현준이라는 한국 NSS의 에이전트입니다. 사사건건 우리 일을 방해하는 놈인데, 미스터 빅도 이미 조우한 적이 있습니다."

빅은 데저트이글의 총구를 자신의 입에 대고 후 불었다. 사냥감을 잡고 난 후 하는 버릇이다. 대머리는 자신을 사냥감처럼 갖고 논 게 영 기분 나빴지만 내색하지 않으려고 애를 썼다.

"계속 지껄여봐."

"NSS는 우리의 지부나 마찬가지였습니다. 헌데 그놈이 우리 아이리스 멤버를 알아내고 말았습니다. 그 때문에 작전에 엄청난 차질이 빚어졌습니다."

"끊어. 난 배경 따윈 관심 없어. 캐릭터만 이야기해."

대머리는 마른 목을 축이려고 침을 꿀꺽 삼켰다.

"김현준은 707 특임대 출신입니다. NSS의 특수훈련을 통과한 사람인데……."

"그것도 배경이야."

서늘한 눈매가 대머리의 번들번들한 이마를 훑었다.

"아, 예. 그놈은 북한에 잠입하여 Y.K.H.를 죽였습니다. 그전에 윤성택이라는 우리 미끼도 암살했습니다. 그 외에도……."

"됐어. 충분히 재밌는 일인 것 같군. D데이 플랜 갖다 놔."

"예. 알겠습니다."

대머리는 머리를 꾸벅 숙이고서 방을 빠져나갔다.

2014. 4. 1. 서울

깡마른 체구의 검은머리 사내가 우라늄 구체를 손수건으로 조심스레 문질렀다. 구체의 표면이 형광등 불빛에 반짝거렸다.

"깜찍하네요."

사내는 감탄의 눈으로 구체를 이리저리 살폈다.

"이걸 만들다니, 북한의 핵 능력도 장난이 아니군요."

"미스터 대니얼, 이게 그렇게 대단한 겁니까?"

뒤에 서서 작업을 지켜보던 특수폭탄 제거반 이소연 대원이 물었다. 대니얼이 그녀를 돌아보며 눈을 찡긋 했다. 서양인과 다름없는 높은 콧날에 쌍꺼풀진 커다란 눈. 하지만 그는 동양인의 피가 섞인 혼혈이다.

"핵탄두를 이렇게 소형으로 만들어 휴대하는 건 캄보디아나 인도 같은 핵보유국에선 꿈도 못 꾸는 일입니다. 어림없죠. 핵탄두만 만들면 뭐합니까? 비행기나 미사일 같은 수송체가 없으면 말짱 황인데. 그리고 수송체를 움직이다 보면 이미 상대방이 눈치 채게 마련이죠."

대니얼은 다시 한 번 구체를 쓰다듬었다.

"하지만 이런 구체가 있다면 굳이 수송체를 고민하지 않아도 돼요. 사람이 나르면 되니까. 물론 기폭장치가 있어야죠. 게다가 운반책을 죽이지 않으려면 그 기폭장치가 원격이어야 할 테고."

대니얼은 방사능 차폐실에 들어와 있는 황준묵을 위시해 NSS의 요원들과 폭탄 제거반 대원들을 빙 둘러보았다.

"북한으로선 기폭장치가 문제가 됐을 법하군요. 기폭장치는 정교한 첨단 소프트웨어 기술을 필요로 하는데, 아직 거기까진 따라가지 못했는가 보죠. 그래서 NSS를 습격한 거고요."

NSS의 한 요원이 고개를 끄덕였다. 대니얼은 그를 향해 씩 웃음을 날렸다.

"당신들이 어떻게 기폭장치를 만들었는지, 왜 만들었는지 물어봐도 될까요?"

황준묵이 헛기침을 두어 번 하더니 대답했다.

"우리도 모르오. 그 기폭장치를 본 사람은 백산 부국장밖에 없으니까. 그는 현재 유고 상태요. 미스터 대니얼의 물음에 대답할 수 없어 유감이군요."

"그런가요? 그렇다면 그 기폭장치가 꼭 한국의 능력으로 만들어졌다고 할 순 없겠군요?"

"지금으로선 그렇다고도 아니라고도 말할 수 없소."

"백산 부국장이 와야만 알 수 있다는 얘긴가요?"

준묵은 부아가 치밀었다. 그는 저 능글능글한 놈의 절반이 제발 한국인만 아니기를 바랐다.

"미스터 대니얼, 우린 그 구체를 해체하기 위해 당신을 부른 겁니다. 이유니 기술이니 따져보자고 부른 게 아니란 말이죠."

대니얼의 얼굴이 굳어지며 눈썹이 미묘하게 꿈틀거렸다. 그러나 곧 그는 능글맞은 표정을 되찾았다.

"아, 내가 곁길로 빠졌나요? 하지만 한국에 온 이상, 그 정도 사정은 들어볼 자격이 있다고 보는데?"

뒤에서 잠자코 듣고 있던 현준이 한 발 앞으로 나섰다.

"대니얼, 그 구체를 해체하려고 생각한 것 자체가 당신네를 이미 배려한 거요. 아까 기폭장치를 어떻게 만들었냐고 물었는데, 그럴 생각만 있다면 우리 컴퓨터 기술로 어렵지 않게 만들 수 있소. 그건 당신도 잘 알걸? 구체를 우리가 그대로 갖고 있으면 당신네들 역시 조마조마해서 잠을 못 잘 거요. 그러니 헛소리는 집어치우고 어서 해체하시오."

현준의 강경한 어조에 이소연 대원의 눈이 휘둥그레졌다. 대니얼의 얼굴이 벌레를 씹은 것처럼 일그러졌다.

"이 사람 말은 신경 쓰지 마시오. 원래 입이 험한 사람이니까."

황준묵이 얼른 끼어들었다.

대니얼은 잠시 현준을 노려보다가 허리를 숙이고 해체 작업에 들어갔다. 마이크로 드라이버로 여기저기 나사를 풀더니, 마침내 유리관처럼 생긴 길쭉한 물건을 끄집어냈다.

"이게 핵입니다."

그는 관을 들어 사람들에게 보여준 뒤 방사능 차폐 상자 안에 집어넣고 뚜껑을 닫았다.

"이건 내가 가지고 가겠습니다."

"안 됩니다. 우리 원자력연구소에서 폐기할 생각이오."

황준묵이 차폐 상자에 손을 얹으며 말했다.

"예? 무슨 소릴……."

"단, 폐기 때는 미 핵안전보장국에서 나와 참관해도 좋소."

"얘기가 틀리는데? 우리가 갖는 걸로 알고 왔소만."

"그런 약속 한 적 없소. 이걸 당신이 제대로 운송하리라는 보장도 없고. 더 이상 얘기하지 맙시다."

대니얼의 얼굴이 납빛으로 변했다.

2014. 4. 2. 경기도 이천

15인승 소형버스의 검게 선팅 된 차창 밖에는 철망이 둘러져 있었다. 운전석과 칸막이로 구분된 뒤쪽 좌석에, 제복을 입은 두 남자가 죄수 하나를 사이에 두고 앞뒤로 앉았다. 죄수는 머리카락이 이마로 흘러내린 것도 방치한 채 멍한 눈으로 발아래만 쳐다보았다. 빠르게 달리던 차가 속도를 줄였다. 과속방지턱을 넘느라 차체가 한 차례 덜컹거렸다. 이제 지방도로로 접어든 모양이다. 죄수는 수갑 찬 손으로 이마의 머리카락을 쓸어 올렸다.

"어디로 가는 건가?"

죄수가 앞에 앉은 제복에게 물었다. 그러나 답은 뒤에 앉은 제복에게서 나왔다.

"진사우 씨, 당신은 특별 신분이라 구치소에 수감되지 않고 곧바로 교도소로 갑니다. 그것도 일반 교도소가 아닌 육군교도소로. 지금 장호원으로 가는 중입니다."

사우는 납득이 간다는 듯 고개를 끄덕였다.

"쉬고 싶군. 앞으로 얼마나 남았지?"

"거기 가도 며칠 동안은 편치 못할 겁니다. 간수들이 신입 수감자 군기 잡는다고 꽤 성가시게 굴 테니까요. 앞으로 20분이면 도착합니다."

'군기'라는 말에 사우는 피식 웃음을 흘렸다.

사우는 밖이 보이지 않는 차창으로 눈을 돌렸다. 지금 바깥은 봄이 한창일 것이다. 벚꽃이 흐드러지게 피었겠지. 그 하얀 꽃눈을 즐겼던 때가 언제였더라? 사우는 그런 기억이 별로 없다는 데 생각이 미쳤다. 벚꽃에 대한 기억은 특임대 시절 연병장을 숨 가쁘게 돌다가 한숨 돌릴 때 보았던 게 거의 전부다. 사우는 세상을 참 팍팍하게 살았던 듯싶다고 생각했다.

갑자기 차가 속도를 냈다 줄였다 하기를 반복했다. 앞좌석 쇠창살 너머로 운전기사가 씨부렁거렸다.

"뭐야, 저 자식! 추월하겠다는 거야, 말겠다는 거야. 초보운전 주제에 내가 속도를 내면 저도 내고, 내가 줄이면 저도 줄이고. 이거 장난하자는 거야, 뭐야?"

"상향등 쏴봐."

조수석에 앉은 사람이 말했다.

"벌써 했지요. 근데 저 새끼가 말을 안 듣네요. 에이 모르겠다."

웅, 하며 액셀러레이터가 돌아갔다. 칸막이 뒷좌석에서도 느껴졌다. 얼마 후 쿵, 하는 충격음과 함께 차가 멈췄다.

"아, 진짜 열받네. …… 야!"

운전기사가 고함을 치며 차에서 내렸다. 사우는 밖에서 진행되고 있는 드라마에 호기심이 일었다.

퍽퍽!

둔탁한 소리가 들려오는가 싶더니 뒤에서 누군가 호송차 벽을 급하게 두드렸다.

"뭐야?"

사우를 지키고 있던 제복들도 일어섰다. 앞에 탄 제복이 밖에 나가려는 순간, 옆문이 와락 젖히면서 소음기를 단 베레타M9의 총구가 고개를 들이밀었다.

"그대로 있어!"

재빠르게 차로 뛰어오른 사내들이 허리춤에서 총을 꺼내들려는 뒤쪽 제복을 향해 소리쳤다. 잠시 후 운전기사와 조수석에 타고 있던 호송팀장도 한 무리의 사내들에게 끌려 뒷좌석으로 올라왔다. 마지막으로 장신의 남자가 탔다.

차가 다시 출발했다.

사우는 장신의 남자가 한국인이라기엔 콧날이 오뚝하다고 생각했다. 사내들은 네 명의 제복들을 차 뒤쪽 구석에 몰아넣고, 베레타M9로 위협했다. 키 큰 남자가 사우의 옆자리에 앉았다.

"진사우 씨, 고생했습니다. 미국에서 온 대니얼이라고 합니다."

대니얼이 뒤를 향해 눈짓을 보내자 베레타를 든 사내 하나가 제복들에게 말했다.

"키 내놔!"

호송팀장이 허리춤에 찼던 키를 내주었다. 대니얼은 그 키로 사우의 수갑을 풀었다.

차는 급좌회전을 하더니 울퉁불퉁한 비포장도로를 달리기 시작했다. 그리고 야트막한 오르막길을 올라 수풀이 우거진 야산에서 멈추었다.

"다들 내려!"

사내들은 제복들을 앞세우고 차에서 내렸다. 대니얼과 사우는 그대로 앉아 있었다. 잠시 후 사내들만 돌아왔다. 차는 180도 회전한 뒤에 다시 달리기 시작했다. 대니얼이 사우에게 말했다.

"다음 단계로 들어갈 거요. 그전에 준비할 게 많습니다."

2014. 4. 3. 서울

"그쪽은 날짜를 5월 1일로 해달라고 합니다. 장소는 우리가 정하는 대로 따르겠답니다."

대통령 집무실로 들어온 비서실장이 말했다.

"5월 1일이라면 노동절 아닙니까? 메이데이라는 상징성을 고려하고 싶은가 보죠?"

"아마도 그런 것 같습니다."

"직장인들이 쉬는 날인데 좀 그렇군요. 게다가 야당과 보수진영에서도 민감하게 반응할 테고."

대통령은 잠시 생각하다가 결론을 내렸다.

"좋습니다. 날짜야 뭐 어떻습니까? 회담을 연다는 게 중요한 거지. 장소는 어디가 좋겠어요?"

"아무래도 코엑스가……."

대통령은 고개를 저었다.

"아니요. 이번엔 방향을 바꿔보기로 합시다. 부산에서 하는 겁니다."

"부산이라면?"

"벡스코로 하세요. 보수 성향이 강한 곳에서 선언을 하는 게 훨씬 의미가 있을 것 같군요."

정현준은 대통령이 참 담대한 사람이라고 생각했다. 하긴 그러니까 오늘 이 자리에 섰을 것이다.

"경호엔 큰 문제가 없겠지요?"

"물론입니다. 그런데 대통령님께서 그전에 알아두셔야 할 일이 있습니다."

대통령이 눈을 치떴다.

"그게 뭡니까?"

"H팀이 조사한 결과, 진사우라는 요원이 핵 테러에 가담했다는 혐의를 발견하여 그를 체포했습니다. 그런데 어제 호송 도중 탈출했다고 합니다. 혹시 아실지 모르겠지만 진사우는 대통령님께서 테러를 당하실 때 김현준과 함께 막았던 사람입니다."

대통령의 눈이 커졌다.

"그런 사람이 왜?"

"백산의 조종을 받은 모양입니다."

"역시 백산이 문제였군."

"백산이 국제 비밀조직의 프락치라는 사실은 속속 밝혀지고 있지만, 그를 공개적으로 체포하진 못할 것 같습니다. 자세한 것은 파악되지 않았지만, 그 비밀조직의 파워가 상상을 초월할 정도로 막강한 것만은 틀림없습니다. 섣불리 그를 체포했다간 어떤 압력과 공작이 들어올지 모릅니다."

대통령은 심각한 얼굴로 정형준을 쳐다보았다.

"그래서요?"

"백산이 여전히 암약하고 있고, 그게 우리나라에 큰 위협 요소가 되는 걸 알면서도 이러지도 저러지도 못하고 있습니다. NSS의 부국장 자리를 공석으로 남겨둔 것도 그 때문입니다. 만일 새로운 사람을 임명한다면, 비밀조직이 자신들에 대한 도전으로 간주하지 않을까 우려해서입니다."

"알면서도 뺨을 맞고 있다는 얘기군요."

정형준이 고개를 숙였다. 대통령은 잠시 허공을 바라보다가 단호한 목소리로 말했다.

"잡으세요. 공개가 어렵다면 비밀리에 잡아요. 만약 이 문제가 불거진다면 대한민국 대통령의 자리를 걸고 내가 막겠습니다. 그런 두더지들이 활개를 치는 한 이 나라에 미래는 없습니다."

정형준은 눈을 동그랗게 떴다가 이내 고개를 끄덕였다.

"알겠습니다. 지시 내리겠습니다."

2014. 4. 4. 서울

"해체한 핵은 잘 간수하고 있소?"

―아뇨. 여의치가 않았습니다. 황준묵이란 친구, 의외로 뻣뻣하게 나오더군요.

"고지식한 놈이지."

―그래서 예비 물건이 필요합니다.

"그건 이미 저쪽 팀이 알아서 준비해뒀을 거요. 나중에 합류하면 받으세요."

―알았습니다.

"지금 진사우하고 같이 있소?"

―예. 그런데 심리 상태가 좀 불안합니다. 약간의 억울상태 증상을 보이고 있습니다.

"충분히 있을 수 있는 일이야. 지금으로선 박탈감이 클 테니까. 하지만 그런 억울한 기분이 이번 일에는 오히려 도움이 될 거야.

―괜찮을까요?

"괜찮으니 걱정 놓으시오. 그리고 사우에게 내가 그러더라고 해요. 끝난 건 하나도 없다고. 다만 변화가 있을 뿐이라고."

2014. 4. 5. 서울

토요일의 홍대 앞은 수많은 청춘남녀들이 내뿜는 열기로 후끈거렸다. 한껏 맵시를 낸 젊은 여자애들과 그 뒤를 따르는 남자애들이 골목마다 넘쳐났다.

라이브 바 '피버 파티'의 무대에서는 '데블네임'이라는 록 그룹이 파워풀한 연주를 펼치고 있었다. 드럼소리와 기타 소리, 그리고 목에 힘줄이 불거질 만큼 성량을 높인 보컬리스트의 노래 소리로 비좁은 공간이 터져나갈 듯했다.

 젊은 관객들은 리듬에 맞춰 머리 위로 치켜든 손을 흔들어댔다. 드럼이 멎고 리드기타의 솔로연주가 시작되었다. 노랗게 머리를 물들인 기타리스트가 몸을 꼬면서 기타 줄을 문질렀다. 위이잉. 기타는 한동안 흐느꼈다가 툭툭 끊어지는 스타카토로 변했다가, 다시 위이잉 흐느꼈다. 노란 머리의 기타리스트는 거의 무아지경에 빠져 있었다. 눈을 감고 긴 머리카락을 위아래로 미친 듯이 흔들어댔다.

 두둥두두, 두둥두두.

 졸고 있던 드럼이 폭발했다. 그와 함께 관객들의 괴성이 터져 나왔다. 기타리스트는 만족스런 표정으로 드러머를 쳐다보다가 관객에게로 얼굴을 돌렸다. 나르시시즘에 빠진 것처럼 반쯤 감겨 있던 그의 눈이 갑자기 크게 떠졌다.

 관객 사이에 있던 50대 남자는 아들이 자신을 보았음을 알아챘다. 그러나 아들은 다시 무아지경 속으로 빠져 들어갔다.

 백산은 속으로 혀를 찼다. 저놈을 언제 다시 볼 수 있을까? 재회를 기약할 수 없어서 일부러 찾아온 자리다. 아비가 남들이 생뚱맞은 눈으로 흘겨보는 것도 무시하고 찾아온 것을, 저놈은 모를 것이다.

 백산은 어두운 눈으로 기타리스트를 쳐다보다가 밖으로 나가기 위해 빽빽이 들어선 젊은이들 사이를 헤쳤다. 그가 막 한 젊은이 옆을 지나려 할 때, 나직한 목소리가 그를 잡아 세웠다.

 "부국장님, 이것도 정해진 운명인가요?"

 백산은 소스라친 눈으로 젊은이를 쳐다보았다. 그의 옆얼굴이 사이키조명을 타고 드러났다 사라졌다를 반복했다.

"김현준!"

현준은 백산에게로 얼굴을 돌렸다.

"오랜만입니다."

"네가 어떻게?"

"나가시죠."

현준은 백산의 팔꿈치를 가볍게 쥐고 밖으로 나왔다. 라이브 바 앞의 도로에 까만 세단이 주차돼 있었다. 현준은 뒷문을 열고 기다렸다. 백산이 타자, 자신도 따라 탔다.

"내가 여기에 올 줄 어떻게 알았나?"

백산이 차분한 목소리로 물었다.

"NSS에 입사한 다음날이던가요? 댁에 갔다가, 부국장님 얼굴에 아버지라는 이름이 써 있는 걸 봤죠."

"허허. 내가 그런 인상을 보였나? 속을 들켰군."

현준은 실소를 하는 백산을 옆 눈으로 힐끗 보았다.

"부다페스트에서 구원을 요청했을 때 요원수칙을 지키라고 했던 말 기억합니까?"

"요원수칙 마지막 조, 살아 돌아갈 가능성이 없을 때는 스스로 목숨을 끊어라."

"그리고 이런 수칙도 있죠. 도피할 때는 혈육과 지인을 직접 만나지 마라."

"내가 요원수칙을 어겼다고 비난하는 건가?"

"비난할 생각은 없어요. 긴가민가했는데 역시 부국장답다는 생각을 했을 뿐."

"날 가둬둘 수 있다고 생각하나?"

"가둘 수 없다면 죽여야겠죠."
백산은 굳은 얼굴로 차창 밖을 내다보았다.

2014. 4. 7. 서울

저녁 7시. 철영은 땅거미가 지는 속에서도 그녀를 한눈에 알아볼 수 있었다. 짧은 커트 머리에 간편한 캐주얼 차림의 선화가 편의점에서 뭔가를 사 들고 나왔다. 조계사 앞 불교용품 상점들을 어정거리던 철영은 재빨리 길을 건너 선화의 뒤를 따랐다.
선화가 왼쪽 골목으로 접어든 것을 본 철영은 미행하는 사람이 없나 확인한 후 왼쪽으로 방향을 틀었다. 선화가 그 자리에 우뚝 서 있었다.
선화가 그를 향해 가볍게 머리를 숙였다.
"오랜만이구나."
"중좌님도요."
"계급은 빼라. 이름을 불러."
"예."
"나랑 갈 데가 있다."
선화는 난처한 표정을 지었다.
"지금은 갈 수 없어요."
철영의 한쪽 눈썹이 위로 치켜 올라갔다.
"뭣 땜에?"
"할 일이 있어요."
선화를 한참 노려보던 철영이 낮게 웃음을 터뜨렸다.

"너, 착각하고 있구나. 그 친구랑 같이 있다 보니까 너도 남쪽 사람이 된 것 같나?"

선화는 대답하지 않고 철영의 눈만 똑바로 쳐다보았다. 철영은 선화의 눈빛을 보고, 그녀가 고분고분 움직이지 않으리라는 것을 알았다. 예전의 선화는 이런 눈으로 쳐다보지 않았다. 철영은 호주머니에 손을 집어넣어 권총을 가만히 거머쥐었다.

"이건 명령이야. 저 차에 타서 핸들을 잡아."

잠시 망설이던 선화는 이내 체념했다. 얼음장처럼 차가운 얼굴. 그가 절대적인 상관이었을 때의 얼굴이 그녀를 압박하고 있었다.

SUV 사륜구동차가 구리를 지나 양평 방향 국도에 접어들었을 때, 조수석에 앉은 철영을 향해 선화가 물었다.

"어디로 가는 겁니까?"

"그냥 몰기만 해."

선화는 의아한 눈으로 철영을 힐끔 보았다.

"가보면 알아."

잠시 침묵을 지키던 철영이 다시 입을 열었다.

"널 찾느라고 힘들었다. 그동안 왜 연락 안 했지?"

"하고 싶지 않았어요."

"할 일을 잊어먹었단 얘기야?"

"전 이미 할 일이 없어진 사람입니다."

철영은 조수석 앞 대시보드를 주먹으로 쾅 쳤다.

"빌어먹을! 누구 맘대로?"

선화는 철영이 그러든 말든 전방에 시선을 고정하고 있었다.

"넌 이 순간부로 원대 복귀다."

"그럴 수 없습니다."

"그걸 정하는 건 나야. 잔말 말고 시키는 대로 해."

밤 11시가 넘은 시각. 차는 사북읍 읍내를 지나 으슥한 산길로 접어들었다.

"저기, 저쪽에 세워."

철영은 차가 멈추자 먼저 내려섰다. 그의 뒤를 따라 내린 선화는 사방을 둘러보았다. 인가에서 한참 떨어진 곳이라 사람의 그림자라곤 찾아볼 수가 없었다.

"저리로 가자."

철영은 랜턴을 들고 앞을 비추었다. 랜턴 불이 비추는 곳에 시커먼 아가리를 벌린 굴이 보였다. 폐광의 갱도 입구다.

2014. 4. 7. 서울

NSS 특별취조실에 수감 중인 백산은 48시간이 지나는 동안 단 한 번도 입을 열지 않았다. 물만 마실 뿐, 가져온 식사에도 입을 대지 않았다. 이미 예상한 바였지만, 그로부터 어떻게든 정보를 캐내야 하는 NSS의 간부들로선 미치고 환장할 노릇이었다.

밤 12시가 다 되어가는 시각, 현준은 부국장 직무대행을 하고 있는 황준묵의 방으로 들어갔다.

"실장님, 제가 취조하게 허락해주십시오."

책상 앞에 앉은 준묵이 눈을 가늘게 뜨고 현준을 올려다보다가, 고개를 저었다.

"넌, 안 돼."

"왜 안 됩니까?"

"네놈 성질을 내가 모르냐? 사달이 날 게 뻔한데 널 어떻게 집어넣어? 게다가 넌 부국장한테 사감이 많잖아. 말도 안 되는 소리일랑 집어치워라."

"사달이 날 땐 나더라도 뭔가 알아내야 할 거 아닙니까?"

"이봐, 부국장이 그렇게 만만한 사람 같아? 저렇게 버티는 데도 다 이유가 있어. 우리가 모르는 빽이 있단 말이지. 그것도 아주 대단한 빽. 아까 저녁식사 시간에 미국 정보라인에서 연락이 왔어. 백산 부국장 거기 있냐고 묻더라고. 그게 뭘 의미하겠어?"

현준의 얼굴이 일그러졌다.

"결정적인 증거가 없는 한, 아니 증거가 있더라도 현행범이 아닌 한, 부국장을 함부로 다룰 수가 없다. 정말 엿 같은 일이지. 아마 저러다 슬그머니 정치적 망명을 요청할 거다. 미국 놈들 뉘앙스가 그래."

"할 수 없죠. 그렇다면 다른 수를 쓰는 수밖에."

"뭐 하려고? 야, 김현준! 너 괜히 이상한 짓 했다간 작살날 줄 알아."

"나 그렇게 무식한 놈 아니니까 걱정 마세요. …… 일단은 진사우와 강도철 일행부터 소재를 파악해야겠습니다."

"바로 그거야, 네가 할 일은. 부국장은 놔두고 그 일부터 서둘러."

복도로 나온 현준은 행적이 묘연해진 사우와 도철 일행에 대해 곰곰이 생각해보았다. 사우를 호송했던 요원들은 이천 부근의 야산에서 시체로 발견되었다. 호송차량은 거기서 5킬로미터쯤 떨어진 국도변에서 발견되었지만, 탈주시킨 자들의 신분을 알아낼 만한 실마리는 하나도 남아 있지 않았다.

사우와 도철 일행, 사우를 탈출시킨 자들. 그들은 모두 같은 목적을 향해 움직이고 있다. 그리고 또 한 사람! 현준은 박철영을 떠올렸다. 서울광장의 현장에는 없었지만, 그는 분명 이 나라 어딘가에 숨어 있을 것이다. 틀림없다. 철영은 연기훈의 수족이었다. 연기훈이 쿠데타의 주범으로 제거된 마당에 철영이 북에 남아 있을 리가 없다.

철영은 선화와 함께 다닌다는 조건 하에 자신을 자유롭게 놔주었다. 그만큼 선화를 믿는다는 얘기다. 그렇다면 혹시 선화에게 무슨 연락을 취하지 않았을까? 현준은 휴대폰을 들었다. 그러나 '지금은 전화를 받을 수 없다'는 멘트만 반복될 뿐이었다. 현준은 지하주차장을 향해 뛰었다. 아무래도 선화를 직접 만나야 할 것 같았다.

현준은 조계사 건너편 안가에 도착했다. 내부로 들어가니 동범이 컴퓨터 앞에 앉아 파일을 정리하고 있었다.

"선화는 어디 갔어?"

"글쎄요? 아까 일곱 시쯤 뭘 사러 나갔는데 여태 안 들어오네요."

"뭘 사러 갔는데?"

"민망해서 안 물었어요. 필요한 건 여기 다 있는데, 뭘 사겠어요? 아무래도 여성용품이겠다 싶어서……."

현준은 휴대폰을 들었다. 역시 불통이다. 하는 수없이 문자 메시지를 보냈다.

'어딨나? 문자 보는 즉시 연락 바람.'

왠지 기분이 찜찜했다.

2014. 4. 7. 강원도 정선

장작불에 비친 철영과 선화의 그림자가 폐광 갱도의 벽에 너울댔다. 둘은 마주앉은 채 손을 불에 쬐고 있었다. 4월인데도 밤공기는 꽤나 쌀쌀했다.

"여기 오니까 뭐 생각나는 거 없나?"

"자강도 전천군 탄광지구에서 훈련받을 때의 일 말입니까?"

"그래. 그때도 이 무렵이었지. 정말 추웠어. 4월인데도 눈보라가 날렸으니까."

잊으려야 잊을 수 없는 날이다. 그날 선화는 얼굴에 먹칠을 한 채 갱도 안에서 오들오들 떨고 있었다. 추워서도 그랬고, 방금 끝내고 온 훈련의 충격 때문에도 그랬다. 말이 훈련이지, 탈주한 죄수를 추적하여 척살하는 '사람 사냥'이었다. 그때 선화는 갱도 안에 피워 올린 장작불을 향해 미친 듯이 손을 비벼댔었다. 그렇게 해서 손에 묻은 피를 털기라도 하겠다는 듯.

"그때 넌 완전히 선머슴이었어."

철영이 말쑥하게 변해버린 선화를 보고 희미하게 웃었다.

"다 옛날 얘기예요."

"난 차라리 그때가 좋았던 것 같다."

철영의 목소리에는 힘이 빠져 있었다. 선화는 장작불 불빛에 일렁이는 철영의 얼굴이 생소했다. 에너지를 다 소진해버린 듯 축 늘어진 얼굴. 그 사이 주름도 꽤 늘었다.

선화는 문득 그의 나이를 헤아려보았다. 자신보다 열댓 살 많으니까 벌써 사십대 중반이다. 하지만 지금 그의 얼굴은 나이보다 훨씬 늙어 보인다.

"네가 호위총국 예비 딱지를 떼고 정예대원 신입신고를 하던 때가 생각난다. 겉으론 야무진 체하지만 속마음은 여리다는 걸, 난 단박에 알아봤어. 네 눈이 그걸 말해줬지."

선화는 작은 가지를 하나 주어 불 붙은 장작을 뒤적였다. 불똥이 공중으로 튀어 올랐다.

"넌 뭐든 시키는 대로 다 했다. 하지만 지독한 훈련이 있던 날이면 네가 막사 뒤편 구석에서 흐느끼곤 했다는 걸 난 알고 있었지. 그러는 널 보면서 내 마음 역시 조마조마했다. 저러다 윗사람 눈 밖에 나면 어쩌나 해서. 우리 같은 부류에게 결격사유란 곧 죽음을 의미했으니까."

장작을 뒤적이는 선화의 손놀림이 거칠어졌다. 공중으로 날아오르는 불똥의 수도 많아졌다.

"그런데 넌 어느 날부턴가 딴 사람처럼 변했어. 물론 난 그 이유를 알고 있었지. …… 이 말이 너무 늦었다는 건 알지만, 정말 미안하다."

철영은 선화의 눈에 언뜻 물기가 어린 것 같다고 생각했다. 그녀의 눈이 불빛을 따라 출렁거렸다.

"물론 나도 사방으로 애를 써보긴 했다. 하지만 막상 용성에 가보니, 치료 받아야 할 사람이 너무 많더군. 그래도 나는 네 동생 선우와 선영이, 그리고 모친을 큰 병원으로 옮겨달라고 특별히 부탁했다. 그랬더니 인민들 사이에 위화감을 조성하는 행위를 당장 그만 두라고 하더군. 인민재판 감이라면서. 결국 난 굴복하고 말았다. 비겁하게도 내 이력을 먼저 생각한 거야."

"저도 압니다, 중좌님이 애써 주셨다는 것. 전 중좌님을 야속하다고 생각한 적 없습니다."

선화의 목소리는 가늘게 떨렸다. 철영이 고개를 저었다.

"아니야, 내가 그때 좀 더 세게 나섰더라면 네 형제들은 아직 살아 있을지도 몰라."

"그만하십시오. 더 이상 생각하고 싶지 않습니다."

철영은 무의미하게 나뭇가지를 휘젓고 있는 선화를 보면서 한숨을 쉬었다.

"이젠 내 처지도 너랑 다를 게 없다. 나도 돌아갈 곳이 없어."

선화가 고개를 치켜들었다.

"비빌 언덕이 날아갔어, 지난번 쿠데타와 함께."

선화는 놀란 눈으로 철영의 입을 쳐다보았다. 철영이 잠시 침묵을 지키다가 중얼거렸다.

"난 죽는다."

"죽다뇨? 중좌님이 왜?"

"누가 죽이는 게 아니라, 내 스스로가 죽는 거야. 하지만 그냥 죽진 않는다. 최고 요원답게 죽을 거야."

선화는 얼른 대꾸할 말을 찾지 못했다.

"부산으로 갈 거다."

"부산이요?"

"벡스코. 거기서 정상회담이 열릴 거야. 아직 공표되진 않았지만 NSS에서 알아낸 거니까 틀림이 없어. 지난번엔 살아보려고 원격장치를 썼지만 이번엔 현장에서 물건을 지킬 거다. 놈들이 제거할 수 없도록."

"그럼 자살 테러?"

"테러가 아니라 의거지. 도철이네도 다 함께 할 거야. 물론 너도 간다. 널 이곳에 오자고 한 것도 그 때문이다."

선화는 벌떡 일어섰다. 그런 선화를 철영이 물끄러미 올려다보았다.

"왜? 아직 목숨에 미련이 남았나?"

"전 안 갑니다. 아니 못 갑니다."

철영은 피식 웃었다.

"넌 돌아갈 데가 없어. 이 세상엔 네가 뿌리를 박고 살아갈 데가 없다. 새겨들어라."

"내가 뭣 땜에 그런 식으로 죽어야하죠? 그 잘난 공화국을 위해?"

선화는 자기도 모르게 언젠가 현준이 했던 말을 흉내 내고 있었다. 그 사실을 깨닫는 순간, 그녀의 머릿속에 현준의 얼굴이 가득 차올랐다.

"앉아!"

철영이 예의 차가운 얼굴로 돌아가 명령했다. 그러나 선화는 움직이지 않았다.

"앉으라니까!"

선화는 다리에 힘이 빠지는 것을 느끼며 털썩 주저앉았다.

"이 바보야, 나도 공화국을 위해서 이러는 게 아냐!"

철영은 이를 갈며 소리쳤다.

"정상회담? 조국통일? 엿이나 먹으라고 해! 너나 나나 목숨을 걸고 싸웠는데, 공화국은 우릴 어떻게 대접했지? 너한테선 형제들을 빼앗아가고, 나한테는 반역도라는 딱지를 매겼어. 이건 복수야! 그 잘난 공화국의 주인 놈들을 지옥에 데려갈 거란 말이다! 알겠어?"

그때 휴대폰 벨소리가 가늘게 울리다가 꺼졌다. 멍하게 있던 선화는 정신을 추스르고 휴대폰을 꺼냈다. 현준의 번호가 찍혀 있었다. 휴대폰 수신감도 표시막대가 켜졌다 꺼졌다 했다. 굴속이라 수신이 되지 않는 모양이다.

선화는 얼른 굴 밖으로 나갔다. 다행히 표시막대가 두 개 떴다. 선화는 통화 버튼을 눌렀다. 신호가 가기 무섭게 현준이 전화를 받았다.

―거기 어디야?

선화는 뒤를 힐끗 돌아보았다. 그리고 휴대폰을 손으로 감싼 채 소리를 죽여 말했다.

"강원도예요."

―강원도 어디? 거긴 왜?

"사북 폐광지구요. 사정을 설명하자면 좀 길어요. 지금 중좌님과 같이 있어요."

"오라고 해!"

굴 안에서 철영의 목소리가 들렸다.

―박철영? 알았어. 지금 갈게.

"아니, 오지 마세요. 위험해요."

―선화! 이봐, 선화!

선화는 전화를 끊었다. 그리고 갱도 안으로 천천히 걸어 들어갔다. 그녀를 바라보는 철영의 얼굴에 묘한 미소가 걸려 있다.

"그놈인가?"

선화는 대답을 하지 않았다. 철영이 한쪽 입가를 허물며 쿡쿡거렸다.

"그놈 때문이었군. 상해에서도 이상하다 싶었는데……. 그놈에게 맛이 간 거야, 천하의 김선화가."

철영은 고개를 숙이고 어깨를 들먹거리며 웃어댔다. 실성한 사람 같앉다. 잠시 후, 웃음을 뚝 그친 철영이 고개를 들었다.
"잘됐어, 지옥에 데려갈 놈이 또 하나 생겼군!"

2014. 4. 8. 서울

전화가 끊긴 뒤, 현준은 부리나케 떠날 준비를 했다. 권총 두 자루를 챙겨 하나는 허리춤에 차고, 다른 하나는 호주머니에 넣었다. 그리고 발목에 단검을 맸다.

그때 휴대폰이 울렸다. 현준은 번호도 확인하지 않고 바로 귀에 갖다 댔다.

"선화?"

대답이 없다. 그제야 이상하다는 느낌이 들어 수신번호를 확인했다. 승희였다. 시간은 어느새 자정을 넘어서고 있었다.

―방금 누구 불렀어?

수화기를 타고 들려오는 승희의 목소리가 냉랭했다.

"어, 선화를 불렀지."

―김선화?

"응."

―그 여자를 왜 찾아? 지금 어딨는데?

"말하자면 얘기가 길어. 승희야, 나 지금 바로 가봐야 돼. 나중에 통화하자, 응?"

―잔말 말고 나와. 나 지금 종각 앞이야.

"나중에 보면 안 되겠니?"

─죽고 싶으면 알아서 해. 앞으로 5분 주겠어. 총알같이 튀어나와.

승희는 종각 앞에 서 있었다. 바지 주머니에 손을 꽂은 채. 숨이 턱에 차도록 뛰어온 현준의 팔을 잡고 승희는 뒷골목으로 들어갔다. 그녀의 숨결에서 알코올 냄새가 묻어났다.

자리에 앉아 주문을 하자마자 승희가 말했다.

"무슨 일인지 이실직고해."

"술 마셨니?"

"그래. 괴로워서 마셨다, 왜?"

"뭐가 괴로운데? 누구랑?"

"한 가지씩만 물어."

"누구랑 마셨니?"

"정인 언니."

"왜 괴로운데?"

"사연이 길어."

소주와 기본안주가 나왔다. 현준은 초조하게 손목시계를 내려다보았다. 승희가 인상을 썼다.

"한 번만 더 그러면 너 죽고 나 죽는다."

"알았어. 말해봐, 왜 괴로운지."

"술부터 따라."

현준은 승희의 잔을 채웠다.

"난 못 마셔. 운전할 거니까. 왜 괴로운지 얼른 말해봐."

"말하고 싶지 않아. 마음 상했어."

승희는 잔을 들어 한입에 들이켰다.

"김선화라는 이름이 현준 씨 입에서 나오는 이유가 뭐야?"

"사실은 김선화가 우릴 돕고 있었어. 그동안 안가에 있었지. 다음 테러의 방향을 알아내기 위해 박철영을 찾고 있었는데, 오늘 그자가 선화를 납치해갔어. 강원도로."

"김선화가 우릴 돕고 있었다고! 그 여잘 어떻게 믿지? 박철영이 김선화를 납치한 게 아니라 그냥 함께 간 거 아냐?"

"아냐, 김선화는 이미 우리 쪽으로 넘어왔어."

"그 여자가 그랬어? 우리 쪽으로 넘어오겠다고?"

"아니."

"그럼 현준 씨가 어떻게 알아? 프로파일링 한 거야?"

현준은 입을 다물었다.

"그게 아니면 뭐야? 남녀 간의 느낌으로 알았다 이거야?"

"승희야."

"가지 마!"

"승희야, 제발."

"가지 말라니까!"

현준이 정색을 했다. 그런 현준의 얼굴을 승희는 똑바로 쳐다보았다. 잠시 후, 승희의 눈에서 맑은 눈물이 떨어졌다.

"아까 미국 아빠한테서 전화가 왔었어. 나 좀 보재. 안 그래도 미국에 갈 일이 있다고 했더니, 집에 왔다 가래."

현준은 승희의 가족사에 대해 이미 알고 있었다. 현준은 안쓰러운 얼굴로 승희를 바라보았다.

"승우가 아프대, 많이."

승희는 거의 울부짖고 있었다. 현준은 손을 뻗어 승희의 뺨을 어루만졌다.

"울지 마, 승희야."

승희는 고개를 숙인 채 한참 동안 흐느꼈다. 그러다가 얼굴을 들어 눈물을 훔치고는 몇 번 심호흡을 했다.

"어디가 아프냐고 했더니, 누나를 찾으면서 경기를 일으켰다는 거야. 병원에 입원 중이래. 계속 나만 찾고 있대."

"승우는 괜찮을 거야. 가서 잘 달래줘. 그러면 될 거야."

승희는 빈 잔을 만지작거렸다. 시선을 내리깐 채 조용히 있던 승희가 잠시 후 천천히 입을 열었다.

"난 아빠 전화를 받는 날이면 하루 종일 기분이 엉망이야. 가슴이 덜컥 내려앉으면서 심장이 마구 뛰어."

"승우가 걱정돼서 그러는 거야."

"아니, 승우 때문이 아니라 아빠 때문에. 말은 직접 안하지만 나에게 뭔가를 강요하는 것 같거든."

현준은 말없이 승희의 잔에 술을 따라주었다. 승희는 이마를 가린 머리를 한쪽으로 쓸어 올렸다. 기분이 좀 가라앉았는지 목소리가 평온을 되찾았다.

"미안해, 현준 씨. 기분 엉망으로 만들어서."

"괜찮아. 너 기분 이럴 때 같이 있어주지 못해서 내가 오히려 미안해."

"미안할 거 없어. 나도 같이 가면 되니까."

현준은 놀란 눈으로 승희를 쳐다보았다.

"안 돼, 승희야. 위험한 일이야."

"현준 씨, 그거 알아? 위험한 일이란 핑계로 훌쩍 가버리고 나면 내가 또 얼마나 가슴이 아플지? 현준 씨가 없는 동안 난 살아도 사는 게 아니었어."

"승희야."

"싫어. 난 현준 씨를 두 번 다시 혼자 보내지 않을 거야."

"억지 쓰지 마. 박철영은 인정사정없는 킬러야. 지금 선화의 목숨이 위태로워. 거기 가면 너까지 위험질 수 있다구."

"김선화가 그렇게 소중해? 내 가슴이 찢어지든 말든?"

현준이 승희의 손목을 꽉 쥐었다.

"승희야, 잘 들어. 김선화가 소중한 사람인 건 맞아. 하지만 친구로서 소중한 거야. 만약 네가 그곳에 가서 너랑 김선화가 똑같이 위험에 처한다면, 난 그 친구를 버리게 될지도 몰라. 그래서 널 데려갈 수 없다는 거야."

승희는 눈물이 그렁한 눈으로 현준을 쳐다보았다.

"내가 지옥에 가 있대도 넌 날 믿어야 해. 지옥이든 어디든 난 절대로 살아 돌아올 거니까. 알았지?"

승희가 고개를 끄덕였다.

"나가자. 택시 태워줄게."

"아냐. 나 혼자 갈 거야."

"그럼, 나 먼저 간다."

현준은 일어서서 문을 향해 걸어갔다.

"현준 씨!"

현준이 발걸음을 멈추고 뒤를 돌아보았다.

"넌 내꺼야. 조심해!"

현준은 씩 웃었다.

2014. 4. 8. 정선

동이 텄다. 장작불도 조금씩 숨이 죽어가고 있다. 선화는 여전히 무릎에 얼굴을 파묻고 앉아 있었다. 철영은 손목시계를 보았다. 5시 반. 떠날 시간이다.

문득 선화가 고개를 들었다. 철영도 뭔가 소리를 들었다. 풀을 밟는 소리 같았다. 철영은 얼른 권총을 꺼내들었다. 순간, 선화의 얼굴이 굳어졌다.

철영은 구부린 자세로 조금씩 움직여, 갱도 입구 안쪽에 바짝 몸을 붙였다.

푸드득.

산새 한 마리가 날아올랐다. 철영은 깜짝 놀라 방아쇠를 당기려다말고 멈추었다. 동굴 밖은 여전히 어슴푸레했다. 사물을 분간할 수 있을 만큼 밝지가 않았다. 안개도 잔뜩 끼어 있었다. 이럴 때는 소리와 미세한 명암의 차이만으로 표적을 찾아내야 한다.

철영은 두 귀에 온 신경을 집중한 채 곁눈질로 정면을 응시했다. 약한 빛이나 움직임을 간파할 때는 주변시로 보는 것이 훨씬 효과적이다.

그때 철영의 시야에 뭔가가 잡혔다. 거무스름한 둥근 물체가 움직이고 있었다. 철영은 곁눈질로 표적을 가늠하다가 정면을 쳐다보았다. 흐르는 안개 속에서 그것은 움직인 것 같기도 하고 멈춰 있는 것 같기도 했다. 철영은 다시 곁눈질을 했다. 이번엔 분명히 움직였다! 철영은 표적을 향해 방아쇠를 당겼다.

타앙!

새벽 공기를 찢으며 총소리가 메아리쳤다. 철영은 표적이 있는 쪽을 바라보았다. 아직 그대로다. 이번에는 정면을 쳐다보고 방아쇠를 당겼다. 검은 물체에서 불꽃이 튀었다. 메아리가 또다시 귀청을 울렸다. 다시 보니 물체는 고정돼 있는 것처럼 보였다. 바위였다! 애꿎은 표적에 총질을 하느라 위치를 알려준 꼴이다. 철영은 기분이 언짢았다.

현준은 손목이 얼얼했다. 큼직한 바위를 방패삼아 포복해 오기를 잘했다. 그가 몸을 숨기고 있는 바위에 총탄이 부딪히는 순간, 마찰에 수반되는 냄새가 코를 간질였다. 잠시 그대로 있던 현준은 정면에서 아무런 반응이 없자 다시 갱도 쪽을 향해 슬금슬금 움직이기 시작했다. 갱도 안에는 희미한 주황빛이 감돌고 있었다.

갱도와의 거리가 어느 정도 좁혀지자 현준은 바위를 놓고 몸을 굴렸다. 그러자 바로 옆에서 불꽃이 튀면서 총성이 안개를 갈랐다. 현준은 구부린 자세로 갱도 측면을 향해 전속력으로 달렸다.

놈이다!

철영은 재빠른 동작으로 갱도 옆을 향해 뛰어가는 그림자를 포착했다. 철영의 입가에 회심의 미소가 걸렸다. 드디어 끝을 볼 때가 왔다. 철영은 망설임 없이 방아쇠를 당겼다.

하지만 그 순간 철영은 등이 뜨끔해지는 것을 느꼈다. 곧 이어 격렬한 통증이 허리를 타고 어깨 위로 솟구쳤다. 철영은 뒤를 돌아보았다.

선화의 손에서 권총이 부들부들 떨고 있었다. 철영의 눈이 확대되었다.

"선화, 너……."

철영의 몸이 뒤로 천천히 넘어갔다.

선화는 자신의 발목을 내려다보았다. 미처 추스르지 못한 양말 사이로 밴드가 보였다. 비상용 권총을 삽입하기 위한 밴드였다. 선화는 눈의 초점을 잃은 채 신음하는 철영을 안타까운 눈으로 쳐다보았다.

"죄송해요, 중좌님."

철영이 뭔가 말하려고 안간힘을 썼다.

"괘…… 괜찮……."

선화의 눈에서 눈물이 뚝뚝 떨어졌다. 철영이 마지막 숨을 몰아쉬며 말했다.

"미안하……다. 널, 널…… 사랑하는 게 아니었는……."

철영의 얼굴에서 피가 썰물처럼 빠져나갔다.

그림자 하나가 우두커니 서서 두 남녀의 마지막 이별을 지켜보고 있었다.

야비한 만남들

2014. 4. 9. 캘리포니아 주 로스앤젤레스

잠시 후면 L.A 국제공항이다. 하늘에서 내려다본 L.A 전경은 한국과 사뭇 달랐다. 지평선이 보이는 평지에 바둑판처럼 배열된 도로망, 그 사이사이로 높지 않은 건물들이 바둑알처럼 깔려 있다. 성냥갑을 세워놓은 듯 고층 아파트촌 일색인 서울 외곽과는 딴 판이다.

승희는 공항 택시를 타고 다운타운의 리츠칼튼 호텔로 향했다. 정보국 사무실이 아닌 이곳 로비의 카페에서 만날 것을 미국 측이 요구했기 때문이다. 베이지색 슈트 차림에 짙은 선글라스를 낀 승희는 좌우를 두리번거리며 가방에 든 휴대폰이 울리길 기다렸다. 로비에 도착하면 연락하기로 약속되어 있었다.

얼마 안 되어 휴대폰이 울렸다.

—우측으로 쭉 걸어오셔서 끝 좌석에 등을 보이고 앉아 있습니다.

여성의 목소리였다. 시키는 대로 걸어갔더니 금발머리 여자의 뒷모습이 보였다. 승희는 그녀의 맞은편 의자에 앉았다. 금발머리가 손을 내밀었다.

"소피아예요. 오시느라 수고했어요."

"최승희입니다. 이렇게 호텔 로비에서 보자고 하다니, 좀 의외군요."

"갈 데가 따로 있어요."

"그럼 공항에서 바로 이동하면 됐을 텐데, 왜?"

"죄송해요. 공항에선 움직이기가 좀 그래서. …… 나갈까요?"

승희는 소피아의 뒤를 따라 호텔을 나섰다. 키는 170센티미터 정도, 검은 슈트 차림의 소피아는 매우 육감적으로 보였다. 지나가는 사람들이 나란히 걸어가는 백인 여성과 동양인 여성을 호기심 어린 눈으로 흘낏거렸다.

"저 차에 타세요."

소피아가 가리키는 차를 보고 승희는 의아했다. 기다란 링컨 콘티넨탈 리무진이 그녀를 기다리고 있었다. V.I.P를 대접하는 것도 아닌데 너무 호들갑을 떠는 게 아닌가 하는 생각이 들었다.

뒷문을 열고 들어서려던 승희는 깜짝 놀랐다. 누군가 앉아 있었기 때문이다. 그가 고개를 돌려 승희를 마주 본 순간 승희는 경악했다.

"대디!"

"어서 타거라."

승희는 놀란 눈으로 엉거주춤 서 있었다.

"타시죠."

뒤에서 소피아가 말했다. 승희는 차 안으로 몸을 밀어 넣었다. 그녀가 차에 오르자 소피아는 얼른 문을 닫았다. 소피아가 조수석에 올라탐과 동시에 차가 출발했다.

"어떻게 된 거예요?"

브라운은 대답 대신 리모컨을 눌렀다. 앞좌석과의 사이에 칸막이가 내려졌다.

"인천에서 L.A.까지 몇 시간이나 걸리더냐? 서울에 가본 지가 하도 오래돼서."

"열 시간 정도 걸렸어요."

"음, 장시간 오느라 고생했다."

"그런데, 대디가 어떻게?"

브라운은 대답 대신 짙게 선팅된 차창 밖으로 시선을 돌렸다. 차는 어느 새 해변도로를 달리고 있었다. 짙푸른 태평양의 물결이 하얀 거품을 일으키며 해변으로 달려왔다.

한동안 침묵이 이어졌다. 승희는 어리벙벙했다. 미국 정보국 사람을 만나러 왔는데 브라운이 기다리고 있다니. 게다가 사무실이 아니라, 이렇게 한가한 풍경 속을 드라이브하고 있다니, 도무지 이해가 가지 않았다.

"사실 널 이곳에 오게 한 것은 나란다. 대사관 사람한테 특별히 부탁했어."

"예?"

"너, 우리 회사 이름은 알고 있지?"

브라운은 느닷없이 자신의 회사에 대해 물었다.

"인터내셔널 팬더 아닌가요?"

"맞다. 넌 그 회사가 무슨 일을 하는 덴지 아니?"

"아뇨. 마마에게 한 번 물어보긴 했죠. 마마는 전 세계를 대상으로 용역을 제공하는 회사라고 하셨어요. 하지만 그 용역의 내용이 뭔지는 잘 모르신다고……."

브라운은 고개를 끄덕였다. 그가 잠시 생각하다가 입을 열었다.

"이젠 네게 이야기할 때도 됐구나. 너도 이 바다 물을 먹을 만큼 먹었으니 이해할 수 있겠지. 내가 널 굳이 한국에 보낸 데는 그럴 만한 이유가 있었다."

승희는 침을 꼴깍 삼켰다. 브라운에게서 느꼈던 묘한 압박감이 베일을 벗으려는 순간이다. 승희의 손바닥이 촉촉이 젖어들었다.

"아빠 회사는 단순한 물건을 파는 상사商社가 아니야. 세계질서라는 아주 변덕스러운 물건을 파는 곳이지."

브라운은 '질서'라는 단어에 유독 힘을 주었다.

"질서만큼 변덕스럽고 깨지기 쉬운 물건도 없어. 간신히 잡아놓았다 싶으면 금세 어긋나버리니까."

승희는 브라운의 입에서 시선을 뗄 수 없었다. 하지만 브라운은 여전히 정면을 응시한 채 읊조리듯 말을 이었다.

"과거, 세계 질서가 어긋났을 때 엄청난 비극이 초래됐지. 두 차례의 세계 전쟁도 질서가 무너진 탓에 벌어진 일이야. 하지만 그런 게 인간의 본성인 걸 어쩌겠어. 기존의 질서를 허물고 싶은 본성, 그러다가 다시 질서를 회복하고 싶어 하는 본성. 그 두 가지 모순된 본성을 다 갖고 있는 게 인간인걸."

해변도로를 따라 남향하던 차는 엘 세군도를 지나 맨해튼 비치로 접어들었다. 차창 밖으로 펼쳐진 드넓은 백사장이 눈에 들어왔다. 4월인데도 벌써부터 비키니 차림으로 선탠을 하고 있는 사람들이 보였다. 하긴 오늘 바깥 기온이 높기는 했다. 20도를 훌쩍 넘어섰으니 평년보다 5~6도가 높은 셈이다. 이게 다 지구온난화 탓이다. 승희는 브라운의 심각한 이야기를 듣는 와중에 새삼스럽게 기후를 걱정하고 있는 자신이 우스웠다.

차 안의 무거운 분위기와 화창한 바깥 풍경은 전혀 어울리지 않았다. 승희는 느리게 내뱉는 브라운의 말투가 차츰 지겨워지기 시작했다. 베일이고 뭐고, 빨리 이 거북스러운 상황을 벗어나 저 밝은 태양 아래로 달려 나가고 싶었다. 그러나 브라운의 독백은 계속 이어졌다.

"그런 본성을 잘 조화시키는 것, 이게 우리 회사의 장사 철학이자 밑천이야. 큰 댐이 무너지는 것을 막으려면 곁가지로 나 있는 작은 둑을 터야 할 때가 있어. 마찬가지로 궁극적인 질서를 유지하려면 작은 질서는 허물 필요가 있단다."

지겨운 서설序說이 끝나가는군. 이제 곧 본론으로 들어갈 테지. 승희는 프로파일러의 경험으로 이를 예감했다.

"그런데 작은 둑들은 그렇게 생각하지를 않아. 마치 자신이 큰 댐인 양 착각을 하지. 큰 홍수가 나고 있는데도, 터지지 않으려고 버티는 거야. 그러면 어떻게 될까? 잘못하면 진짜 댐이 무너지고 말아. 그랬다간 인류에게 대재앙이 몰아닥치는 거지. 우린 그걸 막으려는 거란다."

"그 우리란 게 인터내셔널 팬더인가요?"

브라운이 희미하게 미소 지었다.

"팬더는 많은 회사 중에 하나일 뿐이야."

승희는 이미 짐작을 하고 있었다. 외부로 드러난 회사가 조직의 일각일 뿐이라는 것은 정보세계의 상식이다.

"대디는 언제부터 이 일을 했어요?"

"아주 오래됐다. 너를 만나기 훨씬 전부터."

승희의 머릿속에 처음 브라운을 만났던 날이 떠올랐다. 상냥해 보이는 40대 중반의 서양인. 비밀을 간직한 사람으로 보기엔 인상이 너무 밝았던 사람이다. 하지만 승희의 첫 느낌은 얼마 안 가 수정되었다. 기대와는 다른 몇몇 이미지, 뭔지 모르게 생경한 느낌 때문에 자신도 모르게 소스라쳤던 적도 한두 번이 아니다. 브라운은 웃을 때 입부터 크게 벌어졌다. 하지만 웃는 모습을 쳐다보고 있노라면, 그의 눈은 웃고 있지 않다는 것을 알 수 있었다.

지금 브라운은 어느덧 노년의 나이에 접어들었다. 금발이었던 머리카락도 어느 새 은발이 되었다. 하지만 홍조를 띤 양 볼과 날카로운 눈매만은 조금도 변하지 않았다.

"말해줄 수 있나요? 대디의 조직에 대해서."

"물론. 그 말을 하려고 널 부른 거니까."

승희의 가슴이 쿵쿵 뛰기 시작했다.

"아이리스라고 있다. 지구공화국을 움직이는 시크릿 캐비닛(secret cabinet : 비밀 내각). 중세 이래로 세계 질서를 관장해온 곳."

"아이리스, 아이리스……."

승희는 그 말을 작은 소리로 되뇌어 보았다. 거창한 조직에 어울리지 않는 이름이다. 게다가 자신이 가장 좋아하는 꽃의 이름이다!

"그러니까 인터내셔널 팬더는……."

"아이리스의 동아시아 파트. 팬더는 중국을 의미하는 거고."

"대디가 그 책임자구요?"

브라운은 고개를 저었다.

"아니, 우리에겐 책임자라는 말이 존재하지 않아. 수직 개념의 조직이 아니니까. 각자 주어진 역할로 연결되어 있을 뿐이지. 그래서 아이리스의 전모를 아는 사람은 이 지구상에 단 한 명도 없어."

"그럼 역할 분담은 누가 조정하죠?"

"조정 따윈 필요치 않아. 이런저런 작전이 필요하다 싶으면 연결선을 따라 전달하면 그만이야. 그러면 요구되는 역할에 맞는 현지 조직들이 나서게 되지."

"현지 조직은 누가 개발하구요?"

"우리가 하는 일 중에 개별 작전보다 더 중요한 게 있어. 리크루트지. 말하자면 세포분열이야. 수많은 모세포가 수많은 자세포를 만들어내고, 그 자세포는 모세포가 되어 또 다시 자세포들을 생산해내고. 그것을 통해 끊임없이 자기증식을 하는 거지. 리크루트한 자세포가 다른 사람을 리크루트할 정도의 모세포가 되는 것, 우린 그걸 아이리스가 꽃핀다고 말한다."

"백산 부국장과는 어떤 관계죠?"

"그 사람은 내가 리크루트한 사람이 아냐. 나와 대등한 역할을 가진 사람이지."

"그렇다면 나더러 그와 만나 이야기하라고 했던 이유가 뭐였죠?"

"오늘 이 수고를 덜자고 한 거였어. 하지만 그는 실패했어. 너한테 신뢰를 얻지 못했으니까."

"그래서 대디가 지금 날 리크루트하는 건가요?"

브라운은 고개를 끄덕였다. 승희는 입술을 깨물었다.

"내가 대디를 신뢰한다고 생각하세요?"

"아니. 네가 날 신뢰하든 아니든 상관이 없어. 난 널 아이리스 멤버로 찍었고, 넌 아이리스 멤버가 될 수밖에 없어."

"누구 맘대로요!"

승희가 목청을 높였다.

"널 만난 건 행운이었다. 아주 영특한 아이였으니까. 20년만 키우면

훌륭한 아이리스가 될 수 있다고 생각했지. 한반도라는 작은 둑을 텄다 메웠다 할 아이리스."

"웃기지 마세요. 난 한반도가 작은 둑이라고는 절대로 생각하지 않으니까."

브라운의 눈이 휘둥그레졌다.

"호오! 승희 너도 그새 애국심이란 걸 갖게 된 거야? 의왼걸?"

"당연하죠. 난 한국 사람이에요."

"널 고아로 자라도록 내버려둔 나란데도?"

"아무리 그래도 내 핏줄이에요. 내가 사랑하는 사람의 나라기도 하고."

"김현준이란 친구? 사랑 때문에 애국심을 갖게 된 거다?"

승희는 비웃듯이 말하는 브라운을 노려보았다. 브라운은 어처구니 없다는 듯 실소를 터뜨리더니, 이내 정색을 하고 말했다.

"네가 정에 약한 아이란 건 알고 있다. 결국 넌 그것 때문에 아이리스 멤버가 될 수밖에 없고."

승희가 무슨 뜻이냐는 듯 두 눈을 크게 떴다. 브라운은 좌석에 등을 파묻으며 고개를 창밖으로 돌렸다.

"널 만나러 간다고 했더니, 승우가 울고불고 난리더라. 자기도 가겠다고."

"이 비열한……."

"잘 생각해. 승우를 다시 보고 싶으면."

"대체 승우를 어떻게 할 셈이죠?"

"물론 잘 돌볼 거야."

승희의 얼굴이 하애졌다.

"승우 어딨어요? 당장 만나야겠어요."

"천식 기가 있어서 플로리다에 보냈다. 잘 돌봐줄 사람도 딸려 보냈으니까 안심해."

"플로리다 어디요? 어디냐구요?"

브라운은 대답하지 않았다. 잠시 후, 그가 승희를 향해 몸을 돌렸다.

"이번 일이 끝나면 승우를 만나게 해주지. 우선 백산을 만나라. 그는 용도 폐기야. 그리고 나서 또 한 가지 미션을 끝내면 너를 놓아주마."

승희는 이를 악물었다. 그동안 가슴을 짓눌러오던 불안감이 마침내 정체를 드러내는 순간이었다.

2014. 4. 11. 서울

특별취조실에 들어온 지 6일째. 백산은 여전히 묵비권을 행사했다. 상현과 준묵, 그밖의 다른 간부들이 번갈아가며 그를 취조했지만 원하는 대답은 얻어내지 못했다.

백산이 수감된 특별취조실은 완전무장한 두 명의 보안요원이 철저히 감시하고 있었다. 허가받지 않은 자들은 절대 출입금지였다. 특히 김현준은 아예 출입구 부근에도 발을 들여놓을 수가 없었다. 황준묵이 특별 지시를 내렸기 때문이다.

보안요원이 앞에서 걸어오는 여자를 보고 목례를 보냈다. 최승희였다. 승희가 그들을 향해 가볍게 미소 지으며 말했다.

"수고 많으십니다. 별 일 없지요?"

보안요원은 뒤를 돌아 문의 격자창 너머로 취조실을 살짝 들여다보고 대답했다.

"예. 잘 있습니다. 지금은 누워 있나 본데요?"

"나 좀 들어갈게요."

보안요원이 문을 따주었다.

백산은 취조실 한구석에 놓인 침대에 누워 있었다. 문이 열리고 사람이 들어오는데도 미동도 하지 않았다. 승희도 묵묵히 그 자리에 서 있었다. 백산은 상대가 아무 말이 없자 실눈을 뜨고 옆을 쳐다보았다. 그러고는 천천히 몸을 일으켰다.

"최 팀장, 오랜만이군. 미국엔 갔다 왔나?"

"예."

"그 양반은 잘 계시던가? 환갑이 훨씬 넘었을 텐데, 여전히 건강하시고?"

승희는 가볍게 고개를 끄덕였다.

"그래 무슨 말을 하던가?"

"부국장님 안부 전하랬어요."

"나야 별일 있을 턱이 있나? 모처럼 아무 일 않고 쉬고 있으려니 이런 휴가도 따로 없다 싶구만. 자, 취조하러 왔을 텐데 물을 게 있으면 어서 말해보게."

백산은 테이블 위에 있는 토크백과 취조실 구석 천장에 매달린 CCTV를 힐끗 쳐다보았다.

"그러죠. 진사우가 지금 어디 있는지 말해요."

"몰라."

"기폭장치를 보관하게 된 경위는?"

"그건 말할 수 없어. 탑 시크리트니까."

"그 기폭장치로 뭘 하려 했던 거죠?"

"그냥 보관해뒀던 거야."

"서울광장 테러가 있을 줄 알고 있었죠?"

"아니."

"그런 식으로 성의 없게 대답하려면 아예 묵비권을 행사하시지 그래요?"

"이게 내 식으로 묵비권을 행사하는 거야."

"다음 목표는 뭐죠?"

"목표라니? 누가, 무슨 목표?"

"정말 이러실 거예요? 정상회담이 코앞에 다가왔는데?"

승희는 책상을 쾅 쳤다. 그러면서 토크백을 살짝 건드렸다.

취조실 상황을 체크하고 있던 모니터 요원이 옆 동료에게 말했다.

"어? 토크백이 꺼졌네?"

그러나 화면에 나타난 취조실 풍경은 별 이상이 없어 보였다. 최 팀장이 백산을 향해 삿대질을 하며 추궁하고 있었다.

"책상을 치는 바람에 꺼졌나? 살리러 갈까?"

"놔둬. 최 팀장이 나간 뒤에 하지, 뭐."

"부국장님, 아이리스에서 전하라고 했습니다."

백산은 승희의 입에서 '아이리스'라는 단어가 튀어나오자 잠시 긴장했다. 그러나 CCTV를 의식하고는 곧 표정을 바꿨다.

"무슨 내용인가?"

"그동안 수고하셨다고 했습니다."

백산은 그 말이 무슨 뜻인지 알았다. 망명을 요청하는 게 아무래도 무리라고 판단한 모양이다. 그렇다면 선택지는 이제 하나밖에 없다.

"어떤 식으로 하겠다는 건가?"

승희가 등을 CCTV 방향으로 돌리며 손을 살짝 내밀었다. 그녀의 손가락 사이에 알약이 하나 끼워져 있었다.

"혈압약입니다."

백산은 눈을 껌벅이다가 얼른 약을 받았다. 그러곤 앞 호주머니에 집어넣었다.

"30년의 끝이 이거로군."

그가 허탈하게 말했다.

"하긴 너무 오래 일했어. 진즉 은퇴했어야 하는 건데."

백산을 내려다보는 승희의 눈에는 아무 표정이 없었다. 백산은 앞에 서 있는 승희가 예전의 승희가 아니란 것을 눈치 챘다.

"자네도 이제 아이리스가 다 되었군."

승희는 대답하지 않았다.

"김현준이하고는 잘 돼가나?"

승희는 여전히 묵묵부답이다. 백산이 피식 웃었다.

"그놈을 만만하게 본 게 내 최대의 실책이었어."

"나가봐야겠어요."

"그래야겠지. 조만간 사우를 만나면 전하게. 키워주겠다는 약속 지키지 못해 미안하다고."

승희는 눈으로 인사를 하고 뒤돌아섰다. 백산은 초점 없는 눈으로 승희의 뒷모습을 바라보았다.

2014. 4. 12. 서울

황준묵은 사색이 되었다. 그의 앞에 서 있는 취조실 김성칠 팀장은 몸 둘 바를 모른 채 허둥거렸다. 준묵이 김성칠을 노려보았다.

"다시 한 번 말해봐. 뭐가 어떻게 됐다고?"

"부국장이 고혈압으로 쓰러지는 바람에 급히 응급실로 이송됐습니다."

"너, 건강 체크 제대로 한 거야?"

"예. 아침, 점심, 저녁, 하루에 세 번씩 틀림없이 했습니다. 혈압도 재고, 체온도 재고, 심장박동도 체크했는데."

"그런데 혈압이 높은 걸 몰랐다?"

"점심때만 해도 아무 이상이 없었습니다. 근데 점심을 들고 나서 한 시간 있다가……."

이때 황준묵의 책상 위 전화가 요란하게 울렸다. 준묵은 전화기에 뜬 번호를 확인하고 거칠게 수화기를 집어 들었다.

"어떻게 됐어? …… 뭐야? 죽었다고? …… 알았다. 앰뷸런스 다시 이리로 끌고 와. 부검은 여기서 한다. 알았지?"

준묵은 수화기를 쾅 내려놓았다.

2014. 4. 14. 서울

회의실에 앉은 사람들 모두가 침통한 표정이었다. 철영의 죽음으로 테러범들이 부산을 목표로 하고 있다는 사실이 밝혀졌다. 하지만 테러범들의 종적은 묘연하고, 그들의 행방을 말해줄 백산 부국장은 원인을 알 수 없는 고혈압으로 사망했다. 오현규에 따르면 혈압이 정상인 사람도 극도의 스트레스에 시달리다 보면 급성 고혈압으로 혈관이 터질 수 있다고 했다.

무엇보다도 큰 문제는 보름 앞으로 다가온 정상회담이었다. 그 안에 테러범들을 찾아내야 했다. 아직 기폭장치를 회수하지 못 했다는 것도 큰 문제였다. 만일 그것이 또 다른 우라늄 구체와 연결되기라도 한다면, 상상하기도 끔찍한 일이 벌어질 판국이다.

지금 준묵이 할 수 있는 일이라곤 부하들에게 호통을 치는 일뿐이었다.

"니들 지금 뭐 하고 있는 거야? 테러범들이 이 땅에 엄연히 숨어 있는데, 단서 하나 못 찾고 있다는 게 말이 돼?"

회의 참석자들은 잔뜩 주눅이 들어 고개를 숙이거나 딴 데를 쳐다보았다. 그때 태성이 슬며시 손을 들었다.

"저, 이런 게 하나 있었습니다. 대니얼 부시라고, 왜 지난번에 NSS에 왔던 미 핵안전보장국 사람 말입니다. 우연히 그 사람 출입국을 확인해봤는데, 아직 출국하지 않았습니다."

"그게 어쨌다고? 어디 처박혀 관광이나 하고 있겠지, 뭐."

황준묵은 쓸데없는 소리 한다는 투로 태성을 노려보았다.

"아니, 좀 이상하긴 한데요? 관광할 때가 따로 있지, 휴가도 아니고 공무로 온 사람이 2주일씩이나 한국에 체류하고 있다는 게 좀 그렇지 않나요?"

현준이 말했다. 그러자 태성이 얼른 덧붙였다.

"그래서 미 대사관 쪽에 연락해봤습니다. 그랬더니 대사관에서 한국에 파견한 핵안전보장국 사람은 대니얼 부시(Daniel Bush)가 아니라 대니얼 보쉬(Daniel Bosch)라고 하더라고요. 혼혈이 아니라 독일계 미국인, 그러니까 순수 백인이랍니다."

좌중의 시선이 일제히 태성에게 꽂혔다.

"그런 일이 있으면 진즉 말할 것이지, 왜 인제 보고해?"

준묵이 소리를 질렀다.

"저도 오늘 아침에서야 알았는데요?"

"어쩐지 이상하더라. 제거한 핵을 가져가기로 약속했다는 둥 헛소리를 지껄이고. 태성, 그 놈 얼른 추적해. 전 요원들에게 몽타주 돌리고. 혼혈이니까 생각보다 쉽게 망에 걸려들지 몰라."

준묵이 현준을 가리키며 말했다.

"그리고 김 팀장이 H팀에 요원을 보충해달라고 요구했네. 다른 사람 같으면 직권으로 가부를 결정했을 건데, 이건 좀 사안이 미묘해서 말이야. 김 팀장, 자네 의견을 말해봐."

현준은 승희를 흘낏 쳐다본 다음 입을 열었다.

"지금 태성이 말한 것까지 합치면, 현재 테러범으로 추정할 수 있는 자들은 박철영의 잔존세력인 강도철 일당, 진사우와 그를 탈주시킨 사람들, 그리고 대니얼과 플러스알파로 볼 수 있습니다. 그중에서 기폭장치는 지난번 CCTV로 확인했듯이 강도철 일당이 가지고 있을 것으로 보입니다. 무엇보다도 이들을 잡아내는 게 급선무입니다. 그런데 이들을 잡는 데 큰 도움을 줄 사람이 있습니다. 박철영 일당과 연결돼 있었던 사람입니다. 김선화, 전 북한 호위총국 요원입니다."

좌중이 술렁거렸다. 누군가 손을 들고 말했다.

"아무리 그래도, 북한 요원이었던 사람을 핵심 업무에 참여시켜서야 되겠습니까? 우리 사람들도 못 믿는 판에."

"박철영을 잡은 사람입니다. 테러범이 부산을 노리고 있다는 결정적인 단서도 제공했고요."

"프로파일링은 해봤습니까?"

다른 간부 하나가 물었다. 현준은 승희를 힐끗 쳐다보았다. 승희는 묘한 눈빛으로 현준을 주시하고 있었다. 현준이 단호하게 말했다.

"예. 했습니다."

"결과가 어떻든가요?"

"북한에 대해 염증은 갖고 있지만, 그렇다고 박철영처럼 북한을 적대시하거나 하지는 않아요. 박철영이 정상회담을 무산시키기 위해 테러를 하려는 데 대해 반대했고, 그것이 먹히지 않자 급기야 그를 사살했죠. 그것 말고도 많은 시간 그와 함께 하면서, 신뢰할 만한 사람이라는 확신이 섰습니다. 물론 이런 채용이 파격적이란 건 알지만, 날 믿어주고 일을 맡겼으면 합니다."

참석자들은 여전히 긴가민가한 표정으로 서로를 쳐다보며 술렁거렸다. 잠시 후, 준묵이 테이블을 탁탁 두드리며 말했다.

"됐어. 지금은 만에 하나라도 가능성이 있으면 잡고 늘어져야 할 때야. 어쩌면 놈들이 먼저 김선화한테 연락을 취할지도 모르니까, 그걸 이용해보자. 김 팀장, 자네 뜻대로 하게. 대신 철저히 관리하고."

"예, 알겠습니다."

복도를 걸어가는 현준의 팔꿈치를 승희가 살짝 꼬집었다.

"나 좀 봐."

승희는 고갯짓을 하고 비상계단을 올랐다. 현준이 따라 오자 승희가 눈을 흘기며 물었다.

"뭐, 프로파일링 했다고? 어떻게?"

"그냥 그렇다는 얘기지, 뭐. 안 그랬으면 황실장도 그렇고 다른 사람들이 내 말 들어주겠어?"

"내가 현준 씨한테 한 식으로 한 거야?"

"무슨 뜻이야?"

현준은 어리둥절했다. 하지만 이내 그 말뜻을 알아차리고 씩 웃었다.

"그럴 리가. 난 여배우를 하나만 키우거든?"

현준이 팔을 뻗어 승희를 안으려 했다. 그러자 승희가 몸을 빼며 CCTV를 가리켰다. 무안해진 현준은 괜스레 손을 탁탁 털었다.

"그리고 뭐? 많은 시간을 함께 했다고? 그 많은 시간 동안 도대체 뭐 하며 지냈는데?"

"같이 밥 먹고, 같이 도망 다녔지. 늘 우리 여배우 생각만 하면서."

"좋아. 하지만 조심해. 조금이라도 수상한 짓했다간 나한테 죽는 줄 알아"

"알았어. 그런데 말이야, 지난번 미국 갔던 일은 어떻게 됐어?"

승희의 표정이 금세 어두워졌다.

"왜, 승우에게 무슨 일 있어?"

승희는 고개를 저었다.

"아니. 나중에 이야기할게. 이번 일이 다 끝난 다음에."

현준은 굳은 표정으로 승희의 얼굴을 들여다보았다.

2014. 4. 15. 서울

"와, 어제 회의 시간에 보니까, 태성이 오빠 놀랍던데? 정말 멋지더라. 어떻게 그런 조사를 다 했어?"

"기본이지 인마. 내가 괜히 프로냐? 예리한 나의 후각은 절대 잠들지 않는다."

"피!"

미정이 입을 삐죽 내밀었다.

"사실은 아니꼬워서 그랬어. 기껏해야 기술 요원으로 온 놈이 이유가 뭐니 기술이 어떠니 으스대는 게 영 기분 더럽더라고. 그래서 밑져야 본전이라 생각하고 물어봤지."

"암튼 오랜만에 한 건 올린 거 축하해. 오빠가 칭찬 들으니까 나도 덩달아 좋던데?"

"그러엄. 우리가 남이냐? 바늘하고 실 사이인데."

"저거 봐라, 조금만 세워주면 막 나가요. 누가 들음 오해하겠다."

미정은 정말로 누구 들은 사람이 없는지 주변을 살피다 말고 상현의 책상이 있는 쪽을 한참 쳐다보았다. 상현은 졸기라도 하는지 고개를 푹 숙이고 있었다.

미정이 소리를 죽여 말했다.

"근데, 박 실장님 요즘 이상한 것 같지 않아? 통 말씀도 없으시고, 회의 때도 별로 나서지 않고. 그리고 가만히 보면 옷이며 머리 모양이며 좀 그래. 꼭 홀아비 같다니까."

"글쎄? 옷 같은 건 모르겠고, 기운이 없어 보이는 건 사실이야. 집에 무슨 일 있나?"

"사우 선배 땜에 그런 건가? 절친한 학교 선후배 사이라며."

태성은 말없이 고개를 갸우뚱거렸다.

"아무리 후배라지만 테러에 동조한 사람 때문에 저 정도로 갈등하다니, 이건 프로의 자세가 아닌데?"

"어유, 자기가 언제부터 프로였다고 계속 프로 타령이래?"

미정이 타박했다.

"아냐, 감이긴 한데, 진 선배 때문에 저런 거 같지는 않아. 진 선배가 잡힌 건 지난달 말인데, 박 실장님이 저러는 건 일주일 정도밖에 안 됐잖아?"

"하긴 그래. 내가 보기에도 요 일주일 사이에 사람이 완전히 변한 거 같아."

"미정아, 뭔 일인지 모르지만 네가 한 번 살펴보고 챙겨드려라. 좋은 분이잖냐?"

"알았어."

상현은 아파트 현관문을 열고 한참 동안 그대로 서 있었다. 불이 꺼진 거실에서는 사람의 온기가 느껴지지 않는다. 금방이라도 "아빠!" 하면서 다섯 살배기 시우가 달려와 안길 것만 같다. 하지만 쥐 죽은 듯 적막한 거실에는 아무도 없다.

상현은 비칠거리며 들어와 외투를 아무렇게나 던져놓고 소파에 털썩 몸을 파묻었다. 한 손으로 가만히 목을 쓰다듬었다. 목에 힘줄이 불거졌다. 상현은 무릎 위에 팔을 괴고, 두 손으로 머리를 감쌌다. 그렇게 비몽사몽한 상태에서 그는 시간이 가는 줄 모르고 앉아 있었다.

갑자기 아직도 젖살이 다 빠지지 않은 시우의 통통한 볼이 뺨에 느겨졌다. 열 살 난 딸 서린이의 까르르 웃음소리도 들렸다. 아내가 부드럽게 미소 지으며 그의 어깨를 흔들었다.
―여보, 피곤해요?
상현은 소스라치게 놀라며 고개를 획 들었다. 하지만 컴컴한 거실 안은 여전히 조용했다. 잠깐 졸았나 보다. 그러고 보니 요 며칠 사이 제대로 자본 적이 없다. 잠시 눈을 붙인다 싶으면 아내와 서린이, 시우가 나타나 잠을 깨우곤 했다.
상현은 휴대폰을 꺼내 탁자 위에 올려놓았다. 전화가 올 시간이다. 그는 이 시간이 두려웠다. 그러나 한편으로는 아이들의 소식을 확인할 수 있는 이 시간이 하루 종일 기다려졌다.
벨이 울렸다. 상현은 '발신자표시제한'이라는 액정을 확인하고 폴더를 열었다.
"식구들은 무사합니까?"
얼음장처럼 차가운 대답이 돌아왔다.
―물론. 난 약속을 지킵니다. 오늘이 D 마이너스 15일, 당신이 알려준 시간과 장소는 우리가 늘 체크하고 있소.
"안사람 좀 바꿔주세요."
―처음에 말한 대로 목소리를 들을 수 있는 시간은 일주일에 한 번 뿐이오. 어제 들려줬으니 오늘은 안 됩니다.
"……"
―오늘 상황은? 새로 계획이 잡힌 게 있소?
상현은 대답을 망설였다. 수화기 속의 목소리가 조금 빨라졌다.
―시간 없으니 빨리 말해요. 늘 이런 식으로 대답을 재촉하게 한다면 재미없습니다.

상현은 어쩔 수 없이 입을 열었다.

"오늘부로 H팀에 한 사람이 추가됐어요."

—누굽니까, 그가?

"김선화."

잠시 동안 수화기에선 아무 소리가 나지 않았다.

—그랬군. 이만 끊겠소.

전화는 야박하게 끊어졌다.

상현의 머릿속에 4월 5일, 그러니까 백산이 체포되던 날의 기억이 주마등처럼 스치고 지나갔다. 그날 밤 퇴근을 포기하고 정신없이 움직이는데 전화가 왔다. 누군가 아내와 아이들을 잠시 보호하고 있겠다는 거였다. 상현은 처음엔 장난전화인 줄 알았다. 그러나 집에 전화를 해도, 아내의 휴대폰을 눌러도 받지 않았다. 급히 집으로 돌아간 상현은 거실 탁자 위에 놓인 메모를 보았다.

'부인과 서린, 시우는 우리가 잠시 보호하겠음. 매일 밤 9시 휴대폰으로 연락할 예정이니 반드시 받기 바람.'

그리고 다음날 밤 9시, 휴대폰이 울렸다. 그들이 바꿔준 송화기에서 아내의 목소리와 울먹이는 서린의 목소리, 그리고 아무것도 모르고 '아빠'를 불러대는 시우의 목소리가 들려왔다. 그때부터 악몽이 시작되었다. 그날 상현은 벡스코와 '5월 1일'이라는 시간을 알려줄 수밖에 없었다. 하긴 언젠가 공개될 시간과 장소다. 상현은 시간을 벌기로 했다. 하지만 그들은 매일 매일 새로운 사실을 원했다. 만일 가족의 납치 사실을 발설하거나 잘못된 정보를 주면 하나씩 죽여서 소포로 보내겠다고 협박해왔다. 상현은 결국 굴복하고 말았다. 그리고 오늘, 김선화가 채용되었다는 사실을 알려준 것이다.

2014. 4. 16. 서울

상현은 푸석푸석한 얼굴로 출근을 했다. 힘들게 복도를 걷고 있는데, 맞은편에서 현준이 걸어왔다.

"안녕하세요, 실장님!"

씩씩한 목소리다. 상현은 새삼스런 눈으로 현준을 보았다. 현준이 빙긋 웃었다. 언제 보아도 힘이 있고 든든해 보이는 얼굴. 상현은 가벼운 눈인사로 답례하고는 자신의 자리로 걸어갔다.

책상 위에 못 보던 꽃병이 놓여 있었다. 여러 송이의 빨간 장미들 가운데에 노란 장미가 한 송이 꽂혀 있다. 꽃 사이로 메모지가 하나 보였다.

'실장님, 힘내세요. 미정.'

상현은 고개를 들어 미정이 있는 쪽을 쳐다보았다. 미정이 그를 향해 환하게 웃고 있다. 상현도 미소를 보냈다.

상현은 의자에 앉았다. 아무 생각 없이 마우스를 클릭하고 인터넷을 열었다. 그리고 키보드를 두드려 '노란 장미'를 쳤다. 몇 개의 블로그에 '희망'이라는 단어가 따라 붙어 나왔다. 희망. 희망……. 상현은 속으로 그 단어를 몇 번이고 되뇌어 보았다.

희망!

마치 처음 보는 단어처럼 '희망'이란 말이 그의 가슴속에 들어왔다. 상현은 벌떡 일어섰다. 그리고 현준이 있는 곳으로 성큼성큼 걸어갔다.

"미정, 박 실장님 휴대폰 통화내역 조회하고 발신지 추적해."

현준은 상현으로부터 이야기를 들은 즉시, 상황실로 돌아와 미정에게 지시했다. 미정은 의아한 눈으로 쳐다보았지만, 현준의 심각한 표정을 보고는 곧 일에 착수했다. 박 실장에게 뭔가 일이 생겼음에 틀림없었다.

잠시 후, 미정의 모니터에 수많은 번호들과 통화시간이 주르륵 떴다. 현준은 밤 9시에 통화된 '발신자표시제한'을 손가락으로 가리켰다.

"이거. 이 전화 발신지 추적해."

다시 미정의 빠른 손놀림이 펼쳐졌다. 모니터에 지도가 떴다. 파주시 맥금동 부근에서 빨간 삼각 표시 두 개가 반짝거렸다.

"4월 5일은 여기, 6일과 7일은 다른 데, 그리고 8일 이후로 다시 첫날 전화한 곳이 찍히는데요."

현준은 급히 무전기를 켰다.

"H팀 오늘 출동한다. 전원 무장하고 지하주차장에 대기해."

2014. 4. 16. 파주

목표 지점 500미터 앞에 승합차를 세운 H팀 대원들은 차에서 그대로 대기했다. 지금은 오전 11시, 어두워질 때까지 9시간이 남았다.

현준은 지도를 펴고 목표 지점을 중심으로 4개의 점을 찍은 뒤 A, B, C, D라고 표시했다.

"알파(A) 지점은 강태와 민수, 브라보(B)는 준호와 일우, 찰리(C)는 동범과 강석, 그리고 델타(D)는 나와 선화가 맡는다. 무전기 신호넘버는 순서대로 1, 2, 3, 4. 작전시간은 해가 완전히 진 20시 00분으로 잡는다. 모두들 마을청년으로 변장하고 각 지점에서 대기해. 상황 잘 살피고, 이상 징후 있을 때는 즉시 보고하고."

"예."

"자, 앞으로 9시간 남았으니까 좀 지루할 거야. 하지만 어떤 놈이 들어오고 나가는지 꼼꼼히 체크할 필요가 있어. 그전에 나가는 놈이 있더라도 덥석 잡지 마. 오늘의 목표는 인질 구출이니까, 인질 이동이 있을 때까지는 철저히 기다려야 해. 그리고 한꺼번에 들어가지 않고 순차적으로 접근한다. 찰리, 브라보, 알파, 델타 순이다. 알파는 찰리와 브라보의 수신호를 보고 접근하도록. 정면이니까 몸을 최대한 잔뜩 낮추고. 알겠지?"

모두 고개를 끄덕였다. 현준이 선화를 쳐다보며 말했다.

"선화, 옷 갈아입을 거니까 잠시 나가 있을래?"

선화는 고개를 끄덕이고 밖으로 나갔다.

"속에다 방탄 재킷 걸쳐."

다들 개성 있는 옷들로 갈아입었다. 현준이 동범에게 한마디 했다.

"야, 아무리 그래도 그 꼴이 뭐냐? 날라리같이."

아닌 게 아니라, 동범의 옷엔 울긋불긋 화려한 꽃무늬가 그려져 있었다. 다른 사람들도 그를 보며 킥킥거렸다.

"제가 야간 알바 좀 뛰거든요. 굿나잇 룸살롱에 오시면 잊지 마시고 '꽃제비'를 찾아주세요."

엉덩이를 슬슬 돌리며 동범이 말했다.

"너무 튀는 거 아냐?"

강태가 나무랐다.

"이렇게 무스도 좀 발라주고 침 좀 뱉어주면 완벽한 트랜스포머 아닌가요? 눈에야 띄겠지만 설마 지들 잡으러 왔다고 의심하겠어요?"

동범이 항변하자 현준이 웃었다.

"좋아, 맘에 들었어. 밀어붙여. …… 자, 변장 끝났으면 나가들 봐."

두 명씩 차례로 빠져나가자 선화가 들어왔다. 이번에는 현준이 나가 있을 차례였다.

야산 기슭, 외따로 떨어져 있는 양옥집은 해가 질 때까지 한 사람도 밖으로 나오지 않았다. 물론 들어가는 사람도 없었다.

8시가 되자 사위는 완전히 어두워졌다. 보름이 지난 지 이틀밖에 안 되었는데 달그림자조차 보이지 않았다. 짙게 드리운 구름 탓이다. 알파가 정면, 브라보는 우측, 찰리는 좌측, 그리고 현준의 델타는 뒤쪽, 즉 야산 윗부분에 위치하고 있었다. 현준은 아래가 보이는 지점에 서서 무전기로 신호를 보냈다.

"찰리 움직이고, 브라보 움직여. 됐어. 그 다음 알파."

세 팀이 집 벽에 바짝 붙은 것을 확인한 현준은 옆의 선화에게 눈짓했다. 곧 두 사람도 집 뒤쪽 벽에 붙었다. 현준은 잠시 웅크린 채 있다가 뒷벽에 난 조그만 창으로 안을 들여다보려고 몸을 일으켰다. 그때, 바로 그 방에 불이 들어왔다. 현준은 잽싸게 몸을 숙였다. 물소리가 들렸다. 욕실인 모양이다.

현준은 그가 일을 보고 나갈 때까지 기다렸다. 잠시 후 불을 켜둔 채로 문이 열리고 닫히는 소리가 났다. 현준은 슬그머니 일어서서 안을 보았다. 아무도 없었다.

창문은 반쯤 열려 있었다. 현준은 방충망을 소리 나지 않게 떼어내고 창을 넘어 안으로 들어갔다. 이어서 선화도 들어왔다. 그리고 문 옆에 바짝 붙어 섰다. 거실에서 소리가 났다. 시끄러운 TV 소리에 섞여 아이가 칭얼거리는 게 들렸다.

"엄마, 쉬 마려."

그러자 한 사내가 말했다.

"방금 쌌잖아. 이놈이 답답해서 꾀를 부리네?"

소녀의 목소리도 들렸다.

"아저씨, 우리 동생 쉬 마렵대요."

이번에는 다른 사내의 목소리가 들렸다.

"에이 귀찮은 것들. 알았어, 저 장면 끝나면 풀어줄게."

더 이상 다른 목소리는 들리지 않는다. 거실에 두 명 있다는 얘기다. 현준이 선화를 향해 손가락을 두 개 펴 보였다.

브라보 조의 준호는 오른쪽 방의 창문에 귀를 댔다. 코 고는 소리 외에는 특별한 소리가 들리지 않는다. 준호가 목소리를 낮춰 상황을 보고했다.

"브라보 하나."

찰리 조가 음탐을 시도한 방에서는 아무런 인기척도 느껴지지 않았다. 동범이 보고했다.

"찰리 제로."

현관문 양쪽에 선 강태와 민수는 신호가 떨어지기를 기다리고 있었다.

야산 꼭대기의 나무 그림자 뒤에서 한 사내가 천천히 모습을 드러냈다. 그는 어둠 속에서 진행되고 있는 일을 보려고 눈썹에 힘을 주었다. 그러나 육안으로는 식별이 되지 않았다.

사내는 적외선 고글을 썼다. 집 둘레에는 아무도 없다. 이미 안으로 들어갔겠지. 사내는 저격용 라이플을 꺼내 쪼그려 앉은 자세로 겨냥을

했다. 총을 좌우를 돌리다가 한 지점에서 총구를 멈추었다. 화장실 바깥쪽에 설치된 보일러 기름통이었다.

현준이 속삭였다.
"브라보, 창문 깨는 동시에 진입한다. …… 카운트, 셋, 둘, 하나."
쨍그렁!
우측 방 창문에서 요란한 소리가 났다.
"어, 뭐야!"
거실에서 TV를 보고 있던 사내 두 명이 소파에서 벌떡 일어섰다. 그와 동시에 화장실 문과 현관문이 와락 열렸다. 고개를 돌리려는 찰나 그들은 가슴이 찢기는 통증을 느끼며 뒤로 나가떨어졌다.
우측 방에서 자고 있던 사내는 아무 것도 모른 채 영원한 잠에 빠져들었다.
집 안으로 진입한 H팀 대원들은 방을 수색하기 시작했다. 현준과 선화는 거실 한구석에서 오들오들 떨고 있는 세 사람에게 다가갔다. 몸이 한데 묶여 있었다. 선화가 칼로 줄을 끊었다. 줄이 끊기자마자 시우가 화장실로 뛰어갔다.

사내는 멀리서 유리창 깨지는 소리를 들었다. 드디어 일을 벌이기 시작하셨군. 사내는 라이플을 조준한 채 움직이지 않았다. 지금쯤 감동적인 만남의 장면을 연출하고 있겠지. 사내는 이어질 씬을 생각하면서 씩 웃었다. 갑자기 기분이 좋아졌다. 사내는 스코프에 눈을 대고 방아쇠를 당겼다.

쾅!

폭발음과 함께 화장실 문이 떨어져나갔다. 온 집안이 지진을 맞은 것처럼 흔들렸다. 잠시 후, 폭발의 충격에 쓰러졌던 상현의 아내가 몸을 일으켰다.

"시우야!"

그녀가 비명을 지르며 화장실 쪽으로 뛰어가려 했다. 선화가 얼른 그녀의 몸을 부둥켜안았다. 얼이 빠져 있는 서린이의 팔도 잡아당겨 함께 안았다. 참상을 목격하게 할 수는 없었다.

현준은 선화와 두 모녀를 남겨두고 밖으로 뛰어나갔다. 뒤쪽 보일러가 있는 벽에 구멍이 뻥 뚫려 있었다. 사방을 둘러보던 현준은 야산 위쪽에서 무언가를 발견했다. 분명 뭔가 있다. 그때, 구름에 가렸던 달이 천천히 모습을 드러냈다. 공제선空際線에서 누군가 움직이는 게 보였다. 현준은 그쪽을 향해 맹렬히 뛰어 올라갔다. H팀의 다른 대원들도 그 뒤를 따르기 시작했다.

해발 30미터. 정상에 올랐지만 나뭇가지만 희미하게 흔들릴 뿐 아무 것도 보이지 않는다. 음력 삼월 열이레(3. 17)의 둥근 달이 사위를 환하게 비추고 있었다. 엎드린 현준은 두 눈에 온 신경을 집중한 채 사방을 살폈다. 그의 뒤에서 가쁜 호흡소리가 들려왔다. 현준이 손짓하자 그들도 납작 엎드렸다. 하늘과 땅이 맞닿는 공제선에선 움직임이 낱낱이 포착된다.

사위는 쥐죽은 듯 고요했다. 나뭇잎만 살랑거릴 뿐, 작은 산짐승의 발자국 소리조차 들리지 않았다. 그때 갑자기 50미터도 채 안 되는 산 아래쪽에서 자동차 시동 소리가 들렸다. 시커먼 SUV가 급발진을 했다. 현준은 데저트이글의 방아쇠를 당겼다. 그러나 사거리가 너무 짧았다. 이어서 다른 대원들도 일제히 사격을 가했다. 대원들 절반은 기관단총으로 무장하고 있었다. 강태와 민수, 그리고 동범의 톰슨 M1A1 기관단총이 마구 탄피를 쏟아내기 시작했다.

SUV는 20미터쯤 가다가 펑 소리를 내며 주저앉았다. 바퀴를 맞은 것이다. 현준이 몸을 낮추고 차가 있는 쪽으로 뛰어가자 다른 대원들도 달려갔다. 산 아래로 내려온 대원들은 차를 겨냥하며 포복했다.

현준이 조심조심 차로 다가갔다. 뒷바퀴는 찢어져 있고, 차벽이며 유리창에 총구멍이 어지럽게 뚫려 있다. 이 정도면 운전자도 사망했을 것이다. 현준은 급히 운전석 문을 열어젖혔다. 그런데 아무도 없다. 현준은 총으로 차량의 앞 유리창을 내리쳤다. 멀리 가지는 못했을 것이다. 현준이 손가락 네 개를 펴서 아래로 내렸다. 사방으로 흩어지라는 신호다.

시야가 트인 길가로 도주했을 리는 없다. H팀은 다시 산기슭으로 올라가기 시작했다. 순간 현준의 머릿속에 부다페스트 서부역에서 겪었던 일이 떠올랐다. 그때 현준은 자신을 포위하고 있던 놈들을 따돌리기 위해 트럭에 각목을 대어 발진시켰다! 그렇다, 놈은 원격조정장치를 사용한 것이다.

현준은 상현의 아내와 딸, 선화가 남아 있는 인가로 달려갔다. 그들의 목숨이 위태롭다. 현준이 폐허가 된 집 안으로 뛰어들려는 찰나 뒤에서 소녀의 비명소리가 들렸다.

"아악!"

반쯤 무너져 내린 외벽 뒤에서 상현의 딸, 아내, 그리고 선화가 차례로 모습을 드러냈다. 마지막으로 선화의 머리에 총구를 들이댄 놈이 나타났다.

"총 버려!"

사내가 씩 웃으며 말했다.

"두 번째 만남이군. 반갑다."

현준은 달빛 아래 훤히 드러난 그의 얼굴을 보고 경악했다. 백지장처럼 하얀 얼굴, 무표정한 눈, 그리고 입가에 걸린 차디찬 미소!

"너는!"

유키를 죽인 놈이었다.

"누구냐, 너는!"

현준은 데저트이글을 들어 그의 이마를 조준했다.

"알고 싶어? 내 이름은 빅. 잘 기억해둬라. 이제 그만 총 내려놓으시지. 안 그러면 이 년은 죽는다!"

상현의 아내와 딸은 부들부들 떨고 있었고, 선화는 담담한 표정으로 서 있었다. 현준의 손이 천천히 아래로 내려갔다. 그것을 본 빅은 다시 씩 웃었다.

그때, 빅이 갑자기 얼굴을 일그러뜨리며 총을 떨어뜨렸다. 무릎이 푹 꺾였다. 앞으로 쓰러진 빅의 등에서 은색 단도가 반짝거리고 있었다. 동범이 날린 칼이 빅의 등골을 꿰뚫은 것이다.

현준은 총을 겨눈 채 빅에게 다가가 발로 몸을 뒤집었다. 빅은 숨을 몰아쉬며, 힘들게 말을 내뱉고 있었다.

"재미있……는 게임이야."

"그 게임, 내가 종결시켜주지."

현준의 총구에서 불꽃이 튀었다.

"이건, 유키의 몫이다."

2014. 4. 16. 서울

상현의 동공이 크게 확대되었다. 그의 몸이 사시나무처럼 떨렸다. 그의 앞에 선 현준과 H팀 대원들은 고개를 숙이고 있었다. 현준의 눈가에도 물기가 서렸다.

"사모님과 서린이는 앰뷸런스로 병원에 이송되었습니다. 다행히 다친 데는 없습니다."

강태가 보고했다.

상현은 비틀거리며 뒤돌아섰다. 그리고 한 발 한 발 힘겹게 걸어가다가 풀썩 무릎을 꿇었다. 그는 고개를 땅에 처박은 채로 오열했다.

새벽 2시. 초인종이 울렸다.

승희는 현관문 확인창으로 밖을 내다보았다. 현준이 서 있었다. 승희가 얼른 문을 열었다.

현준의 몸이 그녀에게로 기우뚱하며 무너져 내렸다. 술 냄새가 확 풍겨왔다.

승희는 현준의 몸을 부축하고 소파에 앉혔다.

"어떻게 된 거야, 현준 씨. 일이 잘못된 거야?"

현준이 고개를 세차게 가로저었다.

"아니, 구해냈어."

술이 취한 것과는 다르게 그의 발음은 또렷했다.

"그런데, 그런데…… 승희야."

현준의 어깨가 들썩였다. 말끝이 점점 울음으로 변해갔다.

"애가, 애가……!"

현준이 목 놓아 울기 시작했다. 승희의 얼굴이 하얗게 변했다.

"애가 어떻게 됐어?"

"그 이쁜 애가……!"

현준은 머리카락을 쥐어뜯으며 몸부림을 쳤다.

"그 여린 놈이 산산조각이…… 갈기갈기 찢어졌어."

승희는 현준에게 달려가 그의 머리를 가슴에 안았다. 현준은 마치 어미 품에 안긴 새끼처럼 승희의 가슴에 머리를 비비며 울어댔다.

한 시간 뒤, 울었다 말했다를 반복하던 현준은 승희에게 기댄 채 잠이 들었다. 승희는 무릎에 현준의 머리를 받치고 앉아 있었다. 그의 머리카락을 쓸어주면서 눈물 젖은 뺨을 가만히 어루만졌다.

'어린애 같은 사람…….'

승희는 시간 가는 줄 모르고, 현준의 얼굴을 보고 또 보았다. 무릎이 저렸다. 승희는 현준의 머리를 가만히 들어올린 다음 그 아래 쿠션을 대주었다. 그러곤 일어서서 창가로 갔다. 커튼을 열어젖히자 차가운 새벽빛이 방 안으로 기어들었다.

진실과 사실

2014. 4. 19. 서울

"참 허망한 일이야. 30년 친구를 내 손으로 직접 해부하게 되다니 말일세."

현규는 종이컵에 든 원두커피를 한 모금 홀짝거렸다.

"친구셨어요?"

"내가 말하지 않았던가? 하긴 굳이 부국장하고 친구 사이란 걸 떠벌려서 좋을 게 뭐 있겠어."

현규는 종이컵을 내려놓고, 현준을 쓱 훑어보았다.

"파트만 달랐을 뿐, 백산하고 나는 입사 동기였어. 그 친구는 작전요원, 난 인턴과정을 마친 과학요원이었지."

"왜 의사가 안 되시고?"

"글쎄 말이야, 내가 생각해도 이상해. 난 꿰매는 것보다 가르는 게 좋거든?"

현규는 현준의 뒤에 서서 피식 웃는 선화에게로 눈을 돌렸다.

"왜 웃어? 내가 변태 같아 보여?"

"아니에요."

선화가 미소를 띠며 고개를 저었다. 현규는 정색을 하며 현준에게 말했다.

"그런데, 정말 이해가 안 가는 게 있어. 의학적 견지에서는 백산이 고혈압으로 인한 뇌혈관 파열로 사망했다는 거 맞아. 하지만 내가 아는 백산은 절대 그럴 사람이 아니거든."

현준은 현규의 코에서 시선을 떼지 않았다. 그의 코에 돋보기안경이 위태위태하게 걸려 있다.

"그 친구가 얼마나 냉정한 사람인지 겪어보지 않은 사람은 모를 거야. 처음 입사할 때부터 그랬어. 남들하고 달랐다고. 눈앞에 회칼을 들이대도 눈 하나 깜짝하지 않을 사람이지. 더구나 고혈압하고는 아무 상관이 없는 사람이고."

"스트레스성 고혈압이 아니었단 얘깁니까?"

"의학적 소견이 그렇다는데, 기다 아니다 토를 달 수야 없겠지. 다만 느낌이 그렇다는 거네. 하지만 간혹 보면 말이지, 과학보다 느낌이 더 정확할 때가 있어. 그만큼 과학이 불완전하단 얘기가 되겠지."

현규는 놀란 눈으로 자신을 바라보는 현준에게 손을 휘휘 저었다.

"이런, 과학의 '과'자도 모르는 놈한테 내가 지금 무슨 말을 하고 있는 거야? 과학이 불완전하니 뭐니 하는 말, 잊어버려. 아무리 불완전해도 괴물 놈의 느낌보다야 나을 테니까."

"절 너무 무식한 놈으로 몰지 마세요. '과'자는 좀 압니다. '학'자가 싫어서 그런 거지."

현규가 픽 웃었다.

"그나저나 상현이는 어때? 안 그래도 마음 약한 친군데, 이번 일로 완전히 손 떼는 거 아냐?"

"사퇴서를 냈는데 반려됐어요. 그래도 더 이상 안 하겠답니다. 시골에 가서 살겠다고."

"늦둥이 놈을 그렇게 잃었으니, 살맛 안 날 거야. 백산하고는 영 딴판이지. 그런 친구가 백산 밑에서 버텨왔다는 게 신기할 뿐이야. …… 근데 자네들 안 바빠? 여기서 이렇게 노닥거리고 있게."

"아, 예. 토요일이라 짬이 좀 나서……. 그럼, 이만."

"토요일은 무슨. 자네들한테 무슨 토요일이 있다고 그래?"

현준과 선화는 꾸벅 고개를 숙이고서 밖으로 나갔다.

선화는 아까부터 한 가지 생각에 몰두해 있었다. 문득 그녀의 뇌리에 NSS 취조실에서 겪었던 일이 떠올랐다. 선화가 반 발자국쯤 앞에서 걷고 있는 현준의 등에 대고 말했다.

"부국장의 죽음, 이상하지 않아요?"

현준이 발걸음을 멈추고 뒤를 돌아보았다.

"뭐가?"

"건강하던 사람이 갑자기 고혈압으로 쓰러졌다는 거."

"스트레스성 급성 고혈압이라잖아."

"하지만 왠지 찜찜해요. 나도 여기서 탈출하게 된 경위가……."

"여기서 탈출?"

"네. 작년 12월 한국에 와서 붙잡혔다가 크리스마스 이틀 전에 빠져나간 적이 있어요. 돌아가는 상황이 그때랑 너무 비슷해서."

"비슷한 일이 뭔데?"

"몰래 약을 받았었어요, 승희 씨한테."

현준은 이마를 찌푸렸다.

"지금 승희를 의심하는 거야? 승희가 뭣 땜에?"

"승희 씨가 그랬다는 게 아니잖아요. 다만 찜찜한 걸 확인하려는 거지."

현준은 뭔가를 골똘히 생각하는 눈치였다. 그러더니 이내 선화에게 손짓했다.

"따라와."

안가의 컴퓨터 앞에 앉은 선화는 최조실 팀장에게서 받아온 일자별 동영상 자료들을 하나하나 검토하기 시작했다. 옆에서 지켜보는 일상적인 부분은 8배속으로 돌리다가, 취조 장면에서는 정상으로 플레이시켰다. 황준묵과 박상현, 그리고 다른 간부들이 시간차를 두고 백산과 대화를 했다. 그 장면들을 하나하나 꼼꼼하게 확인하면서 선화는 백산의 카리스마가 대단하다는 것을 느꼈다. 백산 앞에만 서면 하나같이 주눅이 드는 모양이었다. 하긴 아무리 취조라고 해도 예전의 상관 앞에서 부자연스러워지는 것은 당연한 일인지도 모른다.

이제 두 장의 DVD만 남았다. 선화는 먼저 '4월 11일'자 DVD를 집어넣고 8배속으로 돌렸다. 백산은 무성영화의 배우처럼 말없이 앉았다 누웠다 걷다가를 반복하고 있었다. 그리고 한 여성이 취조실에 들어왔다. 선화는 플레이 버튼을 눌렀다.

한동안 별 의미 없는 대사가 진행되었다. 그리고 갑자기 소리가 죽었다. 그 상황은 승희가 나갈 때까지 지속되었다. 선화는 리와인드해서 묵음□읍이 시작되는 장면부터 슬로우로 뜯어보았다. 승희가 테이블을 쾅 치는 장면에서 플레이를 멈추고 화면을 확대했다. 승희의 손이 토크백에 닿는 장면, 그리고 잠시 후 승희가 등을 돌리고 있는 상태에서 백산이 뭔가를 호주머니에 집어넣는 장면도 캡처했다.
선화는 '4월 12일'자의 DVD도 집어넣었다.

선화가 현준의 책상 위에 사진 몇 장을 내려놓았다. 승희의 모습이 담긴 사진들이다. 현준은 고개를 들어 선화를 올려다보았다.
"이게 뭐야?"
"비슷하다고 생각했던 거, 사실이었어요."
현준은 사진들을 집어 하나하나 유심히 살폈다. 잠시 후 현준은 사진을 봉투에 집어넣고 자리에서 일어섰다.
"생각하기 나름이야. 이건 아무것도 아닐 수 있어."
"충분히 가능성이 있어요. 증거가 말해주고 있잖아요."
"무슨 증거? 토크백은 실수로 꺼뜨릴 수 있는 거고, 백산이 호주머니에 뭔가를 집어넣는 것도 그냥 평범한 동작일 수 있어. 그리고 백산이 식사 후 물을 마실 때의 장면도 보기에 따라 아무것도 아닐 수 있고. 도대체 뭐가 문제라는 거지?"
"정황으로 볼 때 이건 반드시 짚고 넘어가야 할 문제예요. 혈압도 높지 않은 사람이 고혈압 때문에 죽었고, 그전에 이런 움직임들이 있었다고 하는 건……."
"선화, 그건 네 맘속에 예단이 있기 때문이야."
"좋아요. 예단이라 치죠. 하지만 내가 무조건 그런 예단을 했나요? 과거에 경험이 있었기 때문에 그런 거잖아요."
선화는 현준에게 정면으로 맞섰다. 옳고 그름을 분명히 가리는 사람이라고 생각했는데, 지금은 영 다른 모습을 보여주고 있지 않은가?

현준은 선화의 얼굴을 뚫어져라 쳐다보았다.

"내 말 잘 들어, 선화. 네 생각이 맞고 틀리고는 나한테 중요하지 않아. 설사 네 말대로라고 해도 나한테는 아무런 영향을 주지 않아. 내가 믿는 사람이 그렇게 한 데는 분명히 그럴 만한 사정이 있었을 테니까."

"하지만 이건 일 아닌가요?"

"일? 무슨 일? 내가 믿는 사람을 조사하는 일? 그래서 뭘 얻을 수 있는데?"

"사실을 알아내는 거죠."

현준은 허공을 쳐다보면서 한숨을 푹 쉬었다.

"선화야, 사실이란 건 믿음이 없는 사람들 사이에서나 통용되는 거야. 믿지 못하기 때문에 사실을 뒤지는 거지. 서로 믿는 사람들에게 사실이란 없어. 진실이 있을 뿐이지. 내가 바보라서 그런지 모르지만, 사실을 알아낸답시고 믿음을 깨버리는 거, 나는 정말 원하지 않아. 난 승희를 믿는다. 승희는 내게 진실이거든."

선화는 할 말을 잃었다. 앞에 선 남자가 견고한 벽처럼 느껴졌다.

"네가 그랬어도 마찬가지야. 난, 누가 뭐래도 널 믿으니까."

현준은 돌아서서 방을 나가버렸다.

선화는 사진이 든 봉투를 들고 한참동안 멍하니 서 있었다. 그녀는 승희가 부러웠다. 고집불통인 남자, 사실보다는 진실에 마음을 기울이는 남자로부터 절대적인 믿음을 받는 사람. 현준의 마지막 말이 그녀의 귀를 맴돌았다. 자신도 믿는다는 말.

'아무래도 이 사진은 찢어버려야겠군.'

선화의 얼굴에 작은 행복감이 묻어났다.

2014. 4. 20. 고양

일산병원 뒤쪽, 나지막한 야산 아래의 벤치에 따뜻한 봄볕이 쏟아졌다. 상현은 휴일 날 자신을 찾아온 현준과 승희를 위해 자판기에서 커피를 뽑아 왔다.

"내가 갈 건데."

커피잔을 받아들며 승희가 말했다.

"네가 뽑으면 더 맛있냐?"

상현이 퉁명스럽게 한 마디 했다. 현준은 슬쩍 승희를 쳐다보면서 눈을 찡긋거렸다. 상현이 모처럼 농담에 가까운 말을 한 것이다. 두 사람의 마음도 한결 가벼워졌다.

"형수님이랑 서린이는 좀 어때요?"

현준은 사석에 있을 때면 상현을 '형'이라 불렀다. 사우의 영향이었다.

"언젠간 좋아지겠지."

상현은 야트막한 구릉을 올려다보았다. 연초록색 이파리들이 조막 손들을 흔들어대고 있다. 평화로운 봄날의 정경을 한참 응시하던 상현의 눈가에 어느새 이슬이 고였다. 승희가 가만히 상현의 손을 잡았다.

"실장님."

상현이 그 손 위에 자신의 손을 포갰다.

"난 괜찮아. 이렇게 와줘서 고맙다."

상현의 목소리가 가볍게 떨렸다. 잠시 후, 상현이 눈가를 훔치면서 말했다.

"이젠 사람 사는 것처럼 살아야겠어. 우리 시우가 그러라고 했거든."

"실장님."

"난 복귀하지 않아. 고향으로 내려갈 거야. 아버님이 섬진강 부근에 자그마한 과일농장을 하나 갖고 계시거든. 한 번도 농사 지어본 적은 없지만, 뭐 어떻게든 되겠지."

승희와 현준은 말없이 고개를 떨어뜨렸다.

"지금 와서 생각하면 참 미련하게 살았던 거 같아. 일요일이고 뭐고, 일한답시고 정말 소중한 것들을 놓치고 살아왔거든. 시우가 가버리고 난 뒤에야 깨닫다니, 나야말로 진짜 어리석은 인간이지."

상현은 자신의 손을 잡고 있는 승희의 손등을 가만히 두드렸다.

"너희들도 어지간히 일했다 싶으면, 마음 편히 살 수 있는 길이 뭔가 한번쯤 진지하게 고민해봐. 나처럼 아등바등하다가 뒤늦게 눈물 흘리지 말고."

"언제 내려가실 생각이세요?"

현준이 물었다.

"집사람도 동의했으니까 되도록 빨리 내려가야지. 바쁘게 몸을 움직이는 게 약이다 싶다. 그렇게 지내면, 슬퍼할 겨를도 후회하면서 가슴을 칠 여유도 없을 테니까."

"자주 연락해도 되죠?"

"아니, 너무 자주 찾지는 마라. 너희들 보면 또 시우 생각이 날지도 몰라. 봄이랑 가을엔 엄청 바쁠 테니까 그때 와서 일이나 도와."

"일당은 주실 거죠?"

상현이 현준을 보며 빙긋 웃었다.

"야 인마, 일하는 거 봐서 주는 거지. 밥이나 축낼 생각이면 아예 내려오지 마라."

"우리도 거기 가서 살면 안 될까요?"

승희가 물었다.

"우리? 너네들 결혼하냐?"

"에이, 참! 그냥 해본 말예요."

웃으며 대답하는 승희의 눈에서 깊은 쓸쓸함이 피어올랐다.

2014. 4. 22. 서울

관철동 안가의 문을 열고 들어선 동범이 선화에게 휴대폰을 내밀었다.

"앞으로 이거 쓰세요. 벨이 울릴 때 이 버튼을 누르면 바로 추적장치에 연결되니까."

선화는 휴대폰을 이리저리 살피다가 호주머니에 집어넣었다.

"고마워요."

"뭘요. 미끼를 드리는 것뿐인데. 근데, 선화 씨는 저장된 번호가 몇 개나 있어요?"

"H팀 외에는 없어요. 아는 사람이 있어야죠, 뭐."

"내가 아는 번호들 입력시켜 드릴까요?"

"뭐 하는 사람들 번혼데요?"

"조영필, 서대지, 살운도, 허경용, 뭐 많아요."

"아니, 무슨 연예인들을 그렇게 많이 알아요?"

그때 두 사람이 있는 곳으로 다가온 강태가 동범의 뒤통수를 탁 쳤다.

"야, 돼지아빠하고 날라리뽕은 왜 빼냐? 선화 씨, 이 자식 웨이터들

이름 꿰고 있는 거예요."

그제야 말귀를 알아들은 선화가 큰 소리로 웃음을 터뜨렸다. 강태는 목젖이 보이도록 화끈하게 웃는 선화가 참 예쁘다고 생각했다.

"아 정말, 과장님은 왜 자꾸 날 때리고 그러세요."

"소개해주려면 제대로 해줘야지, 기껏해야 나이트클럽 웨이터가 웬 말이냐?"

"아, 그럼 과장님이 고상한 사람들 이름 입력시켜 주든가."

"이리 줘봐요."

강태가 선화에게 손을 내밀었다. 선화가 픽 웃으며 휴대폰을 건넸다. 강태는 몇 개의 번호를 찍고 저장했다. 휴대폰을 받아든 선화가 그 번호들을 확인했다.

"이두철, 현미숙, 이강오, 이숙현, 이강철…… 이분들은 뭐하는 분이세요?"

"에또, 그니까 이두철이라는 사람은 완전 파쇼 독재자고, 현미숙이란 사람은 잔소리대장이고, 이강오는 취업삼수생이고, 이숙현은 왕내숭쟁이고, 이강철은 대학생백수천재고 그렇습니다."

"아예 가족관계등록부 떼다 드리지 그래요?"

동범이 비아냥거렸다.

"그럼 이분들은……."

"예. 그 잘난 우리집 식구들입니다. 혹시 졸릴 때면 통화하시라고. 잠이 팍 달아날 겁니다."

"하하하하."

선화가 죽겠다는 듯이 웃어댔다. 한참을 웃어대던 선화는 눈가를 손으로 문지르며 휴대폰을 집어넣었다.

그때 벨이 울렸다. 호주머니에서 다시 휴대폰을 꺼내든 선화가 액정을 확인했다. '발신자표시제한'이라고 찍혀 있다. 선화는 조용히 하라는 표시로 입가에 손가락을 대면서 먼저 추적장치 버튼을 누른 뒤 귀에 갖다 댔다.

"여보세요."

─김선화 씨?

동범의 책상 앞에 있는 추적장치를 통해 통화내용이 밖으로 새어나왔다. H팀 대원들은 급히 추적장치 앞으로 달려갔다. 낯선 여자의 목소리였다.

"그런데요?"

─네 년이 중좌님을 쐈다며? 더러운 배신자!

"너, 누구지?"

─벌써 내 목소리 잊었나?

"신경화?"

─그래. 오늘 그 이야기 들었다. 연락하지 말라고 했지만, 화가 나서 도저히 못 참겠더군.

"……."

─너, 내 말 듣고 있어?

"그래. 말해."

─넌 이제 곧 내 손에 죽는다. 아직도 김현준이란 놈이랑 같이 있지? 기다려! 내가 갈 테니.

전화가 뚝 끊어졌다.

동범이 헤드폰을 벗어던지며 내뱉었다.

"통화시간이 너무 짧았어. 경기도 광주 부근이긴 한데, 자세한 소재지는 파악이 안 돼."

"경기도 광주라고?"
안가로 돌아온 현준이 테이블 위에 펼쳐놓은 지도를 보며 물었다.
"예. 하지만 지역이 너무 광범위해서 소재 파악이 어렵습니다."
강태가 대답했다.
"아직 부산 쪽으로는 가지 않았군. 이자들이 함께 있을까, 아님 따로따로 움직이고 있을까?"
"글쎄요. 아무래도 둘둘씩 이동하지 않을까요? 떼거리로 몰려다니면 의심받을 테니."
현준이 잠시 생각하다가 고개를 저었다.
"아냐. 틀림없이 함께 있을 거야. 팀 구성이 한 덩어리로 돼 있거든. 흩어지고 모이는 조직이 아니라, 처음부터 함께 뭉쳐서 굴러다니는 바위 같은 조직이라고. 강도철이라는 사람이 그 중심이지. 그 사람, 의심이 많아. 따로따로 놀게 하면 배신자가 나올 수 있다는 게 그놈 신념이야."
현준이 선화에게 물었다.
"신경화라는 여자 잘 알아?"
"훈련 동기예요. 별로 친한 사이는 아니었고."
"성격은 어때?"
"불같은 애예요. 잔인하구. 폭파 전문가죠."
"그 여자가 너를 만나러 온다는데, 어떻게 생각해?"
"동료들이 뜯어말려도 기어이 오고 말걸요?"
현준은 속으로 쾌재를 불렀다. 아무리 단단한 바위도 잘 살펴보면 정釘을 박을 데가 있는 법이다. 현준이 탁탁 박수를 쳤다.

"자, 다들 모여. 드디어 미끼가 걸려들었다!"

2014. 4. 23. 서울

챙 모자를 깊게 눌러쓴 경화는 후드 티의 호주머니에 두 손을 찌른 채 견지동 조계사 부근을 어정거렸다. 일주일 전 김선화가 H팀에 합류했다는 정보를 입수했다. 처음에는 그러려니 했다. 하지만 박 중좌가 김선화를 만난 것을 마지막으로 실종되었고, 오늘 강원도 정선을 의미하는 'KJ 접선지점'에서 살해의 흔적이 발견되었다는 소식을 듣고 도저히 참을 수가 없었다.

경화는 북에서 훈련을 받을 때부터 선화를 싫어했다. 프티부르주아 냄새를 솔솔 풍기는 년이었다. 훈련할 때는 대담했지만, 경화가 표적을 도륙 내려고 하면 말리고 나설 때가 한두 번이 아니었다. 경화는 원수에게 인정을 베풀어서는 안 된다고 생각하는 쪽이었다. 그러나 선화는 번번이 그런 자신의 행동을 저지했다. 경화는 어렴풋하게나마 선화가 자신을 경멸하고 있다는 것을 느끼곤 했다.

오늘은 끝장을 내고야 만다. 경화는 이를 갈았다. 박 중좌는 도철과 마지막으로 통화할 때 이 부근이라 했고, 선화를 만났다고 했다. 그렇다면 선화와 H팀은 틀림없이 이곳 어딘가에 근거지를 두고 잠복해 있을 것이다.

경화는 손목시계를 보았다. 오후 2시가 다 되어간다. 낮 12시에 왔으니까 기다린 지 벌써 2시간째다. 문득 한 여자가 경화의 눈에 들어왔다. 선화다! 그녀는 슬리퍼를 신고 있었다. 아마도 슈퍼에 물건을 사러

나왔을 것이다. 경화는 챙 모자를 더 깊이 누르고 선화가 있는 쪽으로 다가갔다.

그때 누군가 자신의 어깨에 부딪쳤다.

"아, 죄송합니다."

말쑥하게 차려입은 남자였다. 경화는 괜찮다는 표시로 가볍게 고개를 끄덕이고 계속 가려 했다. 그런데 남자가 갑자기 경화의 팔을 붙잡았다.

"아가씨, 시간 있어요?"

경화는 귀찮게 구는 남자를 쏘아보았다.

"허 참, 이 아가씨 눈매 한 번 무섭네. 그러지 말고 나랑 재밌는 데 갑시다."

경화는 고개를 돌려 선화가 있는 곳을 보았다. 하지만 선화의 모습은 보이지 않았다. 화가 머리끝까지 치솟은 경화가 남자의 정강이를 힘껏 걷어찼다.

"우욱!"

남자가 앞으로 고꾸라지며 경화를 안았다. 경화가 몸을 빼려 하자, 남자는 더욱 세게 그녀를 껴안았다. 완력이 보통이 아니었다. 게다가 이건 전문가의 포획자세다! 경화는 문득 이상한 생각이 들었다. 그렇다, 이자는 훈련 받은 사람임이 틀림없다. 경화는 얼른 소음기 권총을 꺼내려고 호주머니에 손을 집어넣었다. 그때였다. 뒤에서 누군가가 그녀의 겨드랑이에 팔을 끼워 넣고 꽉 죄어오기 시작했다. 경화는 팔꿈치로 뒤쪽 상대를 가격하려 했다. 하지만 그 순간 온몸에서 힘이 쭉 빠져나갔다. 앞에서 껴안고 있던 남자가 그녀의 복부를 내지른 것이다.

지나가는 행인들이 몰려들었다.

"뭘 봐!"

민수가 인상을 쓰며 소리를 버럭 지르자, 사람들은 슬금슬금 뒷걸음질 쳤다.

안가에 끌려온 경화는 모든 소지품을 빼앗겼다. 권총, 단검, 지갑, 독이 든 캡슐 알약 그리고 휴대폰. 경화는 사내들을 지휘하고 있는 현준을 노려보았다. 그때 창고 안에서 광수와 엉겨 붙었을 때 저놈을 죽였어야 했다.

현준은 휴대폰을 동범에게 건네며 저장된 번호와 통화기록을 모두 리스트로 만들라고 지시했다. 잠시 후, 리스트를 건네받은 현준이 경화에게 종이를 내밀었다.

"너희들은 이미 끝났어. 그러니 더 이상 애쓰지 말고 부드럽게 정리하자. 자, 친구들 번호 찍어."

경화가 현준의 얼굴에 침을 뱉었다. 그러자 현준이 경화의 뺨을 세차게 후려갈겼다. 경화의 뺨은 금세 빨갛게 부어올랐다.

"니들이 지금 무슨 짓 하려는 건지 알아? 수십만 인명 따윈 아무렇지도 않다는 거야? 기회를 줬을 때 고분고분 받았어야지."

현준은 동범에게 리스트를 건넸다.

"좀 귀찮긴 하지만, 여기 번호 일일이 전화해서 위치 체크해. 텔레마케터, 여론조사, 보이스피싱 등등으로 위장하고 말야. 통화시간 관계로 정확한 위치는 나오지 않겠지만, 교차 체크하면 대강은 좁힐 수 있을 거야."

잠시 후, 여섯 개 번호의 위치가 경기도 광주 지도의 군데군데에 표시되었다. 현준은 그 선들을 서로 연결하고, 중앙에 점을 찍었다.

"이 부근일 듯한데? 좋아, 뒤져보자고. 선화는 이 여자 NSS에 인계하고 여기 남아 있어. 나머지는 지금 당장 출동 준비한다. 아 참, 낚시할 준비도 갖추고."

"낚시 준비요? 사람 낚는 준비 하라는 거죠?"

동범이 물었다.

"아니, 진짜 낚시."

현준은 싱긋 웃으며 대답했다.

2014. 4. 23. 경기도 광주

저녁 7시. H팀은 경기도 광주에 도착했다. 현준 일행은 반경 1킬로미터 부근을 차로 이동하면서 샅샅이 체크했다. 창고나 허름한 건물은 거의 없고, 강변에 모텔 건물 두 개와 와 펜션만 다섯 채 있었다. 현준은 주차돼 있는 차를 중심으로 살폈다. 승합차나 '허'로 시작되는 렌트카 넘버를 확인했지만 특별히 주목을 끌 만한 차량은 발견되지 않았다. 마침내 한 집만 남았을 때, 시각은 이미 8시를 넘어서고 있었다. '강변'이라는 이름의 펜션이었다. 만약 저곳도 아니라면? 현준은 슬슬 초조해지기 시작했다.

"저기 승합차가 한 대 있어요. '허' 넘버고요."

동범이 손가락으로 가리키며 말했다. 현준은 안도의 한숨을 내쉬었다.

"어떻게 할까요? 지금 덮칠까요?"

강태가 묻자 현준이 고개를 저었다.

"모처럼 강변에 왔으니 쉬다가 하자. 자, 다들 낚시꾼 채비해."

대원들은 일제히 낚시꾼 복장으로 갈아입고 낚시가방을 둘러멨다. 현준은 콧수염을 붙이고 국방색 재킷에 빨간 모자를 썼다.

갑자기 낚시꾼들이 우르르 몰려들자 주인은 입이 함지박처럼 벌어졌다.

"방 있어요?"

"이런, 일행이 많으시네요. 작은 방을 몇 개 쓰시겠어요, 아님 큰 방을 쓰시겠어요?"

"방이 모두 몇 갠데요?"

"큰 방 두 개, 작은 방 다섯 개요."

"큰 방은 다 비었나요?"

"아뇨, 하나는 벌써 찼어요. 그저께부터 묵으시는데."

"낚시하러 온 사람들인가요?"

"예."

"거 참, 팔자 좋은 사람들이네. 몇날 며칠을 낚시나 하고. 우리도 큰 거 하나 주세요."

현준은 계산을 마치고 주인이 안내하는 방으로 들어갔다. 그저께부터 손님이 들었다는 방 바로 옆이다. 현준은 짐을 내려놓고 준호와 강석에게 소리를 죽여 말했다.

"옆방에 몇 명 있는지 알아보고, 낚시터에 사람들이 몇이나 있는지도 파악해봐."

잠시 후, 준호와 강석이 들어왔다.

"방에는 없습니다. 전부 나간 모양인데, 현재 낚시터에는 열대여섯 명이 있습니다."

현준은 일어서서 준호더러 망을 보게 한 뒤, 옆방으로 들어갔다. 한 구석에 배낭이며 상자, 그리고 트렁크들이 놓여 있다. 현준 일행은 그들의 짐을 샅샅이 뒤졌지만 기대하던 물건은 발견하지 못했다.

"가지고 나갔는가 보다. 자, 낚시터로 간다!"

현준은 둔덕배기에 서서 강을 바라보았다. 어스름한 강 위로 야광찌들이 희미하게 흔들렸다. 낚시꾼들은 여기저기 흩어져 있었다. 한두 명 또는 세 명이 팀을 이루어 낚싯대를 드리운 채 조용히 앉아 있다.

"다들 여기 있어. 내가 한 바퀴 돌고 올 테니까."

현준은 첫 번째 낚시꾼들이 있는 곳으로 갔다.

"손맛 좀 보셨습니까?"

"별로예요."

"미끼는 뭐 쓰세요?"

"떡밥이요."

현준은 이것저것 물으면서 그들의 동정을 살폈다. 그러고는 다음 사람들이 있는 곳으로 갔다.

"많이 잡으셨어요?"

대답이 없다. 말 거는 것이 귀찮은가 보다. 현준은 다시 옆으로 갔다. 그렇게 낚시터를 한 번 순회한 다음 일행이 있는 곳으로 돌아왔다.

"얼굴은 잘 안 보이지만 두 번째, 세 번째, 네 번째가 수상해. 먼저 나하고 동범이가 세 번째에게 시비를 걸 거야. 민수하고 강석이는 두 번째, 일우하고 준호는 네 번째를 맡되, 거리를 좁히고 있다가 우리 쪽에서 소란이 터지면 일제히 덮쳐. 그리고 강태는 뒤에 있다가 이들 말고 따로 튀는 놈들이 없는지 지켜보고. 위험한 놈들이니까 특별히 조심해라, 알았지?"

"예."

"가자."

일행은 낚시꾼들 뒤로 강변을 따라 느긋하게 걸어갔다. 세 번째에 이르자 현준과 동범이 먼저 내려갔다. 동범이 그들에게서 5미터쯤 떨어진 곳에 앉아 낚싯대를 펴는 동안, 현준은 말을 걸기 시작했다.

"어디서 오셨어요?"

"서울에서 왔습니다."

굵은 목소리다. 현준은 어둠 속에서도 그가 광수란 걸 단번에 알아보았다. 낚싯대를 펴는 체하며 현준이 너스레를 떨었다.

"아차차, 케미라이트 안 가져왔네? 저기요, 야광찌 여분 있어요?"

현준이 광수 쪽을 보고 물었다.

"이거 쓰쇼."

광수가 퉁명스럽게 대답했다. 현준이 그곳으로 천천히 다가가자 동범도 슬슬 몸을 일으켰다. 현준은 광수 바로 앞으로 가서 야광찌를 집어 들었다. 그러고는 모자챙을 올리며 광수를 쳐다보았다.

"어라? 아는 분이네?"

광수의 인상이 험악해졌다. 그는 비로소 사태를 파악하고 잽싸게 옆으로 몸을 굴리며 주머니에서 권총을 꺼내들었다. 하지만 현준이 한 발 빨랐다.

"꼼짝 마!"

현준의 목소리가 쩌렁쩌렁 울렸다. 그 순간 두 번째와 네 번째 낚시터의 사내들이 몸을 숙이며 무기를 집어 들었다.

탕!

누군가의 총에선가 총탄이 발사되었다. 이어서 총성이 몇 발 더 울리는가 싶더니 고요한 강변은 이내 아수라장이 되었다.

광수는 몸을 움직이려 했지만, 현준이 총구를 들이대고 있는 터라 꼼짝할 수가 없었다. 동범도 광수 옆에 선 사내에게 총을 겨누고 있었다.

"살고 싶으면 총 던지고 엎드려!"

광수와 사내가 엎드렸다.

"손 등 뒤로!"

그들은 시키는 대로 했다. 현준이 눈짓하자 동범이 얼른 다가가 이들의 손을 등 뒤로 돌린 뒤 수갑을 채웠다.

1분쯤 지나자 사태는 일단 진정되었다. 동범은 광수 조를 앞세우고 강둑이 있는 곳으로 올라갔다. 네 번째 낚시꾼들도 생포되었다. 현준은 총격이 있었던 두 번째 낚시터로 급히 뛰어갔다. 두 명이 시체가 되어 누워 있다. 그중 하나는 영범이었다.

"이자들이 총을 쏘려고 해서……."

민수가 말했다. 현준은 고개를 끄덕였다.

"낚시가방 뒤져!"

그러나 기폭장치는 발견되지 않았다. 현준은 위로 올라가서 생포한 사람들을 확인했다. 광수 외에는 다 모르는 얼굴이다. 그때 강태가 소리쳤다.

"어? 저기요!"

강태가 가리키는 쪽으로 두 명의 사내가 쏜살같이 도망가는 모습이 보였다. 현준이 소리쳤다.

"민수하고 준호는 이자들 차에 태우고, 나머지는 저놈들 쫓아!"

현준이 놈들의 뒤를 쫓기 시작했다. 도망자들은 뒤를 향해 총을 쏘아대며 달아났다. 현준 역시 마구 달리면서 자동권총 데저트이글의 방아쇠를 당겼다. 탄창이 떨어졌다. 순식간에 탄창을 갈아 끼고, 다시 발사했다. 마침내 한 명이 쓰러졌다. 현준은 그자를 강태에게 맡기고, 야산 쪽으로 올라간 자를 쫓아 달려갔다. 갑자기 앞서 달리던 놈이 거꾸러졌다. 나무뿌리나 돌멩이에 걸려 넘어진 것 같았다.

놈은 몸을 굴려 지면에 바짝 엎드렸다. 현준도 근처 나무 뒤로 몸을 숨겼다. 총알이 나무에 박혔다. 현준도 응사했다. 잠시 후, 외마디 비명이 들렸다. 현준은 몸을 숙이고 나무 오른쪽으로 얼굴을 내밀었다. 다시 총탄이 날아왔다. 현준은 나무 뒤로 몸을 돌렸다. 그와 동시에 왼쪽으로 데굴데굴 굴러서 바위 뒤에 몸을 숨겼다. 철컥! 놈의 총에서 빈 탄창을 때리는 소리가 났다.

잠시 침묵이 흘렀다. 어디선가 신음소리가 들려왔다. 현준은 소리가 난 쪽으로 포복해 갔다. 놈이 힘겹게 숨을 내쉬고 있었다. 현준은 천천히 몸을 일으켜 놈에게 다가갔다. 강도철이었다.

도철은 그를 알아보고 신음소리를 냈다.

"으…… 너, 너였구나."

현준이 도철의 이마를 조준하고 말했다.

"기폭장치 어딨어? 빨리 말해."

도철의 입가로 피가 흘렀다. 도철이 '컥' 하고 숨 멎는 소리를 내더니 갑자기 피를 토했다. 쇄골 부분이 깊게 파여 있었다.

"치료하면 살 수 있다. 가만히 있어."

현준이 그에게로 몸을 숙였다. 현준의 팔이 그의 가슴에 닿으려는 찰나, 도철이 갑자기 몸을 일으키더니 현준의 총이 있는 곳으로 손을 뻗었다. 현준은 반사적으로 방아쇠를 당겼다. 배에 구멍이 뚫린 도철은 그대로 누워버렸다.

황준묵은 현준의 보고서를 훑어 내려갔다.

"사망은 강도철, 이영범, 주현석, 성명불상 하나 해서 총 네 명, 생포는 오광수와 신원불상 넷, 그리고 하루 전날 잡힌 신경화란 말이지?"

"예. 모두 테러범으로 추정되는 자들의 한 파트입니다. 주력이 다 잡히거나 죽었으니까 파트 하나가 소멸되었다고 보면 됩니다."

"발견된 노획물은?"

"무기류, 통신기기, 기타 일상용품입니다. 우리가 원하는 기폭장치나 그 외 수상한 물건은 소지하고 있지 않았습니다."

"허 참, 예상대로라면 이들이 갖고 있어야 하는데. 그럼 도대체 누구 손에 들어갔다는 말이지?"

황준묵은 한 손으로 이마를 문질렀다.

"또 기다려야 하는 건가?"

현준은 고민에 빠진 황준묵을 묵묵히 바라보았다.

2014. 4. 28. 서울

월요일. 청와대 수석회의가 끝나고 비서실장만 집무실에 남았다. 대통령은 그 어느 때보다도 긴장하고 있는 눈치였다. 정상회담이 불과 4일 후로 다가왔기 때문이다. 대통령이 착 가라앉은 목소리로 물었다.

"테러범들 정리 상황은 어떻게 됐습니까?"

"NSS 보고에 의하면, 총 세 파트 중에서 한 팀을 일소했다고 합니다. 인원 상으로 가장 숫자가 많았던 파트랍니다. 문제는 나머지 두 파트인데 아직 인원이나 소재를 파악하지 못했습니다."

"큰일이군요. 만일 무슨 변고라도 생기면……."

정현준은 대통령의 눈치를 보며 조심스레 말했다.

"늦은 감이 있긴 하지만, 지금이라도 연기하시는 편이 낫지 않겠습니까?"

그러나 대통령은 비서실장의 말이 끝나기 무섭게 머리를 세차게 저었다.

"아니요, 절대로 그럴 수 없습니다. 얼마나 힘들게 여기까지 왔는데. …… 무조건 갑니다. 이번이 아니면 앞으로 십 년이 갈지, 이십 년이 갈지 모르는 일입니다. 안 그래요? 회담이 이뤄진다는 보장이 없어요."

"왜 그렇게 생각하시는지요?"

"난 이번에 힘들게 정권을 잡았어요. 만일 나에 대한 테러가 없었다면 승리를 장담할 수 없었지요. 다음번 정권이 보수 쪽으로 넘어간다고 생각해보세요. 또 다시 남북 대치가 시작될 겁니다. 우리나라로선 정말 피곤한 일이 아닐 수 없어요."

정현준은 대통령의 진정성을 이해했다. 그는 단지 정권의 연장 때문이 아니라, 남북 대치로 인해 민족의 에너지가 고갈되는 것을 염려하고 있었다. 정현준은 힘을 주어 말했다.

"대통령님, 염려 마십시오. 뜻이 간절하면 하늘이 돕는다고 했습니다. 하늘도 돕고, 국민도 도울 겁니다. 일단 벡스코 사방 5킬로미터 내에 방호벽을 철저히 두르겠습니다. 그리고 NSS도 내부 정비가 일단락되었으니 테러범 색출에 그 역량을 총동원할 수 있습니다. 아무 일 없을 겁니다."

"그래야지요. 난 이번 정상회담에 정권의 운명을, 아니 내 자신의 목숨까지 걸었습니다. 그러니 힘내서 해봅시다."

황준묵은 NSS 비상회의를 소집했다. 간부들과 핵심요원들이 모두 참석했다.

"오늘부로 NSS를 부산으로 옮긴다."

부국장 직무대행의 느닷없는 말에 참석자들은 어안이 벙벙해졌다.

"이곳엔 최소한의 보안요원과 정보요원만 남기고 모두 부산으로 이동한다. 남은 쪽은 현지명 보안실장이 총괄 지휘한다. 지난번 습격사건을 교훈 삼아, 다시는 쪽팔리는 일이 없게 하도록."

현지명이 고개를 끄덕였다.

"그리고 정보팀은 양정인 실장이 챙겨라. 지원 업무에 한 치의 차질도 없도록 하고."

양정인도 고개를 끄덕였다.

"나머지는 전부 벡스코에 포진한다. 단, 전술팀 중 찰리와 델타는 H팀에 배속된다. 위험 징후가 있는 곳에 신속하게 도달할 수 있도록 기동력 운용에 만전을 기하도록 해."

"알겠습니다."

현준이 대답했다.

"자 자, 다들 움직여!"

1시간 후 온통 검은색 일색인 버스와 승합차, SUV, 세단 등의 차량들이 꼬리에 꼬리를 물고 NSS 정문을 빠져나갔다.

2014. 4. 30. 부산

벡스코 진입 도로의 통제 근무에 투입된 박성규 수경은 짜증이 났다. 전역이 열흘밖에 남지 않았는데, 이렇게 현장 근무를 시키다니 말도 되지 않는 일이다. 벌써 일주일째 비상근무 중이었다.

오늘은 수영교를 건너기 전의 수영1호교 사거리에 배치를 받았다. 평소에도 막히는 지점인데, 통제까지 더해지다 보니 차량의 끝이 보이지 않을 만큼 체증이 가중되었다. 그에 비해 반대편 수영교차로 쪽으로 빠져나가는 도로는 시원하게 뚫려 있다.

많은 차들이 불법 유턴을 했지만 탓하는 사람은 아무도 없었다. 성규는 앞에 쭉 깔린 차들을 보며, 저것들도 다 불법 유턴을 했으면 좋겠다고 생각했다.

성규는 수영교가 막히지 않을 만큼 진입 차량의 수를 끊었다. 일단 벡스코 쪽으로 진입한 차량은 지체 없이 통과할 수 있도록 교통량을 줄이라는 지시를 받았기 때문이다.

성규가 세 번째 차량만 보내고 진입을 끊었을 때, 차문이 열리면서 40대 중반 아저씨가 얼굴을 내밀고 욕을 해댔다.

"야, 씨발놈아. 똥 마려 죽겠는데 여서 끊으믄 우짜잔 말이고."

순간 성규는 머리끝까지 열이 치받는 것 같았다. 오냐, 안 그래도 울고 싶은 참인데 너 뺨 한번 잘 때렸다. 나이고 뭐고 없다.

"니기미, 싸지르고 싶으믄 돌리믄 될 거 아이가. 그라고 니, 나 은제 봤다고 욕질이고 욕질이. 이 씨발놈아."

차 문이 열리고 운전자가 내렸다. 그가 다짜고짜 달려들어 성규의 멱살을 붙잡았다.

"이런 호로자슥. 니 눈엔 어른도 안 보이나."

"존 말할 때 이거 나라. 확 손모가지 분질러불기 전에."

"머시라? 이 대가리에 피도 안 마른 자슥이. 그냥, 콱!"

중년 사내가 손을 치켜들었다.

"오냐, 치고 싶으믄 치바라. 잘됐다 아이가. 확 드러눕게로 얼른 치바라."

멀리서 임영태 경장이 호루라기를 불며 달려왔다. 그가 성규에게 소리쳤다.

"니 지금 머하노? 교통정리 하라 했제 쌈질 하라고 했나?"

"아, 이 사람이 보자마자 욕질을 하고 안 합니까?"

"아저씨, 와 욕하고 그라요? 지금 며칠째 생고생하고 있다는 거 아입니까?"

"아, 똥 마린데, 야가 차를 끊어분께 확 열 받아서 안 그랬습니까?"

"참으소. 그라고 마 급하믄 차 돌리소."

중년 사내는 성규를 잔뜩 노려보다가 휑하니 운전석에 올라탔다. 그러곤 급히 차를 돌렸다. 다른 차 운전자들도 속으로 욕을 퍼붓고 있을 것이다. 성규는 이렇게 미움을 받느니, 차라리 한 대 맞고 병원에 드러누울 걸 그랬다고 생각했다.

그때 건너편에서 쾅, 하고 충돌음이 들렸다. 차를 돌리려던 승합차가 택시를 그대로 들이받은 것이다. 성규는 뒤에 있던 김 일경에게 통제를 맡기고 부리나케 뛰어갔다. 지겹던 차에 잘된 일이다.

승합차는 앞 범퍼가 찌그러졌는데도 사람이 내리지 않았다. 택시 운전사가 승합차를 향해 삿대질하기 시작했다.

"당신, 눈깔 어데 두고 다니나? 와, 환장하겠네. 뽑은 지 메칠 안 된 차를 이래 만들믄 우야노?"

택시 운전사는 자기 차를 쓰다듬으며 발을 동동 굴렀다. 성규는 승합차의 운전석으로 다가가 검게 선팅한 창문을 톡톡 두드렸다. 유리가 내려갔다.

"면허증."

성규는 운전자를 쳐다보지도 않고 손을 내밀었다. 아무 반응이 없다.

"퍼뜩 면허증 내보이소."

그러나 여전히 응답이 없다. 성규는 눈을 들어 운전자를 본 다음, 차 안을 들여다보았다. 성규는 깜짝 놀랐다. 얼른 봐도 보통사람들 같지 않은 사내들이 대여섯 명 타고 있었기 때문이다. 그중에는 혼혈처럼 보이는 남자도 있었다. 그들은 일제히 성규를 노려보고 있었다. 순간 성규는 오금이 저렸다. 조폭들인가? 하지만 조폭은 아닌 것 같다. 의경으로 근무하는 동안 조폭들을 여럿 봤지만, 그들의 눈매는 저렇지 않았다. 성규는 〈실미도〉라는 영화에서 봤던 설경구 일당의 눈이 저러지 않았을까 생각했다. 그러나 용기를 냈다.

"일단 피해자가 있으니까, 면허증 주세요."

성규의 말투가 고분고분해졌다. 그러나 운전자는 면허증을 내밀 생각은 않고 앞만 빤히 쳐다보았다. 그러더니 순식간에 핸들을 왼쪽으로 꺾고 급발진 해버렸다. 성규는 재빨리 몸을 피했다.

"어? 어? 야, 이 씹새끼들아!"

성규는 도망가는 차를 향해 고래고래 소리를 질렀다.

"팀장님, 방금 경찰한테서 연락왔어요."

강석이 현준에게 보고했다.

"방금 전에 승합차가 수영1교 사거리에서 충돌 사고를 내고 도주했는데, 그 안에 수상한 자들이 타고 있었답니다. 혼혈도 있었대요."

"혼혈?"

순간 현준의 머리에 대니얼의 얼굴이 떠올랐다.

"어느 쪽 방향으로? 차 넘버는 확인됐고?"

"예."

현준은 급히 휴대폰을 들었다.

"미정, 벡스코 남서쪽 수영강 부근 도로 띄워봐. 검은 승합찬데, 수영교차로 쪽으로 도주하고 있다."

잠시 후 미정의 목소리가 들렸다.

—네, 팀장님. 비슷한 차 하나 발견했어요. 교차로 신호 무시하고 남쪽으로 가고 있는데요.

"알았어. 통신 유지하고 계속 중계해."

—옛썰!

H팀이 신속하게 탑승을 완료하자, 동범은 액셀러레이터를 힘차게 밟았다.

"지금은 어디야?"

—어? 광안리 해수욕장 쪽으로 트는데요?

"동범아, 광안리 쪽이래."

동범은 수영2호교를 건너 곧바로 광안리를 향했다. 차들 사이를 비껴가며 무서운 속도로 질주하는 현준네의 차를 향해 다른 차들이 빔을 쏘거나 경적을 울려댔다.

"미정아, 우리 차 보여?"

—예.

"놈들과의 간격은?"

—거의 따라붙었어요. 바로 앞인데, 안 보이세요?

"저 찬가 본데요?"

동범은 그렇게 말하며 가속페달에 더욱 힘을 주었다.

드디어 꼬리가 잡혔다! 조수석에 앉은 현준이 바로 라이플을 꺼내들었다. 그리고 안전띠를 꽉 죄어 최대한 흔들림을 막으면서 앞에서 달려가는 승합차의 뒷바퀴를 조준했다.

탕!

펑!

해변도로에 총성이 울리고 이어서 바퀴 터지는 소리가 났다. 관광객들이 비명을 지르며 달아나기 시작했다. 뒷바퀴를 잃은 승합차가 지그재그로 돌더니 180도 회전하며 옆으로 멈춰섰다. 동범도 옆으로 차를 돌려세웠다. H팀은 일제히 하차하여 차를 엄폐물 삼아 사격자세를 취했다.

총알이 날아왔다. 현준네 차의 조수석 옆 유리가 박살이 났다. 그것을 신호로, H팀 대원들은 일제히 사격을 시작했다. 2분쯤 지났을까. 저쪽에서 더 이상 총알이 날아오지 않았다. 현준의 수신호에 따라 강태와 민수, 준호가 몸을 구부린 채 앞으로 뛰어가고, 일우와 동범, 강석이 엄호사격을 했다.

잠시 후, 승합차 가까이에서 상황을 살피던 강태가 손짓을 보내왔다. 현준과 엄호 팀이 그쪽으로 달려갔다.

승합차 뒤쪽의 광경은 차마 눈 뜨고 볼 수 없을 만큼 참혹했다. 여기저기 살점이 떨어져나간 여섯 구의 시체. 총알이 뚫고 지나간 자리에선 아직도 선혈이 쏟아지고 있었다. 현준은 그들을 하나하나 뒤집었다. 대니얼도 거기 있었다.

현준은 대원들에게 차량과 시체들을 일일이 수색하라고 명령했다.

잠시 후, 현준은 리시버가 꽂힌 귀를 누르며 보고했다.

"황 실장님, 파트 투 제거했습니다. 대니얼이란 놈도 사망했습니다. 하지만 기폭장치나 다른 물건은 여기에도 없습니다."

2014. 5. 1. 부산

5월 1일. 드디어 대한민국과 조선민주주의인민공화국의 두 정상 사이에 회담이 열리는 날이다.

회담은 오전 10시에 시작될 예정이었다. 남북 정상은 상징적인 의미로 각각 대한항공과 고려항공의 특별기를 타고 오전 9시에 김해국제공항에서 만나기로 했다. 그리고 같은 차에 합승하여 벡스코 회담장까지 이동한다는 플랜이었다.

김해공항에서 벡스코까지 이동하는 가도와 벡스코 사방에는 5만 명의 경찰병력이 깔리고, 경찰특공대와 육군 특수부대가 벡스코 주변에 배치되었다.

오전 9시. 현준은 NSS의 전술단인 찰리팀과 델타팀 그리고 H팀을 최종 점검했다. 찰리팀과 델타팀은 머리에서 발끝까지 중무장을 한 채 회담장 바로 바깥을 지켰고, 검은색 양복 차림의 H팀은 회담장 안팎을 드나들면서 만일의 사태에 대비했다.

현준은 손목시계를 보았다. 앞으로 두 시간이다. 그러나 기폭장치의 행방은 여전히 오리무중이었다. 제3의 파트. 거기에 분명 사우가 있을 것이다.

현준은 사우에 대해 생각했다. 그리고 조명호 대통령 암살을 막았을 때의 일을 떠올렸다. 사우는 감각이 뛰어난 놈이다. 그때 사우는 암살

행동 지점으로 자신과 동일한 곳을 찍었다. '너라면 어디겠냐?' 현준이 물었을 때 사우는 현준이 생각하던 곳을 정확하게 지목했다. '너라면 어디겠냐?' 이번에는 사우가 묻고 있었다.

현준은 회담장을 이곳저곳 거닐면서 천장과 바닥과 벽과 복도 구석구석을 살펴보았다. 그의 뒤를 H팀 대원들이 따라다녔다. 현준이 그들에게 물었다.

"너희들이 테러범이라면 어디에 설치하겠냐?"

그러나 대원들 중에 선뜻 대답하는 사람은 없었다. 현준은 당연하다고 생각했다. 차라리 청계광장은 단순하다. 중앙에서 시야를 180도 앞쪽으로 펼치면 가능성 있는 위치를 찍을 수 있다. 하지만 이곳은 360도를 살펴야 한다. 게다가 무기도 라이플이 아니다. 이번에는 핵폭탄이다!

현준은 골치가 아팠다. 마치 미로 속을 한없이 헤매고 있는 기분이었다.

현준은 다시 사우에 대해 생각했다. 질문의 방향을 바꿔보자. 오늘 그가 묻는다면 '현준아, 어디겠냐?'가 아니다. 그렇다면 무엇일까? 사우는 막다른 골목에 몰린 쥐 신세다. 쥐는 도망갈 곳을 잃으면 고양이에게 덤벼든다. 고양이를 이기겠다고 무는 게 아니다. 이왕 죽을 거, 고양이에게 상처라도 남기자며 덤벼드는 것이다. 만일 상처 입는 게 두려운 고양이라면 쥐를 피할 것이다. 하지만 고양이가 맞서는 쪽을 택한다면 최소한 상처를 남길 수는 있다.

'현준아, 너라면 어떻게 하겠냐?'

맞다. 사우는 그렇게 묻고 있는 것이다. '현준아, 네 녀석이 빠져나가기 힘든 궁지에 몰렸다면 어떻게 하겠냐?'

현준은 눈앞에 보이는 복도 장의자에 앉았다. 대원들이 그의 앞에 섰다. 현준이 그들에게 지시를 내렸다.

"지금부터 강태를 중심으로 움직인다. 난 단독으로 움직일 테니."

대원들은 토를 달지 않고 자리를 떴다.

현준은 곰곰이 생각했다. 사우가 진정으로 원한 것은 무엇이었을까? 오현규 실장과 그 문제를 이야기할 때는 그저 가볍게 넘겼다. 하지만 지금은 그럴 수 없다. 이 의문을 해결하지 않는 한 사우가 어떻게 행동할지 답을 알아내지 못 할 것이다.

돈? 그건 아니다. 사우는 검소한 성품을 지니고 있다. 허황된 돈 욕심은 없다.

여자?

여자? 현준은 문득 승희를 떠올렸다. 사우가 승희에 대해 호감을 갖고 있다는 것은 진즉부터 알고 있었다. 하지만 현준은 애써 그 사실을 무시해왔다. 사우에게 절대 양보하고 싶지 않은 것이 있다면 바로 승희였다. 아니, 승희는 이 세상 그 누구에게도 양보할 수 없는 여자다. 그녀가 없는 세상이란 상상조차 할 수 없다.

하지만 사우는 어땠을까? 승희에 대한 사우의 감정도 나와 같았을까? 그런데 우정 때문에 나에게 양보를 한 것일까? 현준은 고개를 저었다. 그런 태도는 납득할 수 없다. 만일 승희가 사우에게 목숨과 같은 존재였다면 응당 맞섰어야 한다. 현준은 혼자 생각하고 혼자 결론을 내렸다. 사우에게 승희는 '나에게서의 승희'와 같은 의미가 결코 아닐 것이다.

그렇다면 권력? 백산은 사우에게 어떤 미끼를 던졌을까? 자신의 후계자? 나라면 그 따위에 욕심을 내지 않을 것이다. 물론 비밀 조직의 수장이 되면 어지간한 권력자들은 마음대로 휘두를 수 있다. 그러나 그것으로 끝이다. 그렇다면?

아이리스!

세계를 움직인다는 아이리스!

현준은 자리에서 벌떡 일어섰다.

그때 현준의 재킷 호주머니에 넣어둔 휴대폰이 요란하게 진동했다. 그 진동이 마치 뱃속을 뒤집어놓는 것 같았다.

발신자가 누구인지 알 수 없는 번호! 현준은 왠지 사우일 것 같았다.

"여보세요."

─…….

"너구나!"

─나다!

휴대폰은 침묵했다. 그러나 그 침묵 속에서 둘은 수많은 대화를 나누고 있었다. 먼저 입을 연 것은 사우였다.

─널 보기 위해 여기에 왔다.

"어디냐."

─니 옆이다.

현준은 사방을 둘러보았다. 그러나 사우는커녕 통제구역 안을 돌아다니는 사람은 눈을 씻고 봐도 없다.

"어디냐고."

─네가 너처럼 생각하는 사람 옆이야.

현준은 어리둥절했다. 그러다가 불쑥 생각이 미쳤다. 승희!

벡스코의 드넓은 복도 끝에서 승희가 걸어오고 있었다. 그리고 그 뒤의 남자. 사우였다!

현준은 잔뜩 굳은 얼굴로 그들을 향해 한 발 한 발 걸어갔다. 승희는 현준을 보고도 웃지 않았다. 그녀 역시 잔뜩 굳어 있다.

10여 미터를 사이에 두고, 그들은 섰다.

사우가 한 걸음 걸어 나와 승희 옆에 나란히 섰다.

"난 이걸로 내 감정의 찌꺼기를 깨끗이 날려버릴 거다. 현준이 너에 대한 감정, 그리고……."

사우는 옆으로 고개를 돌려 승희를 보았다.

"승희 너에 대한 감정도."

"사우야, 너 지금 뭐하려는지 알아? 우리 땜에 애꿎은 목숨들이 지상에서 사라지게 생겼다고!"

사우가 픽 웃었다.

"관심 없다. 그런 사치스런 감정 버린 거, 아주 오래 전 일이야."

승희는 한마디도 하지 않았다. 현준은 승희가 아무 말도 없이 서 있는 게 더 이상했다.

"난 널 죽이려던 순간부터 내가 아니었어. 아니, 그보다 훨씬 전, 어렸을 적부터 나라는 놈을 서서히 잊어가고 있었지. 현준이 너를 알고 난 후부터."

"나를 알고 난 후라고?"

"그래. 넌 내게서 모든 걸 빼앗았어. 난 오랫동안 박탈감을 숨긴 채 살아왔다. 지금 생각해도 참 용한 일이지. 그 긴 시간 동안 내가 얼마나 내 자신을 달래고 격려했는지 생각하면."

"박탈감 때문에 힘들었다고?"

사우는 다시 픽 웃었다.

"넌 참 편한 놈이다. 네가 단 한 번이라도 나를 생각해준 적이 있었나? 내 입장이나 내 마음을. 늘 네 뒤에 서 있고, 언제나 너보다 한 발 뒤쳐져 있고, 평생 2등으로 살아야할지 모른다는 생각에 괴로워하던 나를. 넌 언제나 너 편한 대로만 생각했어. 물론 날 위하는 거라고 생각했겠지. 그런 널 보면서 내가 얼마나 내 자신과 싸웠는지 아냐?"

"……"

"정말 진저리나는 날들이었다. 승희를 네 여자로 만들었을 때, 난 옛날의 나를 전부 버렸다. 감정을 숨기고 사는 비겁한 나를 버린 거야. 그래서 백산이 요구했을 때 널 죽일 수가 있었다. 하지만 널 죽인 뒤에도 이 여자는 내 것이 되지 않더라. 난 죽은 너와 다시 한 번 힘겨운 싸움을 벌여야 했지. 그럴 때……"

사우는 손에 든 기폭장치의 버튼을 눌렀다. 그의 얼굴에 묘한 미소가 번졌다.

"앞으로 30분 남았다."

사우가 다시금 말을 이어가기 시작했다.

"그럴 때, 백산의 말은 정말 달콤하게 들렸다. 그는 나에게 변화를 요구했어. 변화무쌍한 물처럼 되지 않는 한 세상을 살아가기 어려울 거라고. 물처럼 변하라고. 난 결국 그러기로 마음먹었다. 그래서, 그래서 결국 내가 선택한 게 뭔지 알아?"

"아이리스."

현준이 무겁게 대답했다. 순간 승희의 얼굴에 놀라는 기색이 역력히 떠올랐다.

"빙고! 넌 역시 똑똑하구나. 그래, 난 아이리스가 되기로 했다. 그리고 아이리스가 되는 마지막 절차로 여기 온 거다."

"그게 터지면, 너도 죽어."

사우는 고개를 주억거렸다.

"물론 죽지. 아이리스가 내게 요구한 게 바로 죽음이니까. 죽음으로써 아이리스가 되라는 거지."

"그건 궤변이다, 사우야."

"맞아. 궤변이지. 하지만 아이리스는 내게 해방이라는 선물을 줬어. 난 처음으로 해방감을 느꼈어. 비겁함으로부터의 해방, 거짓 명예와 위선으로부터의 해방. 내가 선택한 건 바로 그거야. 아이리스가 아니라 내 자신으로부터의 해방."

"사우야, 넌 미쳤어. 지금 억울상태에 빠진 거라고. 제발 진정해."

사우는 정말로 미친 듯이 웃어댔다.

"이러는 내가 미친 거니? 예전의 나, 비겁하게 감정을 숨기고 살던 나는 정상이었고? …… 웃기지 마! 진짜 미친 건 내가 아니라 세상이야. 날 비겁하게 살도록 만든 세상!"

현준은 도저히 이 광기어린 상황에서 헤어날 길이 없다고 생각했다. 행동이 필요한 순간이었다. 현준이 승희에게 말했다.

"승희야, 이쪽으로 천천히 걸어와."

승희의 눈빛이 흔들렸다. 그녀는 주저하고 있었다.

"승희야, 지금 사우는 정상이 아냐. 그러니까……."

"누구 맘대로!"

사우가 버럭 소리를 지르며 다른 한 손으로 권총을 꺼내들었다. 그리고 한 걸음씩 앞으로 걸어 나왔다.

"넌 지금도 날 무시하고 있어. 태어나서 처음으로 솔직해진 나를 깔보고 있는 거야. 이번엔 너를 진짜 죽이겠다. 그동안 실패만 거듭했지. 하지만 오늘은 다르다. 이제 종지부를 찍을 시간이다."

사우는 총구를 현준에게로 향했다. 그의 집게손가락이 방아쇠에 힘을 주고 있었다.

"푸슝!"

소음기를 비집고 총소리가 났다. 현준은 눈을 질끈 감았다. 그러나 통증이 없다! 아무렇지도 않았다. 현준은 눈을 떴다. 눈앞에 사우가 쓰러져 있었다. 승희가 사우를 쏜 것이다!

"승희야."

사우의 몸이 마지막 발작을 일으켰다. 그리고 마침내 떨림은 멈추었다.

"시간이 없어. 빨리 기폭장치를 해체해야 해."

정상회담까지 남은 시간은 10여 분. 현준은 서둘러 승희 쪽으로 발걸음을 떼었다.

"현준 씨, 움직이지 마!"

승희가 소리치고 있었다.

현준은 의아한 눈으로 승희를 쳐다보았다. 그때, 뒤에서 누군가 뛰어오는 소리가 들렸다. 승희의 눈이 순간 가늘어졌다. 현준은 얼른 뒤를 돌아보았다. 선화였다.

"현준 씨, 아이리스가 누군지 알아냈어요!"

현준이 다시 승희에게로 고개를 돌렸을 때, 그녀의 손에는 이미 기폭장치가 들려 있었다.

"승희야, 너 지금 뭐 하려는 거니?"

"미안해, 현준 씨. 나도 어쩔 수 없어."

"어쩔 수 없다니, 그걸 어떻게 하겠다는 거야?"

승희는 기폭장치를 들고 한 걸음 한 걸음 뒤로 물러섰다. 이제 그들 사이의 거리는 10여 미터로 벌어졌다.

"승희 씨가 바로 아이리스예요."

뒤에 선 선화가 속삭이듯 말했다. 현준은 놀란 눈으로 승희의 얼굴을 주시했다.

"승희야, 대체 무슨 일이 있었던 거야? 말해봐."

8분 전이다. 바깥 출입구 쪽이 조금씩 소란해지기 시작했다.

"제발 승희야, 말 좀 해봐."

승희의 눈이 흔들렸다. 그녀는 한 손에 권총을, 한 손에 기폭장치를 든 채 눈물을 흘리기 시작했다.

"우리 승우가 죽어. 내가 아이리스가 되지 않으면 우리 승우가 죽는다구. 현준 씨, 정말 미안해. 운명이 이런 걸, 난들 어떻게 해!"

"승희야, 아냐. 난 내가 인정하지 않는 운명 따윈 믿지 않아. 내가 선택한 운명만 믿을 거다. 승희야, 넌 날 믿잖아. 그러니까 내 말도 믿어야 해. 너도 나도, 우리 스스로 선택한 운명만 믿고 살자, 응? 승희야."

승희의 두 손이 급기야 부들부들 떨리기 시작했다.

"어제 미국에서 전화가 왔어. 오늘 열 시에 한국에서 폭탄 뉴스가 나오지 않으면 승우를 죽이겠대. 그 불쌍한 승우를 죽이겠대."

현준은 고개를 떨구었다. 그의 눈앞에는 허망하게 세상과 작별한 사우가 누워 있었다.

순간, 현준의 머릿속으로 수많은 이름이 스쳐 지나갔다. 불쌍한 사우, 불쌍한 철영, 불쌍한 선화, 불쌍한 승우, 불쌍한 승희, 그리고 불쌍한 현준…….

현준은 자신 역시 한없이 불쌍한 존재임을 깨달았다. 이루어지지 못할 사랑을 갈구하고 있는 자신이 불쌍해졌다.

이생에서 이루지 못할 사랑.

현준은 고개를 들었다. 그의 눈에도 눈물이 그렁그렁했다. 현준은 결심했다. 그래, 승희야, 이생에서 안 된다면 저승에서 이루자.

현준은 승희를 향해 마지막 걸음을 내딛었다.

"움직이지 마!"

그러나 현준은 멈추지 않았다.

"쏠 거야!"

승희의 손이 위아래로 크게 흔들리기 시작했다.

"현준 씨, 제발!"

선화가 뛰어나왔다. 현준은 자신의 옆을 지나가는 선화의 팔을 잡았다. 그의 손에서 엄청난 힘이 느껴졌다. 선화는 외마디 비명을 지르며 무릎을 꿇었다.

다시 현준이 앞으로 나아갔다. 바로 2미터 앞에 승희가 있다. 그래, 승희야, 우리 같이 죽자.

"현준 씨…… 제발……."

승희가 손을 부들부들 떨면서 방아쇠를 당겼다.

푸슝!

널따란 공간에 소음기 총성이 울렸다.

천장에서 떨어진 가루가 현준의 어깨 위로 내려앉았다. 현준은 정면을 바라보았다. 승희가 무릎을 꿇고, 긴 머리카락을 앞으로 늘어뜨린 채 울고 있었다.

현준은 승희의 어깨를 안았다. 그리고 그녀의 손에서 기폭장치를 빼냈다.

3분 전.

현준은 'OFF' 버튼을 눌렀다. 지잉, 하는 작은 소리와 함께 장치가 멈추었다.

현준은 승희의 어깨를 안아 일으켜 세웠다. 그리고 복도 끝을 향해 천천히 걸어가기 시작했다.

선화는 고개를 들었다.

멀어져가는 두 사람의 뒷모습을 바라보는 그녀의 눈에도 어느새 눈물이 맺혀 있었다.

에필로그

2014. 5. 1. 속초

 노동절을 맞아 설악산과 동해안을 찾은 젊은이들로 속초 버스터미널은 시끌벅적했다. 터미널 벽면에 달린 TV에서는 쇼프로가 한창 진행되고 있었다. 사람들이 그것을 보며 낄낄거리고 있는데, 갑자기 '속보'라는 자막이 뜨면서 화면이 바뀌었다.
 —오전 뉴스에 이어, 속보를 말씀드리겠습니다. 오늘 오전 10시 부산 벡스코에서는 역사적인 남북 정상회담이 있었습니다. 오전 9시 김해공항에서는 대한항공에서 내린 조명호 대통령이 고려항공을 타고 온 김정일 국방위원장을 영접했는데요, 이 장면을 다시 보겠습니다.
 화면에서는 조명호 대통령과 김정일 국방위원장이 서로 다가가 포옹하는 장면이 나왔다. 공항 주변은 아리랑 국기를 흔드는 사람들로 인산인해를 이루었다.
 —조명호 대통령과 김정일 국방위원장은 함께 리무진을 타고 공항에서 벡스코까지 이동했습니다. 그 모습도 잠시 보겠습니다.

가도에도 아리랑기를 흔드는 사람들로 넘쳐났다. 하지만 한쪽에서는 '독재자 김정일 방한 결사반대!'라는 플래카드를 든 소수 극우단체의 시위 모습도 보였다.

―오늘 두 정상은 2000년과 2007년에 있었던 남북정상회담의 선언을 존중하고, 그것을 한 단계 발전시켜 나가기로 합의하였습니다. 그 구체적인 방안으로 기존의 개성 외에도 신의주에 경제특구를 건설할 것, 북한의 지하자원 개발에 대한 우선권을 남쪽에 제공할 것, 남한의 쌀을 북한에 무상 공여할 것, 통일문제를 남북이 주체가 되어 논의할 것, 그러기 위해 남과 북에 각각 대사관급의 통일추진사무소를 개설할 것 등에 합의를 보았습니다. 이는 지난 두 차례의 남북정상회담보다도 훨씬 진척된 합의 내용이라고 할 수 있겠습니다.

한구석에서 떠들고 있던 젊은이들도 하나둘씩 TV 앞으로 모여들었다.

―치안당국에 따르면, 오늘 북한 김정일 국방위원장의 방남과 관련한 우발사태에 대비하여, 5만 8천 명의 경찰병력과 육군 특수부대 등이 벡스코 인근을 철저히 경호했다고 합니다. 그 결과, 극우단체의 산발적인 시위가 있었지만, 다른 이상 상황은 전혀 없었다고 이정만 국무총리가 공식 발표했습니다. 이상 속보를 마치겠습니다. 보다 자세한 내용은 오늘 저녁 7시 종합뉴스 시간에 보내드리겠습니다.

뉴스가 끝나자 터미널에 모여 있던 사람들이 우르르 밖으로 빠져나갔다. 5월의 청명한 날씨가 그들을 환영하고 있었다.

2014. 7. 25. 플로리다 주 마이애미

"엄…… 바바바."

몸은 어른이지만 마음은 여전히 아이인 승우가 야자수 아래를 뛰고 있다. 승우는 높은 파도를 가로지르며 해변으로 다가오는 서퍼들이 마냥 좋은 모양이었다.

승우가 야자수 쪽을 돌아보며 손짓했다. 한 여자가 환하게 웃으며 승우에게 손을 흔들었다.

그녀의 옆으로 돗자리에 팔을 괸 채 한 남자가 졸고 있었다. 여자가 남자의 괸 팔을 탁 쳤다. 그러자 남자의 머리가 바닥에 털썩 떨어졌다.

"어? 왜 그래, 승희야, 무슨 일 있어?"

"자꾸 졸래? 이 좋은 데 와서?"

"어젯밤에 무리해서 그래. 좀 봐주라."

"무슨 무리 했는데?"

"아, 승우 저 녀석이 밤새 잠도 안 자고 놀재잖아. 싫다니까 막 패더라. 그런데 니들 남매는 왜 그렇게 폭력적이냐?"

"진짜 폭력이 뭔지 맛 좀 볼래?"

승희가 주먹으로 현준의 복부를 강타했다. 현준이 데굴데굴 굴러갔다가 다시 이쪽으로 굴러왔다. 그러더니 그녀의 무릎 위에 머리를 올려놓았다.

"야, 넌 괜찮아. 그런데 말이야, 승우 저 녀석은 힘이 장난이 아니거든? 그러니까 좀 말려주……."

현준이 말을 끝내기도 전에 승희의 입술이 그의 입을 덮었다. 마이애미의 셔벗보다 더 달콤한 과즙이 그의 입 안으로 흘러들어왔다. **IRIS**